Daniel Goetsch

Ein Niemand

Roman

KLETT-COTTA

Der Autor dankt dem HALMA-Netzwerk

FSC
www.fsc.org
MIX
Papier aus verantwortungsvollen Quellen
FSC® C014889

Klett-Cotta
www.klett-cotta.de

Printed in Germany
Umschlag: ANZINGER | WÜSCHNER | RASP, München
Gesetzt von Dörlemann Satz, Lemförde
Gedruckt und gebunden von Friedrich Pustet
GmbH & Co. KG, Regensburg
ISBN 978-3-608-98021-9

Wer hat uns also umgedreht, dass wir,
was wir auch tun, in jener Haltung sind
von einem, welcher fortgeht?

Rainer Maria Rilke

Flughafenwache Tegel, 27. Dezember 2006

Man hatte mir den Fall in groben Zügen geschildert. Ich machte mich auf einen leicht erregbaren Mann Ende dreißig gefasst, der sich mit großspurigen Gesten aus der Situation herauszureden versuchte und sich gelegentlich dumm stellte, wie ich es oft erlebt hatte. Ich täuschte mich. Er wirkte aufgeräumt, wenngleich erschöpft, wie er in seinem Parka und dem nachtblauen Rollkragenpullover am Tisch saß, den Blick auf seine Hände gesenkt, ein wenig ratlos, aber ohne eine Spur von Verzweiflung, sein Gesicht auffallend blass, wozu die Neonbeleuchtung beitrug, seine Frisur zerwühlt, als wäre er sich in den letzten vier Stunden häufig durchs Haar gefahren, das übrigens an den Schläfen ergraut war.

Man hatte ihm offenbar mein Erscheinen angekündigt. Er begrüßte mich mit Titel und Namen und schickte sich an, aufzustehen. Ich bat ihn, sitzen zu bleiben. Er lehnte sich zurück und schaute mich erwartungsvoll an. Erst als ich einige Aktenstücke, die im Grunde nichts Wesentliches enthielten, aus meiner Mappe nahm, begann sein Blick hin und her zu flirren. Vorsichtig stellte ich das Aufnahmegerät in die Mitte des Tischs. Ich befürchtete, er würde Einwände erheben. Das Gegenteil war der Fall.

»Das ist gut«, meinte er. »Sie müssen unbedingt alles aufnehmen.«

»Wie soll ich Sie ansprechen? Mir wurde gesagt, Sie bestehen

darauf, dass der Name in Ihrem Pass nicht Ihr richtiger Name sei.«

»Ich heiße Tom Kulisch.«

Man hatte mich in diesem Punkt vorgewarnt. Unnötigerweise, wie ich anmerken muss. Es war nicht das erste Mal, dass ich jemandem gegenübersaß, der seine Identität zu vertuschen suchte.

»Na schön, Herr Kulisch. Unser Gespräch wird aufgenommen. So verlangt es das Gesetz. Ich gehe davon aus, dass Sie mit diesem Vorgehen einverstanden sind.«

»Mehr als das. Ich bestehe darauf.«

»Für die Transkription wird festgehalten: Heute ist Dienstag, der 27. Dezember 2006, fünfzehn Uhr zwanzig, wir führen dieses Gespräch im Zimmer 103 der Flughafenwache Tegel.«

Bei der Erwähnung der Örtlichkeit konnte ich beobachten, wie er sich auf die Unterlippe biss. Er rückte mit seinem Stuhl dicht an den Tisch heran und beugte sich vor, als wollte er nichts zwischen sich und das Aufnahmegerät kommen lassen.

»Schön, Herr Kulisch. Dann erklären Sie noch mal, warum Sie sich heute Morgen mit den Beamten des Grenzschutzes angelegt haben. Ich vermute, Sie wissen, dass Sie als rumänischer Staatsangehöriger über einen gültigen Reisepass verfügen müssen, um nach Deutschland einzureisen.«

»Ich bin Deutscher«, stieß er hervor und sah mich flehend an.

Er wiederholte es einige Male, wobei seine Stimme immer dünner wurde. Natürlich war er frustriert, er hatte das alles bereits mehrfach gegenüber den Beamten vorgebracht, doch ich hatte keine Wahl, ich musste mit der Zermürbungstaktik fortfahren. Ich schenkte ihm Mineralwasser ein. Als er das Glas zum Mund führte, fiel mir auf, wie er versuchte, das Zittern seiner Hände zu unterdrücken. Ich begann zu erahnen, was die Beamten in den letzten vier Stunden durchgemacht und warum sie schließlich um meinen Beistand ersucht hatten.

»Sie geben an, die deutsche Staatsangehörigkeit zu besitzen. Aber Sie werden verstehen, dass wir in diesem Punkt unsere Zweifel haben. Ihr Pass weist Sie eindeutig als Rumänen aus. Ihr Name lautet Ion Rebreanu.«

»Das ist ein Missverständnis. Das habe ich den Polizisten schon hundertsiebzig Mal erklärt. Ich heiße Tom Kulisch. Ich bin Deutscher. Ich lebe normalerweise hier in Berlin.«

»Das müsste doch einfach zu beweisen sein.«

»Ja, eigentlich schon. Aber in meinem Fall …«

Er brach mitten im Satz ab und schüttelte den Kopf.

Man hatte mich bereits im Vorfeld darüber aufgeklärt, dass er weder eine Wohnadresse angeben, noch irgendein Dokument vorweisen konnte, welches seine Behauptungen gestützt hätte. Indessen war in seinem Gepäck nebst den üblichen persönlichen Utensilien ein Bündel Postkarten gefunden worden, die auf Rumänisch geschrieben waren. Sie waren an einen gewissen Ion Rebreanu adressiert. Seinen Flug hatte er ebenfalls unter diesem Namen gebucht. Und das Foto im Pass sprach für sich. Es gab schlicht keinen Hinweis dafür, dass hier ein Missverständnis vorlag. Außerdem übersteigt es jedes menschliche Vorstellungsvermögen, sich auszudenken, wie ein solches Missverständnis geartet sein müsste, damit es zu einer entsprechenden Situation führen könnte, in der ein Deutscher fälschlicherweise für einen Rumänen gehalten würde. Der Mann konnte einem leid tun. Zwar war nicht zu überhören, dass er tadelloses Deutsch sprach. Aber bekanntlich gibt es in Rumänien eine deutschsprachige Minderheit.

»Sie sind aus Bukarest angereist«, sagte ich, wobei ich mich um einen unverfänglichen Ton bemühte. »Was haben Sie dort gemacht?«

»Ich habe auf eine Freundin gewartet. Lange gewartet, ich könnte noch nicht einmal sagen, wie lange. Das heißt, eigentlich ist sie keine richtige Freundin. Jedenfalls nicht meine.«

»Sie haben in Bukarest gelebt?«

»Es war grauenhaft.«

»Sie haben dort gelebt? Als Tom Kulisch? Deutscher Staatsangehöriger?«

»Nein, nein. Ich war Ion Rebreanu.«

Wochen mussten seit seiner Ankunft in Bukarest vergangen sein. So genau wollte er es gar nicht wissen. Jeden Tag stand er am Fenster und redete sich ein, dass Doina kommen werde. Sie hatte es versprochen, und alles, was er von ihr wusste, deutete darauf hin, dass sie eine Frau war, auf deren Wort man sich verlassen konnte. Wie üblich blickte er auf das gegenüberliegende Haus, das im späten Herbstlicht an einen Bunker erinnerte, die Fassade von einer Art Schorf bedeckt, eine Kruste aus Ruß und Grünspan, die Fenster schmal wie Scharten, dazwischen ein paar Einschusslöcher, Spuren einer Geschichte, in der er eigentlich nichts verloren hatte, und rundum der verwilderte Garten, knorrige Weißbuchen, Rankengewächse, eine Reihe von Fliederbüschen, die bis auf den Gehsteig hinaus wucherten. Sämtliche Häuser in dieser Straße darben seit Jahrzehnten vor sich hin, hatte ihm die alte Rebreanu anvertraut. Die sogenannte Revolution sei über sie hinweggefegt, über Häuser, Bewohner und Geister, ohne die winzigste Hoffnung aus ihnen herauszukitzeln. Geduld sei weiterhin die Tugend der Stunde. Geduld, lieber Ianusch.

Drei Tage wollte er Doina noch geben. Was waren schon drei Tage hochgerechnet auf ein Jahr, sagte er sich, als er aus dem Obergeschoss das Knarren der Holzdielen vernahm, das gewohnte Geräusch, wenn die Rebreanu sich vom Bett ins Bad schleppte. Er sollte Tee aufbrühen und einige Lokum anrichten. Er sollte ihr endlich die Wahrheit sagen. Über seine Schulter hinweg betrachtete er die verstaubte Gemütlichkeit, die ihn schon seit Wochen beklommen machte, der antike Holztisch mit den vier nutzlosen Stühlen, das mit Zierkissen bestückte Sofa, der verblichene Wandteppich, der Schrank mit Vitrine, die aufgereihten Bücher, auf deren Rücken die Signaturen eines längst untergegangenen biochemischen Instituts klebten. Das war nicht seine Welt, aber in drei Tagen würde er sie sowieso verlassen haben. Drei Tage gab er Doina noch, keine Sekunde länger. Warum sollte sie sich nicht an die Verabredung halten? Genauso berechtigt war die Gegenfrage. Warum sollte sie?

Ihn grauste vor morgen, wenn er die alte Rebreanu wieder zur Apotheke begleiten musste, wo sie so lange auf die knochenbleiche Angestellte einredete, bis diese ihr, ohne auf eine ärztliche Verschreibung zu bestehen, das Rohypnol aushändigte. Und er würde wieder wie ein tumber Gehilfe im Laden herumstehen, dem unverständlichen Gerede lauschen und sich schämen. Die Angestellte würde noch bleicher zurückbleiben, sowie die Alte und er auf die brummende Calea Victoriei hinausträten. Sie würden ein Taxi anhalten, mit dem Fahrer aus Prinzip über den Preis streiten, in den zerbeulten Dacia steigen, die Alte auf dem Rücksitz, er neben dem Fahrer, der sich durch den Verkehr kämpfen würde, vorbei an einigen geschwärzten Prunkbauten, der Universität, dem Nationalmuseum, dem Justizpalast, jenen letzten Zeugen eines klassischen Europas, von dem einige Unverbesserliche weiterhin träumten. Und die Rebreanu würde seine linke Schulter tätscheln. Das haben wir wieder mal prima hingekriegt, lieber Ianusch.

Er musste ihr die Wahrheit sagen, ermahnte er sich, als aus dem Haus gegenüber der Alte in seiner Trainingsjacke trat. Domnul Vladescu, der biedere Bauingenieur im Ruhestand, musste jede Stufe einzeln überwinden. Sein arthritischer Körper wankte hin und her, während er sich mit beiden Händen am Geländer hinunterhangelte. Mit den rot geränderten Kulleraugen glich er einem seiner Dackel. Sein Leben lang habe er *Radio Free Europe* gehört, behauptete die Rebreanu, einzig um den Feind zu belauschen. Er habe für das Innenministerium gearbeitet, und es sei bekannt, dass diese Gesellen sich nur die Begabtesten ausgesucht hätten; aus einem Volk von Feiglingen diejenigen, die vor lauter Angst ihr Gewissen verleugneten und bereit gewesen seien, ihre ganze Person in den Dienst der Lüge zu stellen, die vollendeten Verräter.

Wie üblich nahm Domnul Vladescu die Gießkanne und schlurfte über den Garagenplatz zu dem Blechnapf, der seinen drei Dackeln als Tränke diente. In den vergangenen Wochen hatte er gerade mal vier, fünf Sätze mit ihm gewechselt. In einem angenehm beiläufigen Französisch. Das Wetter, der Zustand der Straße, die unheilbaren Gebrechen: Sie waren sich in allem einig gewesen. Im Gegensatz zu seiner Gattin, Doamna Vladescu, die stets missgünstig unter ihren violett geschminkten Lidern hervoräugte, wirkte er, der vermeintliche Verräter, mit sich im Reinen, so als überschaue er den Horizont seiner Biographie, ohne mit einem möglichen Dahinter zu hadern. Die Geschichte ist, was sie war. Alles Weitere bleibt dem Schicksal überlassen. Oder so ähnlich. Domnul Vladescu, ohne Anzeichen irgendeiner Reue, goss Wasser in den Hundenapf. Danach steckte er sich eine Filterlose an und betrachtete die Wolkenbilder, gelblich braune Schlieren am Himmel. Nicht einen Atemzug lang schien es ihn zu kümmern, dass seine Dackel von Tag zu Tag träger wurden, dass sein Garten verwilderte, das Viertel verkam und der Diktator längst tot war.

Nach einer Weile erschien eine bucklige Gestalt in einer pinkfarbenen Strickjacke. Doamna Vladescu beugte sich über das Treppengeländer und linste zu dem Haus hinüber, von dem aus er sie beobachtete. Wegen des Lichteinfalls konnte sie ihn unmöglich hinter der Fensterscheibe sehen, noch nicht einmal seine Umrisse. Natürlich musste die Tatsache beunruhigen, dass ein Fremder hier unangekündigt auftauchte, in der Gliulamila, in diesem abseitigen Viertel, das wie durch ein Wunder von der Bauwut des Diktators verschont geblieben war. Und dass dieser Fremde ausgerechnet bei der Rebreanu unterkam. Das konnte kein Zufall sein. Eine dunkle Fügung? Gar eine Verschwörung? Oder handelte es sich bei dem Fremden tatsächlich um den verschollenen Enkel? Wann war der kleine Rebreanu zum letzten Mal hier gesehen worden? Vielleicht erinnerte sich der eine oder andere an einen Bengel, der bei seiner Bunică war, der Großmutter, wenn sie mal wieder aus dem Westen angereist kam, mit Koffern voller Damenstrümpfe, Kaffee und Schokolade. Ein sonderbarer Junge, der lieber mit Hunden spielte als mit Gleichaltrigen, der lieber Bücher las als den Ball gegen das Garagentor zu knallen, der Ianusch gerufen wurde, obwohl er Ion hieß, dessen Eltern offenbar geschieden und seit langem auf dem Sprung in den Westen waren, wie es die Alte vorgemacht hatte, die angeblich ein feudales Leben in Zürich führte, jedenfalls tat sie so.

Er musste ihr endlich die Wahrheit sagen, beschwor er sich, während auf der anderen Straßenseite Doamna Vladescu zu ihrem Gatten trat, der seine Kippe in die von Unkraut durchwucherte Wiese schnippte. Um die Wahrheit zu sagen, hätte er allerdings die alte Rebreanu erreichen müssen. Doch das tägliche Rohypnol vernebelte ihren Verstand, erzeugte in ihr eine wattige Binnenwelt, in die kein Funke Wirklichkeit mehr eindrang. Egal, wer vor ihr stand, sie würde stets ihren Enkel sehen, den verehrten Ianusch. Man müsste mit der Hand durch den Rohypnolrausch hindurchgreifen, man müsste sie packen und schütteln, man müsste die richtigen Worte finden.

Er stieg die Treppe hoch, ging ins Bad und benetzte sich das Gesicht. Er ärgerte sich, dass die Schwellung an seinem linken Auge noch immer nicht abgeklungen war und das Lid ein wenig herabhing. Während er eine Salbe auftrug, flackerte ihm im Spiegel die Ahnung eines anderen Lebens entgegen, doch der dazugehörige Name war ihm entfallen. Er kehrte in den Flur zurück, warf einen Blick ins Gästezimmer und erkannte unter dem Fensterbrett seine Reisetasche, und ihm wurde bewusst, welchen Irrlauf er zurückgelegt hatte, um hierher zu gelangen, und ihm wurde auch bewusst, dass er sich keinesfalls sicher fühlen durfte. *Hüte dich vor den Rachsüchtigen.* Doinas Worte, die er längst verinnerlicht hatte.

Er betrat das einzige vom Tageslicht durchflutete Zimmer dieses Hauses. In der Mitte stand das Doppelbett, in dem die Rebreanu wie üblich vor sich hin döste. Hätte sie das Rohypnol nicht gebraucht, hätte sie diesen Raum wohl gar nie verlassen. Wozu denn? Nur um dort draußen auf ein Viertel zu stoßen, eine Stadt, eine Wirklichkeit, die längst nicht mehr ihre war. Europa zum Beispiel. Europa sei die Karotte, die vor unserer Nase baumle, hatte sie neulich ausgerufen. Und sie hoffe, sie lebe nicht unter lauter Eseln. So ähnlich musste Ion gedacht haben, sagte er sich, während er die Alte musterte. Ihre gichtigen Hände auf der Bettdecke, ihr watteweißes Haar, das sich kaum vom Kissen abhob, ihr wächsernes Gesicht, das an eine Totenmaske gemahnte. Bestimmt hatte sie die achtzig überschritten. Wenn sie von Vergangenem erzählte, schien ihr Leben ein Jahrhundert zu umspannen, genau jenes Jahrhundert, dem niemand nachtrauerte. Ihr Deutsch klang veraltet. Wie kam sie überhaupt dazu, mit ihrem Enkel Deutsch zu sprechen? Wollte sie ihm weismachen, sie habe in den Jahren im Zürcher Exil ihre eigene Sprache verlernt, das fremde Deutsch habe sozusagen ihr Rumänisch überlagert?

Er hörte ihren Atemstößen an, dass sie gar nicht schlief. Dennoch wirkte sie abwesend. Für sie musste sich das Leben längst woanders abspielen, in der Nebel verhangenen Landschaft zwischen Erinnerungen und Rauschfantasien, in einer heilen Welt voller Enkel und Apotheken und ohne Kommunisten. Selten tauchte sie aus der Versenkung auf. Dann verlangte sie eine Tasse Schwarztee, ein Gläschen Ţuikă, ein paar Lokum oder eine Zigarette. Dann seufzte sie und meinte, das Alter sei eine einzige Zumutung. Dann bat sie ihn, aus Ciorans Werk vorzulesen, und während er die lebensverneinenden Sätze wiedergab, entschlüpfte ihr gelegentlich ein Glucksen. Dann beklagte sie sich über die Vladescus, denen sie während der Eiszeit kofferweise Damenstrümpfe und Kaffee geschenkt habe, wenn sie zu Besuch gekommen sei. Und irgendwann begann sie von Zürich zu erzählen, ihren besten Jahren, Zürich im Frühling, Zürich im Herbst, Zürich trotz der Föhnlage, die schreckliche Kopfschmerzen verursachte. Von der herzensguten Rodica Lusztig, von den anderen Emigranten, allesamt kultivierte Rumänen, Magyaren, Jugoslawen, die dem Kommunismus entronnen waren, aber nie über ihr Schicksal jammerten. Das Exil in Zürich sei ein Segen gewesen, betonte sie und verweilte einige Sekunden bei der Vorstellung. Ein Segen, bis die Wende kam und sein Vater in Zürich aufkreuzte. Sie schielte zu ihrem vermeintlichen Enkel hinüber. Es tue ihr leid, das zu sagen, aber sein Vater sei ein Teufel. Wenn Mikail nicht gewesen wäre, ihr Gatte, Gott habe ihn selig. Leider habe er keinen Sinn fürs Zwischenmenschliche gehabt, bloß für sein biochemisches Institut. An dieser Stelle kramte sie jeweils das Schwarzweißfoto hervor, das unter ihrem Kissen ruhte. Ihre Hand bebte, wenn sie sich das Bild vors Gesicht hielt. Wie auf Knopfdruck wurde sie zur trauernden Witwe. Er habe seine Augen, meinte sie und streckte ihm das abgefingerte Stück Fotopapier entgegen, das Abbild eines Manns in einem weißen Kittel, das schwarze Haar nach hinten gegelt, um den Mund einen spöttischen Ausdruck. Er sei viel zu nachsichtig gegenüber dem Schwiegersohn gewesen, und das habe sich gerächt. Stets sprach sie mit matter Stimme die immer gleichen Sätze, als müsste sie den Text für eine ungeliebte Rolle auswendig lernen. Dann zum Schluss jeweils der Trost: Wenigstens dürfe sie ihre letzten Tage an der Seite ihres Enkels verbringen, Gott sei Dank.

Sie verlangte nach einer Zigarette. Er beugte sich, ohne einzuatmen, über sie und steckte ihr eine Kent zwischen die Lippen. Er zückte ein Feuerzeug. Flink ergriff sie sein Handgelenk und zog die Flamme zu sich heran. Für einen Augenblick wurde die Kraft spürbar, die einmal in diesem hinfälligen Körper gewirkt haben musste. Sie stieß den Rauch durch die Nase aus. Was für ein Leben, stöhnte sie und richtete sich ein wenig auf. Wie üblich entfernte sich ihr Blick durch ihn hindurch.

»Sei froh, Ianusch, dass du noch jung bist.«

Er wartete einige Sekunden, um wieder einmal einen Versuch zu wagen.

»Du erinnerst dich doch an Doina?«

Ihre wässerigen Augen wurden schmal.

»Doina und ich waren zusammen. Du musst dich an sie erinnern.«

»Die Tochter vom Anwalt?«

Er zuckte mit den Schultern. Woher sollte er wissen, wer Doinas Vater war.

»Die Tochter vom Anwalt heißt nicht Doina. Außerdem lebt sie jetzt in Genf. Zusammen mit einem Kieferchirurgen aus Timişoara. Ein Magyar, wenn ich mich nicht täusche. Sie haben einen autistischen Sohn. Warum hast du keine Kinder?«

»Allein klappt das nicht.«

»So viele Mädchen, Ianusch. Jedes Mal, wenn ich hier war, ein neues Gesicht. Wie hätte ich mir all die Namen merken sollen. Irgendwann musst du dich entscheiden. Du kannst nicht dein Leben lang ausprobieren. Werde bloß nicht wie dein Vater, dieser Teufel.«

»Und du bist dir sicher, es hat sich hier nie eine Frau gemeldet, während ich unterwegs war? Eine lebenslustige Brünette in meinem Alter?«

»Nein, du bist nicht wie dein missratener Vater. Du schlägst zum Glück nach unserer Seite. Die Augen wie Mikail, die dünnen Beine wie Oana, deine arme Mutter, Gott habe sie selig. Sag, Ianusch, brauchst du Geld?«

Er wollte sie anschreien. Stattdessen sah er zu, wie Zigarettenasche auf die Bettdecke fiel.

»Wenn du Geld brauchst, nimm, so viel du willst.«

Ihre Hand tastete nach der Packung auf dem Nachttisch. Er reichte sie ihr. Sie legte sich eine Tablette unter die Zunge und sank ins Kissen zurück.

»Gib mir ein Küsschen, Ianusch.«

Seit mehr als vier Wochen tat er sich das an. Dieselben Worte, dieselben Gesten. Vielleicht war es zu spät, um noch auf die Wahrheit zurückzukommen. Er verließ das Zimmer, das erfüllt war von Zigarettenrauch, dem Duft alter Wäsche, Hautcreme und süßklebrigem Parfüm, ein Duft, der ihn an einen fernen Ort erinnerte, vermutlich seine Kindheit. An eine eigene Großmutter konnte er sich beim besten Willen nicht erinnern. Überhaupt hatten sämtliche Gesichter aus seiner Vergangenheit nach und nach ihre Konturen, ihren Ausdruck, letztlich ihre Bedeutung verloren, waren bis zur Unkenntlichkeit verblichen, und an ihrer Stelle schimmerten ovale Schemen vor einem milchig trüben Hintergrund. Dabei hatte er sich nie gegen das Erinnern gewehrt. Im Gegenteil, er versuchte es stets von neuem, versetzte sich an die Schauplätze seiner Kindheit, vergegenwärtigte sich die durchgrünte Wohnblocksiedlung, in der er seines Wissens aufgewachsen war, seine ersten Abenteuer, die Schulzeit, dann der Aufbruch, die Flucht aus der Provinz nach Berlin, das Studium, die große Liebe, der sich anbahnende Alltag, der sogenannte Ernst des Lebens. Doch so sehr er in sich wühlte, seine Erinnerungen nahmen keine Gestalt an. Selbst die Namen und Orte blieben Behauptungen. Er war doch wohl noch derjenige, der er gewesen war?

In der Küche setzte er einen Topf Wasser auf. Er legte zwei Teebeutel bereit und wartete. An den Gasgeruch hatte er sich gewöhnt, ebenso an den tropfenden Wasserhahn. An die Kälte, die durch die Hintertür und den Fensterrahmen drang. An die Kakerlaken, die unter dem Küchenschrank umherflitzten. An den winzigen Innenhof mit dem Geräteschuppen und dem Plumpsklo, das niemand mehr benutzte. In den vergangenen Wochen hatte er jeden Winkel erkundet. Dieses Haus besaß für ihn kein Geheimnis mehr. Dabei war er sich sicher gewesen, dass die Nummer acht in der Gliulamila das Ziel seiner Suche sein müsse. Andernfalls hätte er die Reise womöglich gar nie auf sich genommen. Aber was half ihm der Konjunktiv? Im Kühlschrank fand er eine Untertasse mit Resten einer Auberginenpaste. Er bestrich damit eine Schnitte ungesalzenes Brot. Er hatte noch nicht einmal gefrühstückt, und es war schon vier Uhr nachmittags. Draußen kläfften die Dackel, ein Moped krachte vorüber, und von weitem war das Heulen einer Polizeisirene zu hören.

Doina hatte in ihrer letzten Postkarte beteuert, sie werde am ersten Freitag im November im Haus der Bunică erscheinen. Es gab Tage, da beschlich ihn der Verdacht, sie habe ihn bloß loswerden wollen. Andererseits bewiesen ihre Sätze, wie sehr sie ihn liebte, vielleicht nicht ihn, aber immerhin denjenigen, für den er gehalten wurde. Sie wird kommen, weil sie kommen muss, sagte er sich, während er durchs Fenster beobachtete, wie Doamna Vladescu die Fliederbüsche entlangstreifte und gelegentlich mit der Ferse in die Wiese stapfte. Wie viele Mäuse mochte sie schon zertreten haben? Bevor sie hinter dem Haus verschwand, äugte sie erneut in seine Richtung. Vergeblich, ich bin unsichtbar, dachte er, während sein Blick die Flecken auf der Fassade umkreiste, die er seit seiner Ankunft für Einschusslöcher gehalten hatte. Mit einem Mal erschien ihm das unwahrscheinlich. Die sogenannte Revolution hatte sich in der Innenstadt abgespielt, wie er wusste. Die Scharfschützen, die aus dem Nichts gekommen zu sein schienen, hatten ihren Schrecken um den Universitätsplatz herum verbreitet, hatten von Dächern aus wahllos in die Menschenmenge geschossen. Unmöglich, dass sich eine Kugel bis hierher hätte verirren können. Vielleicht stammten die Löcher in der Fassade aber auch aus dem Weltkrieg, sofern es sich überhaupt um Einschusslöcher handelte. Seltsamerweise schien der Weltkrieg hier gar nicht stattgefunden zu haben. Niemand sprach darüber. Das Elend begann erst nach dem Krieg, erst mit dem Diktat der Sowjets, mit der Gründung der übermächtigen Partei, die sich der Züchtung eines neuen Menschen annehmen wollte. Vielleicht waren es gar keine Einschusslöcher, sagte er sich, sondern Flecken, die von einem Schimmelpilz herrührten, der das Gemäuer von innen her auffraß. In der Gegend treibe ein berüchtigter Pilz sein Unwesen, hieß es, ganze Häuserzeilen seien von ihm befallen. Nun, was wusste er schon von dieser Gegend, diesem Land, von dessen Geschichte, der Geschichte überhaupt.

In ihren seltenen luziden Momenten hatte ihm die Rebreanu ihre Version erzählt. Der Kommunismus sei schuld. Mit dem Kommunismus habe der Wahnsinn Eingang in den Lebensalltag der Leute gefunden. Von einem Tag auf den anderen habe sich niemand mehr um Haus und Garten gekümmert. Warum auch? Niemand wusste, wie lange er noch in seinem Zuhause leben durfte. Jeder musste damit rechnen, dass der Diktator dieses Viertel genau so plattwalzen lasse wie die anderen. Seine Vernichtungswut hatte System; von Systematisierung war die Rede, seit er an der Macht war. Das Leben sollte umgestaltet werden, und leider folgten seinen

Worten Taten. Das Viertel östlich des Boulevards, einst eine lockere Ansammlung von Einfamilienhäusern im Stil der Jahrhundertwende, musste einer Wohnblocksiedlung weichen. Nun standen dort Zementklötze mit durchnummerierten Hauseingängen, leckenden Wasserrohren und toten Steckdosen. Und durch das historische Stadtzentrum, das einst mit seinen Steinhäusern an Paris erinnerte, ließ der Diktator eine Schneise schlagen, eine künstliche Prachtstraße, die genau einen Meter breiter war als die Champs-Élysées. Und auf dem Gipfel seines Bauwahns entwarf er, der ursprünglich Schuster gewesen war, den Volkspalast, ein Monster von Gebäude, nur geringfügig kleiner als das Pentagon. Die Armee wurde dafür eingesetzt, der Bau verschlang das halbe Volksvermögen und mehr als ein Dutzend Menschenleben. Wie hätte da noch jemand seinen Garten pflegen mögen? Es gab damals keine Zukunft, weil ein Wahnsinniger die Gegenwart gestaltete. Es gab keine Hoffnung, weil ein kleiner Schuster über das Schicksal der Leute bestimmte. Es gab keine Sprache, weil ein Diktator jeden Begriff besetzte. Den Leuten blieben nur ihr jämmerlicher Alltag sowie die Einsicht, einer unberechenbaren Wirklichkeit ausgeliefert zu sein. Das machte einen kleinmütig, misstrauisch und ängstlich, aber auf verquere Weise auch wieder großzügig. Denn es gab nichts zu gewinnen. Man schmiedete keine Pläne, man sparte nicht, schaute nicht voraus. Man ließ sich auf beiläufige Weise gehen. Von Bedeutung war stets nur der Augenblick, die konkrete Begegnung im Hier und Jetzt. Immerhin entstanden so Humor und Freundschaft.

Am Abend saß er wie gewohnt auf dem Sofa, eingehüllt in den sepiafarbenen Schein der Stehlampe. Er las in einer wissenschaftlichen Abhandlung über die Entstehung der Gefühle. Verfasser war ein gewisser Mikail Rebreanu. Er stieß auf eine Passage, die von der Schmerzresistenz der sogenannten Wilden handelte, ein Phänomen, das angeblich durch Versuche eindeutig belegt war. Hinter den Zeilen erblickte er zwei Männer in Laborkitteln, die einem schwarzen Jungen ein glühendes Eisen zwischen die Augen drückten. Als über ihm die Spülung erbrach, schreckte er auf. Er verweilte einige Sekunden lang zwischen dem Traumbild und der antiquierten Stube. Manchmal erschien ihm seine Gegenwart hier, in der Welt der alten Rebreanu, wie eine unwahrscheinliche Verschränkung, als ob sich zufällig zwei Leben berührten, die sich sonst in verschiedenen Wirklichkeiten abspielten, eine undichte Stelle im Gefüge der Zeiten, eine metaphysische Lücke. Dann wieder hielt er solche Überlegungen für vollkommenen Quatsch.

Er trat zum Fenster und blickte auf die kärglich beleuchtete Gliulamila hinaus. Er horchte nach Geräuschen aus dem Obergeschoss. Er machte den Fernseher an. Einmal mehr staunte er über das Spektakel, die Talkshows, Quizshows, Castingshows, die bis hin zu Signet und Logo identisch waren mit denen, die er aus dem deutschen Fernsehen kannte. Zwar war die Sprache eine andere, aber die Stimme des Moderators, seine Phrasierung, sein Zähneblecken, ebenso die fröhlichen Claqueure auf der Tribüne im Hintergrund, genau wie dort, damals. Wir sind die Welt. Wir stellen das dar, was wirklich ist. Wir bedeuten alles. Komm zu uns, werde ein Teil von uns, denn allein bist du nichts.

Jemand polterte gegen die Haustür. Er musste vor dem Fernseher eingeschlafen sein. Er öffnete das Fenster und erblickte die Gestalt eines Mannes, der auf der Vortreppe auf und ab stampfte. Kaum hatte er die Tür aufgesperrt, stürmte der Fremde herein und überschüttete ihn mit einem Schwall heiserer Flüche. Der Mann roch nach Schnaps und griff mit beiden Händen in die Luft.

»Nu vorbesc românește«, entgegnete er ihm.

Den anderen schien das nicht zu kümmern, der brüllte weiter und versuchte, zur Treppe zu gelangen, was er mit einem ausgestreckten Arm verhinderte. In den Augen des Fremden blitzte eine Wut auf, die sich wohl aus Jahrzehnten voll Erniedrigung genährt hatte.

»Lass ihn, Ianusch. Der Mieter ist ein anständiger Mensch.«

Die Rebreanu stand in ihrem blassblauen Morgenmantel am Kopf der Treppe, das Haar flüchtig zurechtgekämmt, das Gesicht mit einigen Tupfern Rouge aufgeschönt. Sie stützte sich mit der linken Hand am Geländer ab, weniger als Pose denn aus Notwendigkeit. Sie warf dem Fremden einen Satz auf Rumänisch zu. Du schon wieder. Was willst du hier. Oder so ähnlich. Noch durch ihre gebrechliche Erscheinung hindurch verströmte sie eine Arroganz, die unerschütterlich schien. Zwischen ihr und dem anderen jagten die Worte hin und her, mal lauter, mal spitzer. Bald überschlug sich die Stimme des Fremden, die Venen an seinem Hals traten hervor, während sich die Miene der alten Rebreanu sachte veränderte, ihre Verachtung verwandelte sich in Belustigung. Das würde die Sache nicht vereinfachen, sagte er sich. Als der Tobende einen Fuß auf die erste Stufe setzte, fragte er die Alte, ob er den Kerl hinausschmeißen solle. Ohne abzuschätzen, ob er dazu überhaupt im Stande gewesen wäre. Im selben Moment traf ihn der Blick des Fremden.

»Cine este el?«

Die Frage richtete sich an die Rebreanu. Sie wedelte mit

einer Hand vor dem Gesicht, als erreiche sie plötzlich ein strenger Geruch. Cine este el? Wer ist er? Die Frage hallte wider, waberte durch das Treppenhaus, legte sich wie ein Film über die Dielen, die Tapete, die Zimmerdecke, verdunkelte den Augenblick, ließ den Raum auf magische Weise schrumpfen, erzeugte eine Stimmung, die nach Wahrheit schrie, einer Wahrheit, die jede Sekunde der vergangenen Wochen umgedeutet hätte, und das Echo jener Frage wirkte fort, knisterte durch sämtliche Bewusstseinsschichten hindurch, übertrug sich auf jeden Gedanken, lenkte jeden Hirnstrom und erreichte schließlich das Gewissen des vermeintlichen Ion. Cine este el? Wer ist er?

»Ein Niemand«, erwiderte die alte Rebreanu, nachdem der Fremde mit hochgezogenen Schultern das Haus verlassen hatte. »Der Mieter war schon immer so. Ein undankbarer Menschenschlag.«

»Warum nennst du ihn *Mieter*?«

Er lehnte mit dem Rücken gegen die zugesperrte Eingangstür.

»Es ist nicht seine Schuld. Nach dem Krieg und der Machtergreifung der Kommunisten wurde alles neu verteilt. Der Staat hat unser Haus beschlagnahmt und die beiden hier einquartiert, den Mieter und seine Frau, zwei armselige Bauern aus den Karpaten. Weiß Gott, was sie hier verloren hatten. Nach der Wende haben wir prozessiert. Wir wollten unser Haus zurückhaben. Das Ganze zog sich hin. Aber wir haben einen guten Anwalt, Maître Maurer. Du kennst seine Tochter.«

»Doina Maurer?«

»Er ist ein guter Anwalt. Teuer, aber gut. Schließlich sprach uns das Gericht in erster Instanz das Haus zu. Wir wurden verpflichtet, für den Mieter eine neue Wohnung zu suchen. Drüben in Pantelimon haben wir eine Dreizimmerwohnung gefunden. Und die Miete für ein Jahr vorgeschossen. Der Mann kann sich wirklich nicht beklagen.«

»Offensichtlich ist er anderer Meinung.«

»Der Prozess hat Jahre gedauert. Wenn ich daran denke, wie viel wir für den Anwalt bezahlt haben. Und mein lieber Mikail, der Ärmste, Gott hab ihn selig, hat das Urteil nicht mehr erlebt. Und das nennen sie Gerechtigkeit.«

»Der Kerl wird keine Ruhe geben.«

»Er brüllt ständig. Seine Frau ist taub. Außerdem ist er betrunken. Wenn er Schnaps getrunken hat, taucht er hier auf und macht sich wichtig. Ich habe nichts gegen ihn. Für solche Leute war der Kommunismus ein Glücksfall. Endlich durften sie in einem Haus wohnen und ihre schwachsinnigen Kinder auf die Universität schicken. Wir dagegen wurden schikaniert, wir verkörperten das dekadente Bürgertum, den Klassenfeind, was weiß ich. Der Mieter und seinesgleichen haben ihre Zeit gehabt, sie haben fünfzig Jahre lang triumphiert, aber sie haben nichts erreicht. Und jetzt sind wir wieder dran. Jetzt leben wir wie zuvor. Nur dass uns fünfzig Jahre geraubt wurden. Ach, ich bin müde. Gib mir ein Küsschen, Ianusch.«

Es schmerzte, sagte er sich. Aber die Wahrheit würde noch heftiger schmerzen. Und wie würde die Wahrheit lauten? Ich bin nicht Ion. Ich bin ein anderer. Aber wer ist Ion, wenn ich ein anderer bin? Ist in Wahrheit nicht Ion der andere? Ein einziges Bild hatte er von ihm.

* * *

Er hatte dagelegen, bäuchlings, über den Bordstein geknickt, die Beine in den Jeans leicht angewinkelt, eine Laufbewegung andeutend, und unter dem Parka ein weißes T-Shirt mit einem Aufdruck, der nicht zu entziffern war, den linken Arm schlaff über die Fahrbahn ausgestreckt, als hätte er im letzten Moment nach einem Halt gesucht, der berüchtigte Griff ins Leere, während Schulter und Kopf auf dem Gehsteig ruhten, wie hingebettet, regungslos, nur der rechte Arm unter dem Rumpf eingeklemmt, die Hand auffällig verdreht, wie falsch ins Gelenk verschraubt, und das Gesicht nur zu zwei Dritteln sichtbar, zwischen schwarzen Haarsträhnen hindurch, ein unverletztes Antlitz, in die Ferne gewandt, gedankenverloren, wie abwesend, die schmale Nase allem Anschein nach unversehrt, wie auch die blasse Stirn, keine Schramme, nirgends, der Mund merkwürdig verkniffen, als sei auf den Lippen jäh ein Schrei abgerissen, ein schockgefrorenes Entsetzen, gleich einem Schnappschuss, sekundenhaft, flüchtig und doch verewigt, dann die Augen, zwar aufgesperrt, aber ohne Blick, wie ausgeknipst, und jenes dunkle Rinnsal aus dem rechten Ohr, das über Wange und Kinn auf das Pflaster hinabtropfte.

Der ist nicht mehr da, sagte sich Tom Kulisch, genau in diesen Worten, während er in der Prenzlauer Allee auf ihn hinunterblickte. Er konnte sich nicht von dem Anblick lösen, nicht von der Stelle rühren, noch nicht einmal, als eine Traube von Schaulustigen sich um ihn drängte und das Geheul des Notfallwagens näherkam.

Schicksal war ein Wort, für das er lange nur Spott übriggehabt hatte. Mit dem Glauben ans Schicksal könnte man gewiss gut einschlafen, was aber sollte man nach dem Erwachen damit anfangen; nur Angsthasen würden sich dem Schicksal überantworten. Er, Tom Kulisch, brauche kein Schicksal, teilte er jedem mit, der es hören wollte. Doch selbst im Rückblick konnte er sich nicht erklären, warum er ausgerechnet in jener Sekunde an der Kreuzung auf der Prenzlauer Allee stand. Er hätte zu dem Zeitpunkt nicht dort sein sollen.

Erst kürzlich und eher gegen seinen Willen war er in die Gegend gezogen. Er hatte diese Ecke nie gemocht, diesen ach so begehrten Berliner Kiez, der aus schick sanierten Altbauten und breit gepflasterten Straßen bestand. Die Bewohner, durchwegs Leute um die dreißig, trugen ihre Saturiertheit zur Schau, mit modischen Sonnenbrillen und gezielt nachlässiger Kleidung, stets darum bemüht, zugleich entspannt und vielbeschäftigt zu wirken. Ärger wurde mit wohlfeilen Sprüchen überstimmt, Zweifel von einem Scheinwerferlächeln überstrahlt, niemand wollte als Spielverderber gelten und schon gar nicht als Verlierer.

Nicht das Schicksal hatte Kulisch in diesen Kiez verschlagen, vielmehr der schnöde Zufall. Er hatte, wie man so sagt, Glück im Unglück gehabt. Nach dem Desaster mit Julia hatte er dringend eine Wohnung gebraucht. Da hatte es bestens gepasst, dass er eines Nachts in der Havel Bar seinem früheren Studienkollegen Alexander Rensing begegnet war, der beabsichtigte, für einige Monate nach Boston zu verreisen. Zwei, drei Bier, ein einvernehmliches Gelächter, ein Schulterklopfen, und das unverhoffte Wiedersehen mündete in eine Wohnungsübergabe. Der gute Rensing erklärte sich bereit, ihm seine Bleibe zu überlassen. Gib den Pflänzchen Wasser, füttere die Spatzen und sei nett zu den Nachbarn.

Tom Kulisch und Alexander Rensing hatten sich während des Studiums nie wirklich angefreundet. Aus den gemeinsamen Jahren, den unzähligen Stunden in Hörsälen hatten sie immerhin so etwas wie Zutrauen zueinander gewonnen. Überdies dürfte Kulischs Schilderung, wie seine neunjährige Beziehung mit Julia in die Brüche gegangen war, den anderen gerührt haben. Aus der Ferne hatte er die Anfänge jener Liebesgeschichte mitbekommen. Tom Kulisch und Julia Schweiger, ein beneidenswertes Gespann, meinte der Kollege an jenem Abend in der Havel Bar. Sie hatte damals in einer Taverne gearbeitet, die aufgrund ihres Weinangebots bei den angehenden Romanisten beliebt gewesen war. So mancher hatte zwischen Burgunderflaschen und Rauchschwaden hindurch die aparte Aushilfskellnerin angehimmelt. Schon damals hatte Kulisch geahnt, dass er nicht der Einzige war, der Julias eigentümliche Art, ihre Abgeklärtheit, ihre ein wenig verschattete Schönheit wie auch ihre Ballerinafigur begehrenswert fand. Mehrmals und für Kulischs Geschmack eine Terz zu laut schwärmte Rensing nun von Julia. Eine Frau zum Niederknien, verkündete er und stemmte sein Bierglas in die Höhe. Wie anmutig sie sich zwischen den Tischen hindurchgeschlängelt habe, wie keck sie die dummen Sprüche erwidert habe, und nun so was. Na ja, manchmal habe sie ein bisschen düster gewirkt, fügte Rensing mit seinem Grinsen hinzu, das schon während des Studiums stets einen Zug ins Überhebliche gehabt hatte. Kulisch war nie dahintergekommen, worauf das gründete. Rensing war nicht beliebt gewesen, aber zu einem wahren Außenseiter hatte es auch nicht gereicht. Er hatte zu jenen gehört, die man nach der Hörsaalnummer oder der Skriptseite fragt, deren Nähe man jedoch meidet. Und er machte es einem wirklich nicht leicht, musste Kulisch abermals feststellen. Schon nach drei Bier strahlte Rensings Gesicht eine Selbstgefälligkeit aus, die sich unerschütterlich gab. Er leitete jeden seiner Sätze mit der ersten Person Singular ein, feierte hemmungslos ein Fest des Ich und schien in sich so aufgehoben wie gefangen zu sein. Sein Gegenüber war ihm bloß ein Resonanzkörper, worin seine Worte widerhallten. Diese Unart, die ihm selbst nicht ganz entgehen konnte, versuchte er wettzumachen, indem er zum Schluss die Rechnung beglich. Die Handbewegung, mit der er in seine Hosentasche griff, um ein paar Geldscheine hervorzuzaubern, war womöglich das wahrhaft Unverwechselbare an Rensing, sagte sich Kulisch. Auch an jenem Abend in der Havel Bar fiel es ihm schwer, dem Kollegen gegenüber Dankbarkeit zu empfinden. Er rang sich zu einem Lächeln durch, doch spiegelte er im Grunde nur dessen Lächeln.

Alexander Rensing war einer dieser Glückspilze, die sich nie um ihr Glück scheren mussten. Er war mit wohlhabenden Eltern gesegnet, die irgendwo im tiefsten Hessen lebten, dennoch das neue Berlin liebten und sich in den Kopf gesetzt hatten, dass Immobilien eine sichere Altersvorsorge darstellten. Sie hatten nach der sogenannten Wende ein Wohnhaus in einem angesagten Viertel der Hauptstadt erworben. Die Mieteinnahmen versprachen ihnen einen satten Lebensabend im hessischen Nirgendwo. Und nebenbei verhalfen sie ihrem Sohn zu einem mietfreien Dasein in drei hellen Zimmern mit Einbauküche und einem Balkon voller Topfpflanzen, an der Ecke zur Prenzlauer Allee. Eine komfortable Lage, stellte Kulisch fest, als er sich nach Rensings Abreise dort einfand. Er durchmaß die Wohnung, verstaute seine beiden Koffer im fremden Schlafzimmer und prüfte die Bettwäsche. Er blickte zum Fenster hinaus auf die Fassaden und kam sich wie ein Heuchler vor.

Mag sein, dass er damals in einer Krise steckte. Nur spürte er nichts dergleichen. Im Gegenteil: Tom Kulisch trat sein neu gewonnenes Junggesellendasein voller Zuversicht an. Nicht einen Atemzug lang wollte er sich mit Vergangenem herumplagen, keinen Gedanken an Julia verschwenden, bloß keine Sentimentalitäten. Die Welt lag ihm zu Füßen; oder doch zumindest der Berliner Abenteuerspielplatz. Er fühlte sich mit seinen siebenunddreißig Jahren weder jung noch alt, weder erfolgreich noch gescheitert, weder übermäßig in die soziale Pflicht genommen noch ohne Anschluss vereinsamt. Er sah sich genau in der Mitte, genau auf jener Lichtung stehen, die von widrigen Umständen umgeben ist und von der aus die allermeisten Wege in die Verbitterung führen. Solange er sich nicht bewegte, bliebe sein Leben ein einziges Versprechen, sagte er sich.

Außerdem hatte er gerade einen lukrativen Auftrag eingeheimst: die Übersetzung einer fünfzigseitigen Bedienungsanleitung für einen Multimediaprojektor. Diese Arbeit hatte er dem Büro Malinowski zu verdanken, für das er schon Aktenschränke voller Texte übersetzt hatte. Der Chef persönlich hatte ihm das englische Original zugeschickt mit der Bitte um zeitnahe Erledigung. Warum Malinowski ihm so wohlgesinnt war, blieb Kulisch schleierhaft. Er war dem Mann nie begegnet, kannte ihn nur aus hastigen Telefongesprächen, wusste allerdings um seine Beharrlichkeit. Er hatte ihm gegenüber wiederholt beteuert, dass er Englisch nur im Nebenfach studiert habe und sich im Französischen sicherer fühle. Malinowski ließ sich dadurch nicht beirren. Ein ums andere Mal sandte er ihm Texte auf Englisch zu, Packungsbeilagen, Handbücher, technischen Kram, doch stets umfangreich und deshalb einträglich. Gäbe es noch so etwas wie Väter, käme Malinowski dieser Figur sehr nahe. Am Ende jedes Telefonats erging er sich in Ermunterungen: Weiter so, Junge, du bist schnell und zuverlässig, du darfst nicht zaudern, nutze deinen Verstand und bleibe vor allem genau, Genauigkeit ist deine Stärke, Junge.

Kulisch spürte zwar Malinowskis Neigung, ihn zu vereinnahmen, aber selbst die Tatsache, dass inzwischen fast vier Fünftel seiner Aufträge aus dem Büro stammten, ließ ihn nicht daran zweifeln, dass er freischaffender Übersetzer war. Diesen Status hatte er sich bitter erkämpft. Er hatte auf dem Weg in die Selbständigkeit zahlreiche Durststrecken durchlaufen: überzogene Konten, Briefkästen voller Mahnungen, Demütigungen seitens der Behörden, hämische Bemerkungen von Kollegen. Nun stand er auf eigenen Beinen. In aller Freiheit konnte er entscheiden, ob er eine Bedienungsanleitung für einen Multimediaprojektor übersetzte oder nicht.

So erfreulich das Honorar, so aufreibend die Arbeit. Aber das war nichts Neues, tröstete er sich, während er sich im fremden Wohnzimmer seinen Arbeitsplatz einrichtete. Nach der Zeilenschinderei würde er am Ende des Monats den Bankauszug ansehen und sich ins Fäustchen lachen. Während der Schinderei jedoch gab es einige Fallen, vor denen er sich zu hüten hatte. Selbst eine Bedienungsanleitung war nicht frei von Tücken. Gewisse technische Ausdrücke entpuppten sich als Neologismen, so dass er ein entsprechendes deutsches Wort erfinden musste. Erfindungen aber machten den Übersetzer angreifbar. Verließ man einmal die lexikalisch gegebene Ordnung, drohte schiere Beliebigkeit. Und manche Sätze waren schon im Original fehlerhaft. Wie sollte er den Fehler wiedergeben? Oder sollte er ihn berichtigen? Wie weit durfte er als Übersetzer gehen? Hinter solchen Fragen lauerten die berüchtigten Fallen.

Er saß vor seinem Laptop, zu seiner Linken die englische Bedienungsanleitung sowie sein liebstes Wörterbuch, zu seiner Rechten ein Aschenbecher und dahinter ein Exemplar jenes Projektors, ein schuhschachtelgroßes Gerät, das unvergessliche Momente versprach, kuschelige Heimkinoabende ebenso wie lässige Firmenpräsentationen, und dessen eines Auge aus einer cremefarbenen Plastikverschalung herauslugte. Ding, Monster, Ausgeburt der Technik, egal. Anfangs kam er gut voran. Ein Wort folgte dem nächsten, ein Satz ergab den anderen, Zeile um Zeile, Seite um Seite. Ungefähr in der Mitte des Textes machte ihn ein Satz stutzig: *The image that has been adjusted will not be reflected even if it is captured.* Sowohl grammatikalisch als auch semantisch bekam er den Satz nicht richtig zu fassen. Bei jedem Zugriff entwischte er ihm, mögliche Bedeutungen verwischten sich, Sinn und Unsinn gingen ineinander über, und irgendwann schillerte jedes einzelne Wort in seinem Bedeutungsraum.

Zwei Abende lang beugte sich Kulisch über diesen einen Satz, eine Thermoskanne voller Kaffee und eine Schachtel Zigaretten in Reichweite. Dazu die Gewissheit, dass er ein schneller und genauer Übersetzer war. Schließlich hatte er mit seinen Einkünften nicht nur sich, sondern darüber hinaus eine apathische Julia durch die letzten Jahre gebracht. Er nahm sich jenen Satz vor wie eine Lebensaufgabe. Er litt und fluchte und schöpfte Hoffnung. Er schob die Satzteile hin und her, ersetzte den einen Begriff durch einen anderen, versuchte es mit einer umständlichen Substantivierung, dehnte die Grammatik bis an ihre Grenze. Doch der Satz widersetzte sich. Er war unmöglich und verfolgte Kulisch noch bis in die Havel Bar, die er mittlerweile zu seiner Feierabendkneipe erkoren hatte, wobei er darauf achtete, sich mit keinem der Stammgäste anzufreunden. Die verwirklichten sich allesamt im Kulturbereich, wie er wusste, und aus ihren glasigen Augen sprach chronisches Elend. Es war eine Qual. Sowohl mit der Kneipe als auch mit dem Satz. Kulisch begann von sprechenden Multimediaprojektoren zu träumen. Und wenn er unter der Dusche stand und die Augen schloss, flimmerten Endlostexte vorüber.

Im Büro Malinowski gab man sich kulant und gewährte ihm zwei Wochen Aufschub. Kein Wunder, er hatte lange an der Ausrede gefeilt, sich auf die Philosophie des Meisters bezogen. Jedes Verstehen beruhe auf einer angemessenen Distanz, hatte ihm Malinowski einmal erklärt. Im ersten Moment verstehe man die Dinge oft falsch. Ein Kalenderspruch, gewiss, sagte sich Kulisch, aber angesichts der Umstände erbaute er ihn.

So ging er die Sache ruhiger an. Er stand erst gegen elf Uhr auf und verweilte länger als gewöhnlich bei Kaffee und Zeitung. Er machte einen Bogen um den Laptop, gab den Pflanzen auf dem Balkon Wasser, blätterte in alten Geo-Heften, die Rensing nach Erscheinungsdatum geordnet hatte, oder widmete sich dessen Gesteinssammlung. Mehrere Dutzend faustgroßer Exemplare, Granite, Quarze, Kristalle waren über eine Tischplatte und einem Fenstersims ausgebreitet, dazwischen Kieselsteinchen hingestreut. Zum Glück brauchen die kein Wasser, sagte sich Kulisch und strich mit zwei Fingern über die glatte Oberfläche eines Jadeiten. Diese Gesteinsorgie ergab für ihn absolut keinen Sinn, führte ihm nur vor Augen, wie wenig er seinen ehemaligen Studienkollegen kannte. Rensing: Er hatte nie irgendeine Vorliebe gezeigt, nicht für die Romanistik, nicht für die Linguistik, nicht für die Literatur, schon gar nicht für seine Kommilitonen. Er war wie im Schlaf durch die Vorlesungen gewandelt, hatte blindlings eine Diplomarbeit verfasst und war ohne Prädikat aus dem akademischen Betrieb hinaus in den Ernst des Lebens gestolpert, der sich in seinem Fall wiederum als geschützte Werkstatt entpuppte. Rensing blieb, vielleicht ohne es zu wollen, in der Obhut seiner Eltern, eingebunden in ihren Vorsorgeplan. Einzig mit dieser Gesteinssammlung bewies er einen gewissen Eigensinn. Er hatte offensichtlich viel Sorgfalt auf Auswahl und Pflege der Steine verwendet. Noch die Anordnung der einzelnen Exemplare schien von einem Kult inspiriert, wie Kulisch verwundert feststellte. Es war, als habe sich hier einer sein kleines heidnisches Reich erschaffen. Aberwitzig, dachte er. Und dasselbe dachte er von dem Satz, der sich nicht übersetzen ließ. *The image that has been adjusted will not be reflected even if it is captured.*

Er gewöhnte sich an, bereits um acht in seine Feierabendkneipe zu gehen. Nach und nach schmeckte der Rotwein besser, die beiläufigen Unterhaltungen nahmen sich spannender aus, die Stammgäste gaben sich aufgeschlossener, der Barmann zuvorkommender, die Mädels im Hintergrund anzüglicher. Und statt wie sonst nach Kneipenschluss den Heimweg anzutreten, ließ er sich dazu überreden, im Sowjet einen Absacker zu trinken. Diese Kneipe erwies sich mit einem Mal als gar nicht so versifft und verlottert, wie er sie in Erinnerung hatte. Und er wusste nicht mehr, weshalb er sie in den vergangenen Monaten gemieden hatte. Und der Gin Tonic war gar nicht so teuer und prickelte angenehm in der

Kehle. Und seine Begleiter, zumeist arbeitslose Schauspieler oder Schriftsteller, entpuppten sich als lustige, wenn auch ein wenig hysterische Zeitgenossen. Und es machte ihm nichts mehr aus, dass Bekannte ihn auf Julia ansprachen. Und er schmunzelte, wenn sie meinten, wie schade, dass es so geendet habe. Und selbst als er einmal eine weißgesichtige Julia in einer Ecke des Sowjet erblickte und zusehen durfte, wie ein Siegfried ihr seine Zunge ins Ohr steckte, konnte er nur grinsen und hob seinen Gin Tonic, auf dass die Liebe nimmer aufhöret. Und die Nächte wurden länger und gingen unbemerkt in Tage über. Und alles zerfloss und floss, so dass man sich treiben lassen konnte, und stets fand man jemanden, der neben einem hertrieb, weil alle im Grunde Treibholz waren, und der Fluss war ein guter Fluss, und er besaß seine eigene Zeit und mündete irgendwann in einen Strom, und dieser Strom war ein guter Strom, und er schwemmte einen weiter durch Zeiten und Orte, ohne innezuhalten, um schließlich in einem Ozean aufzugehen, dessen Größe so unermesslich war, dass einen ein Gefühl überkam, das an Erfüllung grenzte, dieses Gefühl, wenn man auf den Ozean zusteuerte und wusste, dass man in ihm versinken würde, dieses ozeanische Gefühl.

Nachdem Kulisch zum dritten Mal in Folge mit Wadenkrämpfen und Kopfschmerzen erwachte, begann er sich Sorgen zu machen. Er stand im Bad und überlegte, welche der beiden Zahnbürsten im Becher seine war. Unter der Dusche drehte er versehentlich das Kaltwasser auf. Die Sorgen schwollen an, und er ahnte bereits, dass diese sich zu Selbstzweifeln und letztlich Zukunftsängsten auswachsen würden. Aber gut, das gehörte zum Gefühlsleben eines

Freischaffenden. Er schluckte zwei Aspirin, löffelte eine koreanische Nudelsuppe und setzte sich an den Laptop. *The image that has been adjusted will not be reflected even if it is captured.*

Der Satz versperrte sich hartnäckiger als zuvor. Jeder Versuch, ihn zu übersetzen, verstärkte nur das Pochen in Kulischs Schläfen, die Wörter begannen zu flirren, die Bedeutungen verschwammen, und plötzlich stand die Sprache wie ein sinnloses Gerüst neben ihm. Er gab sich einen Ruck. Er nahm das Gerät in beide Hände, betrachtete es von allen Seiten, prüfte die verschiedenen Knöpfe, das Objektiv, den Zoomhebel. Wie funktionierte dieses Teil? Wozu diente es? Wer zum Teufel dachte sich so was aus? Es gab einen Knall, Plastiksplitter und Schrauben regneten von der Wand herab, und danach war der Holzdielenboden mit lauter Winzigkeiten übersät. Selbst in der Summe erinnerten sie ihn nicht an das Gerät, das er eben zertrümmert hatte. Das ist das Verstörende an den Dingen, dachte er, sie kommen von nirgendwo her und gehen nirgendwo hin, sie sagen nichts, sie gehen ganz in ihrer Funktion auf, sie tragen keine Namen, bleiben im Grunde immer tot, sie sind im wahrsten Sinn unheimlich. Er schluckte ein weiteres Aspirin und machte sich in die Havel Bar auf. Das ozeanische Gefühl, wie schön.

Das vierte verkaterte Erwachen brachte die Wende. Erst bemerkte er, dass er in den Kleidern auf seinem Bett lag, dann spürte er den Filzbelag in seinem Mund, dann einen Brechreiz, und er bereute, was er letzte Nacht getan hatte, noch bevor er sich daran erinnern konnte. Eine halbe Stunde lang kauerte er über der Kloschüssel. Er schmeckte Magensaft auf der Zunge. Woran sollte er sich erinnern? Am liebsten hätte er den Rest seines Lebens hier verbracht, zwischen den weißen Kacheln. In Rensings Hausapotheke fand er Panadol. Danach versuchte er einen Kaffee aufzusetzen. Der Espressokocher ließ sich nicht zusammenschrauben. Ohnmächtig stand er vor dem Herd, als ihn trotz der hohen Dosis Panadol der Schmerz traf. Drei Stricknadeln fuhren ihm unter die Schädeldecke, bohrten sich durch das Gehirn bis hinter die Augen. Er kehrte ins Bett zurück. *The image that has been adjusted.*

Später, als er in seinen Boxershorts durch die Wohnung tappte, stellte er fest, dass er sein Handy verloren hatte. Er wusste nicht wo, nicht wann, warum. Zwischen dem fünften Gin Tonic im Sowjet und dem Erwachen in seinen verschwitzten Kleidern spät nachmittags erstreckte sich ein weites Feld von Nichts. Es gab keine Bilder, keine Eindrücke. So kann es nicht weitergehen, sagte er sich, nachdem es ihm doch noch gelungen war, den Espressokocher zu verschrauben. Er betrachtete die Gasflamme und fühlte sich in eine Zeit zurückgeworfen, die er für überwunden gehalten hatte. Die vergeudeten Jahre mit Julia, die Exzesse der Liebe wie der Lüge, die aufgebauschte Schwärze, die abwärts ziehende Spirale. Ein schwacher Trost, dass sie sich beide getäuscht hatten, beide auf ihre Weise. Bevor er den Kühlschrank öffnete, beschlich ihn schon der Verdacht, dass die Milch alle war. Er beschloss, zum Spätkauf ums Eck zu gehen, schlüpfte in seine Jeans und warf sich ausgerechnet jenes Hemd über, an dem der Geruch der letzten Nacht haftete.

Sein Handy sah er wieder im Spalt zwischen den Sitzpolstern eines Sofas verschwinden und sich selbst einer Rothaarigen ins Gesicht lallen, während im Hintergrund spitzköpfige Schemen unter einer Diskokugel tanzten. Er sah die orangefarben leuchtende Milchglastheke und wusste, dass er sich im Sowjet befand. Er glaubte irgendwo Julias Umrisse zu erspähen, die von einem Drachen, groß wie ein Sattelschlepper, verschluckt zu werden drohten. Er sah sich und die Rothaarige aus dem Klub in die Morgendämmerung hinaustorkeln. Er sah, wie sie sich aufs Fahrrad schwang, ihn in einem schrillen Englisch neckte und nach wenigen Metern umkippte. Er sah, wie er ihr aufhalf, wie er sie mit einem Arm stützte und nach Hause begleitete. Er sah sich in einem Flur herumstehen und durch eine halboffene Tür in ein Bad spähen, wo die Rothaarige, die inzwischen Christy hieß, mit heruntergelassener Strumpfhose auf einer Kloschüssel saß. Er sah sich in Gedanken den Drachen bezwingen. Er sah sich mit halb erigiertem Penis auf einem Bett liegen, während die sogenannte Christy, die plötzlich sehr mädchenhaft wirkte, in einer Pappschachtel herumwühlte. Er sah, wie sie ihm ein Kondom entgegenstreckte und wie er schlecht verbergen konnte, dass er sich ins Sowjet zurückwünschte. Er sah, wie eine elfenbeinfarbene Gestalt sich über ihn beugte, wie ihr Schopf über seinem Unterleib auf und ab ruckte, wie sich seine Hände auf ihren Hinterkopf legten und Druck ausübten, während sich sein Blick an die Zimmerdecke heftete. Er sah zwei Körper sich herumwälzen, sah abwechselnd sie und sich, austauschbare Puppen, eine alberne Pantomime. Er vernahm das schmachtende Stöhnen, das Schmatzen und Flutschen. Er spürte sich von einer teigigen Wärme und dem Duft nach Lavendel umhüllt, von epilierten Schenkeln umklammert, von gierigen Fantasien getrieben. Er sah sich aus sich heraustreten und ins Sowjet entschweben, zu einer weißgesichtigen Julia, die sich von einem breitschultrigen Drachen mit Mittelscheitel verschlingen ließ. Er sah ihren aufgesperrten Mund unter sich, diesen angedeuteten Schrei, er starrte auf ein abgrundtief fremdes Gesicht, zu dem der Name Christy gehörte, der ihm absolut nichts sagte. Er sah für Sekunden in ihre Augen, die ihn nicht sahen. Er sah, wie seine Lenden trotz allem zuckten, wie er eine unbestimmte Wut in das Mädchen namens Christy hineinhämmerte, wie er sich anstrengte, den Drachen zu töten, seine Julia zurückzugewinnen, ein Stück Vergangenheit in die Zukunft hinüberzuretten.

Später hat er sich oft bemüht, die Sekunden vor dem Unglück genaustens zu rekonstruieren. Nicht nur weil es die Polizei von ihm verlangte, sondern auch seinem Selbstverständnis zuliebe. Hatte er den dumpfen Knall vernommen? Oder den Schrei? Oder irgendeinen Ausruf?

Er steigt die Treppe hinab, durchschreitet den Hausflur, in dem verbotenerweise zwei Fahrräder stehen, zögert vor dem Briefkasten, wo sich unter Rensings Namensschild ein Kleber mit seinem Gekritzel befindet. Er tritt auf die Straße hinaus und hält sein Gesicht in die Sonne. Es ist ein schöner Apriltag. Eine Brise berührt ihn, ein Frösteln steigt ihm ins verkaterte Gehirn und löst ein Gefühl von Dankbarkeit aus. Er vernimmt den Verkehrslärm und atmet eine Luft ein, die kalt und verschmutzt ist, aber gänzlich frei von dem Unglück, das sich zwei Minuten später ereignen wird.

Den Knall hört er nicht, jedenfalls nicht bewusst. Oder aber er hört ihn so gedämpft durch die Tür des türkischen Spätkaufs hindurch, dass er an nichts Böses denkt. Das Knirschen der Bremsen, das Quietschen der Reifen müsste er eigentlich vernommen haben, just zu dem Zeitpunkt, als er dem jungen Türken das Kleingeld in die Hand drückt. Aber er kann sich an kein entsprechendes Geräusch erinnern.

Das hat er der Polizei hundertsiebzig Mal erklärt. Vielleicht wirkte er aufgrund der Umstände nicht glaubwürdig. Er war ja nicht der Zeuge, den sie in ihm zu sehen glaubten. Streng genommen war er überhaupt kein Zeuge. Dieses Missverständnis hätte er aufklären sollen. Aber es ging so schnell.

Als er den Laden mit der Milchflasche in der Hand verlässt, merkt er gleich, dass etwas nicht stimmt. Ein Laster steht quer auf der Fahrbahn. Ein Körper liegt auf dem Gehsteig. Die Wartenden an der Haltestelle glotzen alle in dieselbe Richtung, sämtliche Blicke ziehen sich um einen Punkt zusammen, und er ist nur zwei Schritte davon entfernt. Er beugt sich über den Körper. Er will die Schulter berühren, seine Hand erstarrt, bleibt sinnlos in der Luft hängen. Fürchtet sich vor diesem wie hingeworfenen Menschen. Betrachtet dessen Gesicht, das unter den Haarsträhnen nur zu zwei Dritteln sichtbar ist. Dabei streift ihn der Gedanke, er kenne diesen jungen Mann. Vielleicht gibt er sich dieser Einbildung zu heftig hin, vielleicht entschlüpft ihm eine Bemerkung, vielleicht benimmt er sich überhaupt sonderbar, so dass die herbeigeeilte Notärztin gar nicht anders kann, als anzunehmen, er stehe mit dem Opfer in irgendeiner Verbindung.

Später hat er sich zu erinnern versucht, wie er sich selbst damals sah. Ist ihm in den Tagen zuvor etwas an seinem Äußeren aufgefallen? Ein Schatten, eine dunkle Stelle? Was ging ihm durch den Kopf, wenn er in den Badezimmerspiegel blickte? War ihm der eigene Anblick eher vertraut oder unheimlich?

Die Ärztin. Sie hat sich neben den Kopf hingekniet und tastet mit zwei Gummifingern nach der Halsschlagader. Eine kleine Ewigkeit vergeht, bis sie sich den beiden Helfern in leuchtfarbenen Überziehern zuwendet, die vor dem geöffneten Rückraum des Notfallwagens warten. Dann schaut sie zu Kulisch hoch. Ihr Gesicht zeigt nicht die Spur von Bestürzung, allein die Falten zwischen ihren Augenbrauen haben sich ein wenig vertieft. Sie erhebt sich, streift ihre Gummihandschuhe ab und meint, der sei tot. Kulisch, die Milchflasche in seiner Rechten, nickt. Sein Verhalten muss zu einem Missverständnis geradezu einladen, er benimmt sich rätselhaft, ist sich in dem Moment selbst ein Rätsel. Ob er der Bruder sei, fragt die Ärztin von weit her, und wieder nickt Kulisch, und ihm ist tatsächlich, als läge dort auf dem Gehsteig sein Bruder, und der quer auf der Straße stehende Laster hätte seinen Bruder totgefahren, und der Glatzkopf, der von zwei Polizeibeamten vernommen wird, wäre der Mörder seines Bruders. Es tue ihr leid, hört er die Ärztin sagen. Sie hebt eine Umhängetasche vom Boden auf und überreicht sie ihm. Dann bittet sie ihn, sich für die Fragen der Polizei zur Verfügung zu stellen. Ein drittes Mal kann er nur nicken. Zugleich fühlt er sich auf übersinnliche Weise befreit. Er schafft es, sich einzugestehen, dass er die Übersetzung niemals beenden wird, dass die Geschichte mit Julia endgültig vorbei und er im Grunde vollkommen frei ist.

FW Tegel, 28. Dezember

Man hatte uns dankenswerterweise dasselbe Zimmer zur Verfügung gestellt. Wegen des Schneefalls und der dadurch bedingten Verkehrsbehinderungen verspätete ich mich um beinahe zwanzig Minuten, was mir in taktischer Hinsicht gelegen kam. Er hockte bereits auf der Tischkante, im selben Parka und Rollkragen wie gestern, unausgeschlafen, unrasiert, die Hände hinter dem Kopf verschränkt. Man hatte mir mitgeteilt, dass er sich anstandslos an die Haftordnung hielt. Überdies soll er auf einen Anwalt wie auch auf die Benachrichtigung ihm nahestehender Personen dankend verzichtet haben. Das Frühstück habe er nicht angerührt, wurde mir gesagt, aber immerhin zwei Tassen Milchkaffee zu sich genommen.

Er seufzte erleichtert auf, als er mich in der Tür erblickte. Ich erkundigte mich nach seinem Befinden. Er winkte ab und setzte sich auf seinen Stuhl. Offenbar wartete er nur darauf, mit dem Gespräch fortzufahren. Ich ließ mir Zeit, ordnete meine Unterlagen und schenkte uns beiden Mineralwasser ein, bevor ich das Aufnahmegerät einschaltete.

»Für die Transkription wird festgehalten: Heute ist Mittwoch, der 28. Dezember 2006, neun Uhr zwanzig, wir führen dieses Gespräch im Zimmer 103 der Flughafenwache Tegel.«

Es hätte wenig gefehlt, und er hätte mir das Gerät aus der Hand gerissen.

»Entschuldigen Sie, aber ich möchte etwas klarstellen. Ich

habe gestern behauptet, dass das mit Julia, meiner Exfreundin, dass das in einem Desaster endete, aber das ist erstens nur die halbe Wahrheit und hat zweitens überhaupt keine Bedeutung. Es lag an der Arbeit. Verstehen Sie? Ich konnte, ich wollte die Bedienungsanleitung für dieses Ding, diesen Multimediaprojektor, nicht weiter übersetzen. Es war nicht das Übersetzen als solches, sondern dieses spezifische Multimediading, wer zum Teufel denkt sich so was aus?«

Da ich auf seinen Redeschwall nicht reagierte, ließ er sich in den Stuhl zurücksinken und nagte an seiner Unterlippe. Ein Mensch in seinem Zustand, das hatte ich zur Genüge erfahren, sehnt sich nach Bestätigung. Nun gehört es zu meinen Berufspflichten, ihm eine solche zu verweigern. Vordergründig darf ich ihn zwar ermutigen und gelegentlich gar anspornen, aber streng genommen sollte ich ihn laufend infrage stellen. Meine wichtigste Waffe ist der Zweifel. Etwas drängte mich allerdings dazu, behutsam mit diesem Mann umzugehen. Ich ahnte, dass ich ihm Luft zum Durchatmen lassen musste. Und so schwiegen wir eine Weile, und wie jedes Mal, wenn wir schwiegen, war aus der Ferne das Heulen der Triebwerke zu hören. Der Trakt, in dem sich die Flughafenwache befindet, liegt neben einer Rollbahn. Hätte ich die Jalousien hochgezogen, hätten wir das Starten und Landen der Flugzeuge verfolgen können. Aber das hätte uns mit Sicherheit nicht weitergebracht.

»Möchten Sie einen Kaffee?«

Er schüttelte den Kopf. Vermutlich schämte er sich für sein Verhalten von eben. Vermutlich reifte in ihm die Erkenntnis, dass solche ungestümen Redeschübe seiner Glaubwürdigkeit eher abträglich waren.

»Mit Milch und Zucker, bitte«, rief er mir dann trotzdem zu, als ich vor dem Automaten auf meinen Espresso wartete.

Ich brachte ihm den Kaffee wie gewünscht. Er bedankte sich überschwänglich, rührte die Tasse allerdings nicht an, sondern stierte nur vor sich hin. Dabei fiel mir erneut auf, wie sehr sein Gesicht jenem im Reisepass glich, von dem mittlerweile feststand, dass er zwar abgelaufen, aber echt war.

»Lassen Sie uns die einzelnen Punkte der Reihe nach durchgehen«, schlug ich vor.

Er nickte und klemmte beide Fäuste zwischen die Knie.

»Sie haben in Berlin bei einem Freund gewohnt. Einem Freund aus Studienzeiten, wie Sie gestern erklärten, der aber eigentlich gar kein Freund von Ihnen war.«

»Rensing und ich haben uns nie wirklich gemocht.«

»Trotzdem überlässt er Ihnen seine Wohnung. Sie leben dort, ohne es dem Vermieter oder den Behörden anzuzeigen, Sie gehen Ihrer Arbeit als freiberuflicher Übersetzer nach, vergnügen sich in Kneipen und kommen dabei mit einer Bedienungsanleitung nicht voran. Und eines Tages ereignet sich vor Ihrer Haustür ein Unfall. Ein junger Mann in Ihrem Alter liegt tot auf dem Gehsteig.«

»Und damit beginnt das große Missverständnis«, fiel er mir ins Wort.

»Sie haben sich mit diesem jungen Mann identifiziert.«

»Nein, nein. Die Notärztin war es. Sie hat mich für seinen Bruder gehalten.«

»Laut Ihrer gestrigen Aussage handelte es sich bei dem Verunfallten um einen rumänischen Staatsangehörigen namens Ion Rebreanu.«

»Ja, genau.«

»Sie sind nicht Ion Rebreanu?«

»O nein. Ich bin noch immer Tom Kulisch. Wie er leibt und lebt.«

Sein Lachen erstickte in einem Hustenanfall.

Man hatte mir versichert, dass inzwischen Erkundigungen eingeholt worden waren, ob es einen Alexander Rensing gebe, der an der betreffenden Ecke wohne, und ob es dort im April einen tödlichen Verkehrsunfall gegeben und es sich beim Unfallopfer um einen rumänischen Staatsangehörigen gehandelt habe. Momentan wartete man auf die Ergebnisse. Allein, so viel stand fest: Einen Alexander Rensing gab es in ganz Berlin nicht. Selbstverständlich behielt ich das für mich. Ich wollte ihn vorläufig im Ungewissen lassen, so wie er es mit mir tat. Der Mann war mir nicht unsympathisch. Es war zudem offensichtlich, dass er nicht ausschließlich log und meistens nicht einmal vorsätzlich. Dass er es mit der Wahrheit nicht besonders genau nahm, war aber noch offensichtlicher.

»Schön. Diese Notärztin hat Ihnen die Tasche von Ion Rebreanu übergeben. Darin haben Sie seinen Pass gefunden.«

»Und die Fahrkarte.«

»Was für eine Fahrkarte?«

»Eine Bahnfahrkarte nach Prag. Ausgerechnet Prag.«

Der erste Eindruck täuschte. Eine Reihe von Klinkerbauten, Fabriken, Lagerhallen, dazwischen eine halb versteppte Brache hinter Drahtzaun und im Vordergrund eine ausgemusterte Tankstelle. Das war die Kulisse, die sich ihm bot, als er aus dem Bahnhof trat. Er wusste, in welcher Stadt er sich befand, aber er hatte keine Ahnung, wo er war. Er blickte den Leuten hinterher, die mit ihren Reisetaschen und Rollkoffern ausschwärmten. Bei einer zufälligen Frau erkundigte er sich nach der Straßenbahn in die Innenstadt. Vermutlich deutete er mit der Hand in die falsche Richtung. Dort drüben sei Troja, erklärte die Frau in einem Konsonanten betonten Englisch, bevor sie ihren Weg fortsetzte. Zumindest dieses Englisch kam ihm bekannt vor.

Vor fünf Jahren, als Julia und er noch in einer Liebesgeschichte steckten, hatten sie eine Eingebung gehabt. Sie beschlossen, aus ihrem Alltag auszubrechen, ihren Pflichten und Schulden zu entfliehen, den Vorfrühling außerhalb von Berlin zu verbringen, nur sie beide, einfach so. Amsterdam, Venedig oder Barcelona. Sie machten ihre Wahl von den Angeboten im Internet abhängig. Prag war das günstigste gewesen. Sie schöpften ihren Dispokredit aus und stürzten sich in den Pauschalurlaub, fünf Tage mit allem Drum und Dran und der Aussicht, sich einmal nicht als Freischaffende bewähren zu müssen, sondern nur Urlauber sein zu dürfen. Womöglich hatten sie sich sogar frei gefühlt. In Prag wurden sie von einer sibirischen Kälte überrascht, von Regengüssen, miserablem Essen und ihren Launen. Sie hatten sich die Stadt größer vorgestellt und sich eingebildet, dass sie außerhalb ihres Alltags so verliebt sein könnten wie in ihren Anfängen. Der erste Streit entbrannte, als sie sich über den Stadtplan beugten. Nichts mehr hatte Bestand, alles befand sich im Umbau, die Altstadt wurde auffrisiert und zurechtgeputzt, daneben harrten Gebäude der Sanierung, und die berühmten Kaffeehäuser hatten dichtgemacht. Julia und er eilten mit hochgezogenen Schultern durch die verregneten Gassen auf der Suche nach ihrer Eingebung. Die Nächte verbrachten sie weder in Jazzkellern noch auf Untergrundpartys, von denen der Reiseführer schwärmte, sondern im Hotelzimmer vor dem Fernseher. Einmal wurden sie von einem Sturzregen überrascht und mussten sich in eine Lottohalle retten, einen neonbeleuchteten Kantinenraum mit vereinzelten Gestalten, die auf die Zahlen auf den Bildschirmen stierten; dort tranken sie lauwarmes Bier aus der Flasche und harrten bis vier Uhr morgens aus. Es war das Gegenteil einer Rettung gewesen.

Ausgerechnet Prag, dachte Kulisch, während er nun in der Straßenbahn saß und im Kleinstadttempo an der Moldau entlangfuhr. Sein Blick glitt über Prachtbauten und Schaufenster voller glitzernder Verheißungen, verlor sich in Bildern, die sich nicht ein Schlaglicht lang mit seinen Erinnerungen deckten. Aber er war hier gewesen, in der Goldenen Stadt mit der roten Tram. Erst als er ein Schild erspähte, auf dem Malá Strana stand, begann das Damals Gestalt anzunehmen. Der Altstädter Ring, das weite Geviert aus gotischen und barocken Fassaden, die Josefstadt, das jüdische Viertel, der Friedhof, auf dem sich moosüberwachsene Grabsteine drängelten, gleich daneben die alte Synagoge und

Golems Überreste, die angeblich im Dachstock vor sich hinmoderten.

Er hatte sich damals zum Narren machen lassen, als er mit einem gefälschten Presseausweis den Aufseher dazu bringen wollte, ihn unter das Dach der Synagoge zu führen. Der Mann hatte die gefalteten Hände an seine rechte Wange gelegt, der Golem schlafe seit über vierhundert Jahren. Natürlich, nicht der einfältigste Tourist käme auf den Gedanken, irgendwo ein Lehmklümpchen jenes jüdischen Avatars zu finden. Es war Julia gewesen, die ihn dazu überredet hatte. Er solle doch eine Geschichte über den Golem verfassen, sie würde sie ihrer Zeitschrift anbieten. Er hatte es zu spät durchschaut: Sie traute sich nur selbst nicht. Obwohl sie die Literatin war, nicht er. Sie pflegte ein intimes Verhältnis zur Sprache, liebkoste und missbrauchte sie, während er bloß die eine in die andere übertrug. Julia bemühte sich mittels Sprache dem Leben Wahrheiten zu entlocken, während für ihn die Sprache lediglich ein Vehikel darstellte, das allenfalls nebenher seine eigenen kleinen Wahrheiten schuf, mehr nicht. Er übersetzte *Content* mit *Inhalt*, *Receiver* mit *Empfänger* und *adjust* mit *anpassen*, und das war korrekt, also in gewisser Weise wahr. Die Wahrheit eines Computerprogramms, hätte Julia gespottet. Immerhin eine erträgliche Wahrheit, hätte er ihr entgegnet. Vier Jahre ihres Lebens hatte sie für ein Manuskript aufgewendet, das nie zu einem Ende gekommen war. Sie hatte sich Großes vorgenommen, hatte ihrem Familiendrama eine sprachlich überreflektierte Jahrhundertchronik abgetrotzt, sich an Sätzen ergötzt, Wendungen heilig gesprochen und nebenbei die Absagen der Verlage gesammelt. Irgendwann war sie in eine Depression verfallen. Später ihr Vorwurf, er habe sie im Stich gelassen. Aber er hätte ihr unmöglich folgen können, jemand musste den Einkauf erledigen, den Müll entsorgen.

An der nächsten Haltestelle stieg er aus. Er stand mit seiner Reisetasche auf einer dicht befahrenen Straße, die von Kaufhäusern gesäumt war. Der Burger King mit der hohen Fensterfront kam ihm bekannt vor, ebenso der Erotikladen, der separate Videokabinen versprach. Sein Blick blieb an einem Schriftzug hängen: Café Louvre. Er sah sich in diesem Kaffeehaus im ersten Obergeschoss sitzen, allein vor einem Weinglas und der aufgeschlagenen *Herald Tribune*, an der Wand zu seiner Linken Kafkas Konterfei, und im Hintergrund das Klicken von Billardkugeln. Warum hatte er damals allein dort gesessen? Mit dieser Frage im Kopf bog er in eine Gasse ein, die in die Altstadt führte, wie er plötzlich zu wissen meinte. Er tastete in seiner Hosentasche nach dem Wohnungsschlüssel, den er zusammen mit einem Zettel in Ions Umhängetasche gefunden hatte.

Anenská 15. Die Adresse gehörte weniger zu einem Haus als zum Abschnitt eines mittelalterlichen Mauerwerks mit winzigen Fenstern, mitten in der Touristenmeile zwischen einer Trattoria, die den halben Gehsteig für ihre Sonnenschirmtischchen beanspruchte, und einem Pub, in dem der Fernseher lief. Die Gasse führte weiter an einem Souvenirladen und einer Apotheke vorbei zur Betlémská kaple, wo fünf Jahrhunderte zuvor ein zorniger Jan Hus seine letzte Rede gehalten hatte, bevor er sich in Rauch aufgelöst hatte.

Er brauchte eine Weile, bis er das Tor aufgesperrt hatte. Dahinter öffnete sich im Halbdunkel ein schmaler Innenhof, der an einen Patio erinnerte. Er stieg die Treppe hoch und gelangte auf eine Galerie. Unversehens baute sich eine mächtige Gestalt vor ihm auf, schulterlanges graues Haar, im Gesicht ein feindseliger Blick.

»Are you one of these pissing tourists?«

Kulisch flüchtete sich in ein Gestammel. Sogleich hellte sich die Miene des anderen auf.

»Promiňte, Jan. What a surprise.«

Weniger die Tatsache, dass Ion hier Jan genannt wurde, überraschte Kulisch als vielmehr die Selbstverständlichkeit, mit der er verwechselt wurde. Die Ähnlichkeit musste täuschend sein. Wie konnte er sie übersehen haben? In ihm stieg das einzige Bild auf, das er von Ion hatte, dessen regloser Körper, der über die Bordsteinkante geknickt war, das gefrorene Entsetzen in dem Gesicht, das ihm in der Tat nicht völlig fremd erschienen war.

Der Hüne mit der grauen Mähne schob Kulisch in eine verwinkelte Wohnung, während er sich in einem slawisch gefärbten Englisch erklärte. Sorry, aber immer öfter kämen Engländer, von Bier und Fußball berauscht, aus dem Pub und nutzten die erste Gelegenheit, sich zu erleichtern, das Schloss des Eingangstors tauge wohl nichts mehr. Er nahm seinem Gast die Reisetasche ab und deutete auf einen Haufen von Kissen vor einem Glastisch.

»Jan, my friend. Erzähl mal. Wie ist es in Berlin gelaufen?«

Kulisch war ins Kissenlager gesunken und blickte zwischen seinen Knien zum Gastgeber empor.

»Berlin ist schwierig«, murmelte er.

Der andere warf den Kopf in den Nacken und brach in ein schepperndes Lachen aus. Es dürfte gegen drei Uhr nachmittags gewesen sein. Von der Gasse drang das Geschnatter vorüberbummelnder Touristen herauf. Es hätte ein ganz normaler Tag sein können. Eine Blondine mit einem katzenhaften Gesicht, vielleicht die Tochter des Gastgebers, brachte eine Flasche Rotwein und eine Schale voll Pistazien. Offenbar war es nicht nötig, dass Kulisch und sie einander vorgestellt wurden. Sie benahm sich gleichgültig, als hockte hier jeden Tag ein ungebetener Gast. Er schenkte ihr ein Lächeln, wofür er sich einen bösen Blick einhandelte. Im Laufstegschritt entschwand das Katzengesicht in ein Nebenzimmer, aus dem Stimmen zu vernehmen waren, ein Wortwechsel zwischen zwei Burschen, vermischt mit Fernsehgeplapper. Unmöglich zu ergründen, wie viele Leute sich in der Wohnung befanden.

Der Gastgeber hatte die Musikanlage angemacht. Samtiger Jazz aus den Fünfzigern. Mitten ins Gedudel hinein platzte seine Frage.

»Wie hat Schwartz reagiert?«

Kulisch lächelte ins Leere. Zum Glück beharrte der andere nicht auf einer Antwort, sondern plauderte lieber selbst drauflos. Er erzählte von irgendwelchen Machenschaften und rezitierte einige Verse von Rilke auf Englisch. Nach und nach entpuppte er sich als ein Prager Künstler namens Pavel, der seinen lieben Nachbarn erst in einer Woche zurück erwartet hatte.

»Du hast dich wohl ausschließlich von Bier und Buletten ernährt«, scherzte er. »Aber wenigstens hast du jetzt eine sportliche Frisur. Was hältst du von Berlin?«

Kulisch schob die Unterlippe vor, als müsste er nachdenken.

»Wenn ich an Berlin zurückdenke«, bekannte Pavel munter und schwenkte sein Rotweinglas, »damals in den Achtzigern. Ich meine natürlich Ostberlin. Es war wie im Zoo.

Für beide Seiten. Weder die im Westen noch die im Osten wussten, wo sie sich befanden. Ob im Gehege oder auf der Zuschauerseite.«

Während der Gastgeber sich über das damalige Berlin ereiferte, nippte Kulisch am Weinglas und schielte auf die Bilder an der Wand, großformatige Fotos, die Prag in Schwarzweiß zeigten, vielleicht jenes Prag, das er mit Julia durchlitten hatte. Wie naiv sie damals gewesen waren. Was für ein grandioser Akt der Selbsttäuschung, sich aus dem Alltag davonzustehlen, Pflichten und Schulden hinter sich zu lassen und zu glauben, das würde ihnen verziehen werden. Es war zu spät gewesen. Julia hatte schon diesen verhangenen Blick gehabt, wenn er sich recht erinnerte. Sie hatte ihr Manuskript zum fünften Mal überarbeitet, hatte sich zum fünften Mal durch ihre Familiengeschichte, durch Wehleidigkeit und Grausamkeit hindurchgekämpft, zum fünften Mal die Schuld ihrer Großeltern auf sich geladen, hatte die Sprache der Verdrängung, wie sie es nannte, aufzudecken versucht und nebenbei ihre Bandscheiben zerschlissen. Nach Wochen im Valiumtaumel hatte sie ihn angefleht: Lass uns abhauen. Ihr Pauschalurlaub war, so gesehen, gar keiner Eingebung entsprungen, sondern einem Hilferuf. Er hatte nur nicht genau hingehört, hatte wohl das Ausmaß von Julias Leiden verkannt. Dass sie sich überhaupt noch als Schriftstellerin verstehen konnte, hatte sie einzig jener Kolumne zu verdanken, die sie für eine bedeutungslose Zeitschrift verfasste. Sie dürfte längst geahnt haben, dass die Arbeit der vergangenen Jahre, ihr kolossales Schuldverarbeitungswerk, unveröffentlicht bleiben würde. Bestimmt war sie damals schon von dem Gedanken besessen, den sie später immer wieder äußerte: Sie habe sich verwirkt. In der

Lottohalle, nach dem Platzregen, hatte sie diesen furchtbar gestelzten Satz zum ersten Mal ausgesprochen. Unter lauter Rentnern und Studenten, die mit krummen Rücken auf die Zahlen starrten, hatte sie es gesagt: Ich habe mich verwirkt. Es hatte weinerlich geklungen, aber auch bedrohlich.

Warum sich jetzt den Kopf darüber zerbrechen, ermahnte sich Kulisch. Sein Gegenüber sprach ihn als Jan an. Offenbar ging er hier für einen anderen durch, nicht für denjenigen, der mit Julia in die Hölle hinabgestiegen war. Und ihm fiel wieder Jan Hus ein, der zornige Mahner, der vielleicht freiwillig auf den Scheiterhaufen geklettert war, jedenfalls sehenden Auges. Wie sich hierzulande sowieso ständig ein Jan fand, der sich aus freien Stücken für das Feuer entschied. Oder ein Jan, der einem deutschen Teufel eine Kugel in den Kopf schoss. Oder ein Jan, der sich zum Fenster hinausstürzte. Hier war sich kein Jan zu schade, sein Leben zu opfern, und das noch nicht einmal für die Ewigkeit, sondern nur für eine Möglichkeit. Vielleicht lastete ein Fluch auf diesem Namen, dachte Kulisch weiter, vielleicht gefährdete er sich, wenn er hinnahm, für einen Jan gehalten zu werden.

»Mascha hat ein paar Mal nach dir gefragt«, bemerkte Pavel wie nebenbei. »Keine Sorge. Ich hab mich dumm gestellt. Deinen Berlinausflug hab ich nicht erwähnt. Ehrenwort.«

Dem schickte er ein verwegenes Grinsen hinterher.

»Als Nachbar hab ich ja einiges mitgekriegt. Sie ist eine Furie, diese Mascha. Im Innenhof liegt noch immer dein zertrümmerter Laptop. Hoffentlich hast du dir inzwischen einen Mac angeschafft. Den kannst du unter einen Laster schmeißen.«

Er wieherte los, und Kulisch rang sich wenigstens zu einem Schmunzeln durch, während mit einem Mal das Bild, das er von Ion hatte, in Bewegung geriet, die papierne Gestalt auf dem Gehsteig blähte sich auf, als hätte ihr jemand Helium eingehaucht, der Kopf begann zu wackeln, die Augen rollten in ihren Höhlen, aus dem Mund drang ein Kurzwellengefiepe.

»Jan, my friend. Lass uns auf deine Rückkehr anstoßen.«

Pavel hatte aus einer Kommode zwei kleine Gläser und eine Flasche ohne Etikett geholt.

»Den Schnaps kenne ich aus Kroatien«, bemerkte Kulisch.

»Slivovitz ist tschechisch«, versetzte der andere in einem Ton, der keinen Einwand duldete.

»Na zdraví.«

Das Gesöff brannte, aber ging runter wie eine Lüge. Schon beim nächsten Gedanken war sich Kulisch gar nicht mehr sicher, ob er überhaupt log. Er hatte sich dieses Verwechslungsspiel nicht ausgedacht. War es vielleicht seine Schuld, dass er diesem Ion, der hier Jan genannt wurde, zum Verwechseln ähnlich sah?

»Niemand ist unschuldig«, verkündete Pavel. »Kein Mensch hat aufgemuckt, als Letenské Sady an deutsche Investoren verkauft wurde. Die planen jetzt ein Luxushotel mitten in der Parkanlage. Und natürlich streicht Schwartz wieder fette Provisionen ein. Wir dürfen das nicht länger hinnehmen.«

Kulisch pflichtete ihm bei.

»Letenské Sady ist ja nur der Anfang. Bald wird hier jede Brache, jede Grünfläche, jede freie Parzelle verscherbelt. Prag wird Stück für Stück verbaut.«

Erneut stimmte Kulisch ihm zu.

»Stell dir vor: Die Kulisse, in der du aufgewachsen bist, wird von Leuten wie Schwartz umgebaut, zerstört.«

Kulisch schüttelte empört den Kopf.

»Zuletzt fühlen die sich hier heimischer als du.«

»Ein Skandal«, entfuhr es Kulisch, und sein Gegenüber strahlte. Sie genehmigten sich einen weiteren Slivovitz, und gemeinsam begannen sie, über die herrschenden Verhältnisse zu schimpfen, teilten die Befürchtung, der Osten Europas werde ausverkauft, bestärkten sich in der Meinung, dass die sogenannte Revolution nichts befreit habe außer der Gier ihrer Mitbürger, und sie waren sich einig, dass die Macht erneut unter wenigen aufgeteilt werde und dass diese wenigen sich auf unverschämte Weise bereicherten und dass man denen Angst machen müsse, nicht unbedingt mit Marxismus oder Bomben, sondern mit dem sogenannten Dritten Weg. Und je länger ihre Einigkeit dauerte, desto besser schmeckte der Slivovitz, und desto behaglicher fühlte sich Kulisch und umso überflüssiger die Frage, was der Dritte Weg eigentlich bedeutete. Er sah Pavels grauen Haarschopf vor sich, die wässrig blauen Augen, die Empörung, dazu die im Sekundentakt niedersausende Handkante. Die sanfte Wut dieses Manns kam ihm vertraut vor, dachte Kulisch, als er aus den Augenwinkeln gerade noch erspähte, wie das Katzengesicht ins Bad huschte, gefolgt von einem schlaksigen Jungen.

»Ich hoffe, du hast John C. Schwartz den Kopf gewaschen.«

Kulisch versuchte mit einem Lächeln, ins Einvernehmen zurückzufinden.

»Sag bloß, dieser Mistkerl hat sich nicht beeindrucken lassen.«

»Es ist anders«, stammelte Kulisch und nahm einen Schluck von dem ätzenden Gesöff.

»Mal ehrlich, Jan: Wie hat Schwartz reagiert?«

Pavel hatte sich über den Glastisch gebeugt und bohrte

einen unnachgiebigen Blick in die Augen seines Gegenübers. Diesmal beharrte er auf einer Antwort, aber Kulisch hatte die Lust am Spiel verloren. Warum entlarvte ihn der andere nicht? Er konnte doch nicht im Ernst ihn, den Fremden, für seinen Freund Jan halten.

»Große Pläne, leere Worte«, knurrte Pavel und wischte mit dem Handrücken sein Glas vom Tisch. Die Jazzmusik war verklungen, ebenso der Fernsehlärm aus dem Nebenzimmer, nur aus dem Bad war ein Rumpeln zu vernehmen.

»Dann werde ich mal gehen«, sagte Kulisch und ergriff den Halter seiner Reisetasche.

Pavel richtete sich in seiner vollen wankenden Größe auf, im selben Moment tauchte die Blondine aus dem Bad auf. Sie zupfte an ihrem Pferdeschwanz, bedachte den ungebetenen Gast erneut mit einem vernichtenden Blick und schmiegte sich von hinten an Pavel heran. Sie drückte ihr Katzengesicht zwischen seine Schulterblätter, während er mit einer Hand ihren Hintern knetete. Kulisch beeilte sich, zur Tür zu gelangen. Die Blondine holte ihn auf der Türschwelle ein.

»Hey. Warum hast du mich verarscht?«

Er betrachtete ihren dreieckigen Mund, ihre marineblauen Augen unter den gezupften Brauen. Sie plapperte in Filmenglisch auf ihn ein.

»Ich hatte bereits ein Ticket nach Berlin gekauft und Fotos für die Bewerbung gemacht. Drei Stunden habe ich auf dem Bahnhof gewartet.«

»Ein Missverständnis«, stieß Kulisch müde hervor.

»Big mouth.«

Kaum knallte die Tür hinter ihm ins Schloss, hatte er das Gefühl, die Wohnung gar nie betreten zu haben. Im nächsten

Moment fiel ihm ein, was er getan hatte. Was für eine unerhörte Anmaßung. Er war in Ions Umhängetasche unter einer Menge belanglosem Kram auf eine Bahnfahrkarte gestoßen sowie einen Wohnungsschlüssel und einen Zettel: Anenská 15, Praha. Wie ein Versprechen hatte das geklungen, wie damals, als Julia und er ihre Eingebung gehabt hatten. Dass er eine Entscheidung getroffen hätte, würde er nicht behaupten. Er hatte wohl eher einem Impuls nachgegeben.

Er hatte ein paar Sachen in seine Reisetasche gestopft, sich von seinem Berliner Alltag verabschiedet und war mit dem Taxi zum Hauptbahnhof gefahren. Mitten in dem gigantischen Treibhaus hatte er sich ans Geländer gelehnt und mit seinem Impuls gehadert. Ihn hatte die Ahnung gestreift, es könnte keine Rückkehr geben, er sei im Begriff, seine Zukunft als freischaffender Übersetzer zu verspielen, nur weil er einen Satz aus der Bedienungsanleitung für einen Multimediaprojektor nicht richtig erfasst hatte, er flüchte also im Grunde vor einer Zumutung, die zum Leben gehöre wie Schnürsenkelbinden oder Zähneputzen. Wie gehen die anderen damit um? Was treibt sie an, muss man sich fragen, solange man unter ihnen weilt. Über mehrere Plattformen eilen sie von da nach dort, laufen durcheinander, Rolltreppe rauf, Rolltreppe runter. In dem gläsernen Bau wahrt man stets von jedem Punkt aus den Überblick, man blickt durch sämtliche Ebenen hindurch, kann jeden Einzelnen in seinem zielstrebigen Lauf verfolgen. Das ist beruhigend. Tragisch nur, dass die Leute so klein wirken, man sieht sie noch auf der untersten Plattform im hintersten Winkel auf ihren Zug warten, das Gepäck neben sich, die Zeitung unterm Arm, geduldig, gewissenhaft, sie scheinen im Reinen mit sich zu sein und diesen Schein leichthin wahren zu können.

Warum, fragt man sich unweigerlich, soll man diese glasklare Ordnung verlassen?

In den folgenden Tagen zeigte sich Prag von seiner frühlingshaften Seite. Die mittelalterliche Enge schien aufzubrechen, eine nahezu mediterrane Wärme wehte durch die Straßen, die Häuserzeilen erstrahlten in satten Farben, die Leute wurden von einer Leichtigkeit getragen. Mag sein, dass es gar nicht die Stadt war, sondern Kulisch, sein eigenes Glücksgefühl, das sich in den Kulissen spiegelte.

Er frühstückte im Café Louvre, spazierte durch die Gassen und stöberte im englischsprachigen Buchladen herum. Nachmittags setzte er sich mit der *Herald Tribune* auf eine Parkbank, überflog das Weltgeschehen und atmete den erdigen Duft der Moldau. Er fühlte sich zu nichts gedrängt. Warum denn auch? Er war nicht hier, um irgendwelchen Erinnerungen nachzuspüren, sondern einzig weil auf Ions Fahrkarte Prag als Zielort angegeben war. Er mied die heiklen Punkte, etwa die Gegend um die Karlsbrücke, wo sich Touristenströme stauten, die alte Synagoge, den Wenzelplatz. Selten unterhielt er sich mit einem Kellner oder einem Zeitungsverkäufer. Man tauschte Freundlichkeiten aus. *Ahoj, děkuji: jsem rád.* Es fiel ihm leicht, sich hier einzuleben. Außer seinem Nachbarn Pavel Marincek, den er hin und wieder im Hauseingang kreuzte, redete ihn niemand als Jan an. Er war ein Niemand, und das war unglaublich befreiend.

Einzige Sorge war die Aussicht, dass ihm nächstens das Geld ausgehen könnte. Wie groß war seine Überraschung, als er eines Tages auf dem Display des Geldautomaten einen Betrag stehen sah, der unmöglich seinem Kontostand entsprechen konnte, rund viertausend Euro. Sicherheitshalber rief er bei seiner Bank an. Ihm wurde bestätigt, dass ein gewisses Büro Malinowski eine Überweisung veranlasst habe. Er verkniff sich jede weitere Frage. Einem unverhofften Segen solle man mit stiller Dankbarkeit begegnen, sagte er sich. Malinowski hatte ihm also das Honorar bezahlt für die Übersetzung, die er nicht beendet hatte.

Auch sonst schien ihm der Lauf der Dinge wohlgesinnt. Er musste niemandem gegenüber Rechenschaft ablegen. Er durfte unbehelligt in der Anenská 15 wohnen. Dabei handelte es sich noch nicht einmal um Ions Wohnung, wie er feststellen musste. Im Schlafzimmer war er auf eine Reisetasche gestoßen, die Kleider enthielt, die zu Ion passten. Und neben dem Bett entdeckte er eine englische Ausgabe von Rilkes *Duineser Elegien* sowie ein Klarsichtmäppchen voller Zeitungsartikel. Und zweifellos ließen sich einzelne Haare auf dem Kissen dem Toten zuordnen. Aber normalerweise wohnte hier eine Frau, das war nicht zu übersehen. Im Bad reihten sich pastellfarbene Tuben und Dosen. Angesichts des dekorativen Warhol-Posters im Wohnzimmer und den Partyglitzerkleidchen im Schrank schätzte er ihr Alter auf knapp unter dreißig. Das Bild der Unbekannten vervollständigte sich, als er neben dem Fernseher einen Bücherstapel entdeckte, darunter Dostojewski, Hesse und einige Werke von Rudolf Steiner. Irgendwie beruhigte ihn der Gedanke, dass Ion hier ebenfalls nur Gast gewesen war. Außerhalb des Schlafzimmers waren kaum Spuren von ihm auszumachen, mit einer gewichtigen Ausnahme. Auf dem Kühlschrank klebten Post-it-Zettel mit hingekritzelten Parolen. *No beer before five. Put the key in the letterbox. Doina is in B. No Kobold on Saturday. Pay back the two thousand korun. Answer to Doina. Avoid the Chapeau Rouge.*

Ob hier einer etwas ausheckte oder nur versuchte, sein persönliches Chaos in ein System zu zwingen, war für Kulisch nicht ersichtlich. Allein, der Name Doina weckte seine Neugier. Ion und Doina, darin schwang der dunkle Ton des Balkans, die stete Unwägbarkeit, die leidenschaftliche Zerrissenheit. Doch Kulisch verbot sich, mehr über Ions Leben erfahren zu wollen, als ihm der Zufall zugetragen hatte. Wenn er abends am Küchentisch saß und sich ein Glas Rotwein genehmigte, fiel es ihm allerdings schwer, über die Schnipsel hinwegzusehen. Zusammen mit Pavels Andeutungen entstand nach und nach das Bild eines Getriebenen. Kein Wunder hatte er nicht nach links und rechts geschaut. Irgendwann ersetzt die Gefahr jedes mögliche Ziel. Die Angst ist die Furcht, die kein Ziel findet. Vielleicht hat er sich auf der Flucht befunden, vielleicht hat er etwas verloren, vielleicht hat er einen Auftrag gehabt, wenigstens ein Anliegen, vielleicht auch nur eine Zwangsneurose.

Tom Kulischs Glück hätte wohl noch eine Weile gedauert, hätte er sich nicht eines Nachmittags ins Kobold gesetzt. Er hätte keinen Grund angeben können, warum er ausgerechnet an einem Montag in jene Gasse einbog, eine düstere Schneise zwischen zwei Häuserzeilen, und warum er ausgerechnet jene Kneipe betrat, die auf den ersten Blick wenig versprach. Der Qualm vom Vortag hing in der Luft. Unterhalb der Decke waren Fischernetze aufgespannt, darin hingen ausgetrocknete Seesterne. Hinter der Theke blätterte eine Rothaarige in einer Zeitschrift. Außer ihm hatten sich lediglich zwei Spanierinnen hierher verirrt, die Postkarten vollschrieben und vor sich hin schnatterten.

Er wählte einen kleinen Tisch am Fenster. Kaum hatte er Rilkes Gedichtband aufgeschlagen, beugte sich die rothaarige Mittdreißigerin in sein Blickfeld. Mit einem seltsam schiefen Lächeln und einem Augenfunkeln nahm sie seine Bestellung entgegen. Er fühlte sich geschmeichelt, befürchtete jedoch gleich, dass ihre Hinwendung auf einem Versehen beruhte.

»You owe me something.«

Sie hatte den Pastis vor ihn hingestellt. Ihre Hand auf seiner Stuhllehne, ihr vorgeschobenes Becken, ihre gespielt strenge Miene beschworen eine Vertrautheit, die es unmöglich geben konnte.

»When will you pay back the two thousand korun?«

»Next time«, antwortete Kulisch und griff nach dem Buch. Er hätte besser gleich wieder gehen sollen. Dieser Ort war vorbelastet, und er selbst, ohne etwas verschuldet zu haben, ebenfalls. Er konnte unmöglich wissen, was sein Doppelgänger hier verbrochen hatte, er war unschuldig, aber niemand würde ihm diese Unschuld abkaufen.

Gegen Abend füllte sich die Kneipe. Die Gäste schienen sich zu kennen, bildeten bald eine einzige fröhliche Clique. Bierflaschen wurden zügig geleert, Joints machten die Runde, und aus den Ecken drang metallisches Gelächter. Kulischs Aufmerksamkeit schwenkte ständig von Rilkes Versen weg zum Geschehen. Er blinzelte in die Gesichter, die ihn umzingelten. Er hätte nicht sagen können, ob er sich tatsächlich unter ihnen befand. Unvermeidlich, dass ihm irgendwann eine Frau auffiel, die an einem Zweiertisch saß und ihn durch sämtliche Umstehenden hindurch anstarrte. Schwarzes gelocktes Haar rahmte ein fein geschnittenes, alabasterblasses Gesicht ein, das einen Vorwurf auszudrücken schien. Das hätte ihm eine Warnung sein sollen. Ebenso die merkwürdigen Blicke von Unbekannten, die ihn hin und wieder streiften, deren Schmunzeln und Zwinkern. Irgendwann, nachdem er seinen vierten Pastis ausgetrunken hatte, kam ein grauhaariger Anzugträger auf ihn zugewankt. Er stützte sich mit beiden Armen auf der Tischplatte ab, rückte sein glatt rasiertes Gesicht dicht an Kulisch heran und sprach in einem gestelzten Deutsch.

»Auf einem Schimmel reitest du daher, Schwarzer Ritter, eroberst Städte und Länder um des Friedens willen, aber heimlich trachtest du nach Rache.«

Kulisch versuchte vergeblich, den flirrenden Blick seines Gegenübers zu deuten.

»Es lebt kein Deutscher mehr in Karl-Marx-Stadt«, fügte der Wirrkopf hinzu, legte den Zeigefinger auf seine Lippen und wandte sich ab. Man nannte ihn den Russen, wie Kulisch im Nachhinein erfuhr. So genau wusste niemand, warum der Kerl so war, wie er war. Man duldete seine Gegenwart, aber vermied es tunlichst, mit ihm ins Gespräch zu kommen. Den restlichen Abend verbrachte der sogenannte Russe am Ende der Theke, an einem Weißwein nippend, ab und an in sich hineinkichernd.

Als Kulisch wieder einmal den Arm der vorübereilenden Rothaarigen an seiner Schulter spürte, schaute er ihr nach, ihrem plastischen Hintern in den Jeans, und versuchte sich vorzustellen, wie ein Ion sich mit ihr vergnügt haben könnte. Im selben Moment fing er den Blick der Schwarzhaarigen ein, die sich nun mit einer Freundin unterhielt. Es war ein Blick, der ihm weh tun wollte. Rasch hob er das Buch vor sein Gesicht und tat, als könnten ihn jetzt noch Verse einnehmen, die der Verlorenheit des Menschen geschuldet waren. Jedes Mal, wenn er aufschaute, traf ihn der eispickelharte Blick der Unbekannten. Insgeheim genoss er die Bedeutung, die er dadurch gewann. Mochte es auch eine geliehene Bedeutung sein. Aber nein, diese Frau meinte ihn. Auf ihn zielte ihr Vorwurf, allein ihm wollte sie Schmerzen zufügen. Warum sollte der andere gemeint sein? Was hatte der andere, was er nicht hatte? Je öfter der Eispickelblick zuschlug, desto vergeblicher nahmen sich seine Bemühungen aus, ihr ein Versehen abzusprechen. Irgendwann glaubte er sich unter ihrem Blick aufzulösen. Ihm war, als würde sein Gesicht von einem anderen überblendet, als gingen zwei Gestalten ineinander über, zwei Personen, zwei Identitäten, die sich gegenseitig aufhoben, und zurück blieb ein namenloses Wesen, das weder der eine noch der andere war.

»So you are still alive.«

Es war ihre Freundin, die unversehens vor seinem Tisch stand. Sie fragte in einem verhaspelten Englisch, warum er sich ziere. Kulisch nahm seine Jacke und den Pastis und folgte ihr auf die andere Seite, wo ihn ein vor Wut bebendes Gesicht erwartete. Mascha war offensichtlich eine Frau, die sobald sie sich verletzt fühlte, kein Erbarmen kannte.

»Mieses Arschloch«, versetzte sie ihm, nachdem ihre Freundin sich verabschiedet hatte. »Wie kannst du es wagen, hier aufzukreuzen?«

Er wollte sich mit seinem richtigen Namen vorstellen.

»Spar dir deine Ausreden«, herrschte sie ihn an und nahm einen Schluck von seinem Pastis. »Du lügst mit jedem Atemzug. So wird selbst das Lügen langweilig.«

Sie sprach perfektes Deutsch und achtete peinlichst auf die Grammatik, selbst wenn sie ihn am liebsten angespuckt hätte. Später sollte er erfahren, dass sie an einer Handelsschule Rilkes Sprache unterrichtete. Und dass sie Deutsch genauso verehrte, wie sie Deutschland hasste. Und dass sie zwischen Lügen und nicht eingehaltenen Versprechen keinen Unterschied machte. Und dass sie seine Frisur noch lächerlicher fand als vor seiner Flucht. Und dass er ruhig dort hätte bleiben können, wohin er geflüchtet sei.

»Warum erniedrigst du mich?«

Kaum machte er Anstalten, den Mund zu öffnen, packte sie sein Handgelenk.

»Sag nichts. Du glaubst, du kannst wieder von vorne beginnen. Du setzt dich hier an einen Tisch und machst auf Schöngeist. Seht her, ich lese Gedichte.«

»Du verwechselst mich.«

»Oh, ich weiß schon. Du hältst dich für ein wandelndes Geheimnis. Aber mich täuschst du kein zweites Mal. Ich habe deine Nummer gelöscht. Du widerst mich an.«

So ging es weiter, und Kulisch begann zu erahnen, wie schwierig Ions Beziehung zu dieser Frau gewesen sein musste. Und ihm wurde bewusst, dass ihm ein äußerst schmerzhaftes Geständnis bevorstand. Doch nach dem sechsten Pastis war ihm nichts mehr bewusst. Eine umfassende Gleichgültigkeit war über ihn, diesen Ort und diese Zeit hinweggerollt. Im Hintergrund lief die Geschichte weiter, aber sie hatte keinen Helden mehr, sie beschränkte sich auf eine Tonspur, auf das Geplapper einer fröhlichen Clique, das Gläserklirren, das aufreizende Gekicher zwischendurch, das Scharren der Füße Ungeduldiger, das Gelalle der Bekifften, das Geraune der Wahnsinnigen, den nächtlichen Verkehrslärm, das Rauschen der Moldau, das Gebrumme einer Stadt, die einem nichts sagt, aber alles bedeutet, das Knirschen der Vergangenheit, das Flattern einer unbestimmten

Zukunft, die eigenen Lügen, die sich selbst gefallen, die innere Stimme, die sich nie täuscht.

»Was für ein Schlappschwanz«, rief Mascha aus. Sie hatte sich inzwischen auf Pavel Marincek eingeschossen. Seine Arbeiten seien so was von belanglos, reine Gefälligkeitskunst. Trotzdem gebe er sich politisch, labere vom Dritten Weg. Erbärmlich. Dabei habe der Mann in den Siebzigern Kunstaktionen veranstaltet, von denen die Prager heute noch redeten. Mit ausgebreiteten Armen habe er sich auf dem Wenzelplatz gegen den Strom der Passanten gestellt. Er sei dafür in den Knast gewandert. Und heute wolle er den Touristen seine Sonntagsknipsereien andrehen.

Während sich Mascha Zornesröte ins Gesicht redete, achtete Kulisch darauf, dass ihre Blicke sich möglichst oft trafen. Und ehe er es sich versah, sprach sie wieder von ihm, genau genommen, von dem, für den er gehalten wurde.

»Warum hast du so getan, als hättest du einen Plan?«

»Was für einen Plan?«, fragte er mit einer Miene, die unschuldiger nicht hätte sein können.

»Sag du es mir.«

»Das Ganze ist ein Missverständnis.«

»Gut. Dann versprich mir, dass du ein für alle Mal aus meiner Welt verschwindest. Ich will dich hier nicht mehr sehen. Du bist übrigens dicker geworden.«

Mit einem Lächeln, das schon nicht mehr ihm galt, wandte sie sich der Rothaarigen zu. Zwischen den beiden entspann sich ein Wortwechsel, der jeden ausschloss, der des Tschechischen nicht mächtig war.

Kulisch erhob sich. Er folgte einem Gang, der an der Theke vorbei in einen Hinterraum führte, wo halbnackte Körper auf einer Polstergruppe drapiert waren. In ihrer Starre nahmen sie sich aus wie satt gefressene Reptilien. Er fand das Klo, stellte sich in die Pfütze aus Urin und Spülwasser und atmete durch den Mund. Unmöglich, dass Mascha ihn tatsächlich mit Jan verwechselte, sagte er sich, während er in den Keramiktrog pinkelte. Sie sitzt ihm gegenüber, sieht in seine Augen, hört seine Stimme, schmeckt seinen Duft. Bitte, Mascha, lass uns die Karten auf den Tisch legen. Mit diesem abgeschmackten Satz im Kopf verließ er die Toilette. Er eilte an den Reptilien vorüber, kreuzte den bedeutungsschweren Blick der Rothaarigen und kam erst zur Besinnung, als er vor dem leeren Tisch stand. Mascha war weg.

Wann der Regen an jenem Abend eingesetzt hatte, konnte er nicht sagen. Er verspürte eine gewaltige Erleichterung, als er aus dem Kobold trat und Tropfen über sein erhitztes Gesicht rannen. Der Spuk war vorüber. In Gedanken hatte er bereits abgeschlossen, sich verabschiedet von Mascha, von Prag, von dem ganzen Verwechslungsspuk. Er wollte zurück in seine Biographie. Er fühlte sich stark genug, wieder in die Larve namens Kulisch zu schlüpfen. Nach seiner Rückkehr würde er die Übersetzung der Bedienungsanleitung beenden und darauf warten, dass ihm Malinowski den nächsten Auftrag zuschanzte. Er würde seine Post in der früheren Wohnung abholen und Julias Geist ein Lebewohl zuhauchen. Anschließend würde er sich nach einer eigenen Bleibe umsehen, einem richtigen Zuhause. Bevor er sich sein neues Leben in aller Pracht ausgemalt hatte, schlangen sich von hinten zwei Arme um seinen Bauch. Ihr Gesicht war nass, ihr Blick fiebrig. Er legte beide Hände auf ihre Wangen.

»Kein Kuss«, sagte Mascha und zog ihn hinter sich her über das glitzernde Kopfsteinpflaster.

Es folgten Tage und Nächte, die nichts mehr mit Prag zu tun hatten. Sie ließen sich überhaupt nicht verorten, sie spielten sich außerhalb jeder Ordnung ab, sie schienen einem teuflischen Spiel zu folgen, dessen Regeln laufend neu erstellt wurden, man wusste nicht von wem, nicht warum, und es war kein Ende abzusehen.

Die erste Nacht in seiner geliehenen Wohnung kauerten sie nebeneinander auf dem Bett, ohne das Licht anzumachen. Sie heulte ins Kissen, während er ihre Schulter streichelte. Er spürte die Erschütterungen unter seinen Fingern. Was er hin und wieder sagte, zerstob ungehört im Dunkeln. Als sie einmal vom Bad zurückkehrte, glaubte er in der Tür die Silhouette eines verwundeten Mädchens zu erblicken, als wäre es eben mit der Stirn gegen die Wand gestoßen. Wie sie sich aufs Bett hockte, die Arme über der Brust verschränkt, den Kopf gesenkt, Haarsträhnen im Gesicht. Wie sie immer wieder erschauderte, als wollte sie eine alte Haut von sich abschütteln. In Wahrheit hatte sie das Mädchen in sich längst abgetötet, wie er später erfahren sollte. Sie war achtundzwanzig. Sie hatte schon jede Wetterlage erlebt, Sturmböen, Eisregen, tödliche Flauten. Sie besaß eine sehr genaue Vorstellung von den Möglichkeiten des Scheiterns.

Erst als sich die Morgendämmerung über den Dächern abzeichnete, gestand sie ihm mit einer Stimme, die aus dem Jenseits zu kommen schien, dass sie ihn nicht eine Sekunde lang für Jan gehalten habe. Es sei nur ein Spiel gewesen. Sie habe sich gewünscht, er würde mitspielen. Aber er sei nun mal ein verklemmter Deutscher. Er grinste, ohne ihr recht zu glauben. Typisch Jungfrau, fügte sie hinzu. Er setzte an, ihr von Jans Unfall zu berichten. Sie kam ihm zuvor, indem sie ihre Fingerspitzen auf seine Lippen presste. Die Ähnlichkeit sei zwar verblüffend, aber nicht täuschend. Dann zog sie sich bis auf das Höschen aus, schlüpfte unter die Laken und schmiegte ihren Hintern an sein Knie. Er beugte sich über ihr verschattetes Gesicht. Sie habe ihre Tage, flüsterte sie.

Das Heilsame an der Begegnung mit Mascha war, dass die Verwechslungskomödie vorläufig ein Ende fand. Kulisch fühlte sich aus einer zwielichtigen Rolle entlassen. Er empfand sich halbwegs wieder als er selbst. Er hatte Ions Merkzettel vom Kühlschrank entfernt, dessen sonstigen Kram in der Reisetasche verstaut und diese unter das Bett geschoben. Dem Gruß seines Nachbarn begegnete er mit einem knappen Nicken, der katzengesichtigen Blondine ging er aus dem Weg. Sprach ihn jemand im Kobold als Jan an, kostete es ihn ein Schmunzeln. Hauptsache, Mascha und er wussten, wer er war.

Sie trafen sich fast täglich im Svoboda, einer Studentenkneipe neben der Schule, in der sie unterrichtete. Mascha bestand darauf, dass sie sich wie alte Bekannte benehmen sollten, und wehrte jeden seiner Umarmungsversuche ab. So saßen sie jeweils an einem langen Tisch, unter quasselnden Studenten, Nachmittagstrinkern und Laptopstrebern, in einer holzgetäfelten Kulisse, die an einen beliebigen irischen Pub erinnerte. Kulisch nutzte die Gelegenheit, um etwas Kleines zu essen, und Mascha berichtete von ihrem Alltag. Sie ereiferte sich über die Kleidung ihrer Kollegen, die Aussprachefehler ihrer Schüler und deren Ringen mit der deutschen Grammatik. Sie stellte es derart ausführlich dar, als gälte es, die Vorteile der Praxis gegenüber der Theorie hervorzuheben. Inzwischen wusste er, dass sie alles Intellektuelle verabscheute. Sie ging überhaupt sehr großzügig mit ihrer Abscheu um. Sie verabscheute die italienische Küche, französische Filme, das Geprotze der Deutschen, das Gejammer der Polen, sie verabscheute Lederjacken, Hauskatzen, Tageszeitungen, elektronische Musik, die pralle Sonne im Sommer und das Geräusch der Klospülung. Von ihrer Abscheu verschont blieben einzig die deutschen Kommaregeln und die Parkanlage Letenské Sady.

Sobald sie dort spazierten, beruhigte sich Mascha. Ihre Augen weiteten sich und ein kindlicher Glanz spielte in ihnen. Sie schnupperte an Butterblumen, bestaunte das Laubwerk der Kastanienbäume und summte irgendwelche Melodien nach. Manchmal wunderte er sich, warum er sich mit ihr nicht langweilte. Wenn er sie wenigstens hätte küssen dürfen. Doch ein ums andere Mal entzog sie sich ihm. Eines Nachmittags im Svoboda empfahl sie ihm ein Käseomelett zu bestellen. Hier bekomme er die besten der Stadt. Aber, fügte sie rasch hinzu, sie wolle auf keinen Fall mit ihm ficken.

Es dauerte eine Weile, bis er begriff, dass sie Jans Schicksal kannte. Natürlich nicht die Details, nicht die Aufprallgeschwindigkeit des Lasters, nicht die Art der inneren Verletzungen, denen er noch an der Unfallstelle erlegen war. Aber doch das Wesentliche: seinen Tod.

Eine Eingebung, meinte sie. Als sie ihn im Kobold erblickte, habe sie sofort geahnt, dass sie den echten Jan nie wiedersehen würde. Vielleicht entpuppe sich der falsche Jan als der bessere, habe sie gedacht. Und außerdem sehe er ja auch nicht schlecht aus. Ihr Lachen hörte sich übersteuert an. Was habe sie denn verloren, rief sie aus. Höchstens eine erbärmliche Hoffnung. Mag sein, dass zwischen Jan und ihr die berühmten großen Gefühle mit im Spiel gewesen seien.

Aber andererseits: Was sie einander angetan hätten, spotte jedem Verständnis von Liebe. Er sei nun mal ein verdammter Schütze gewesen. Und obendrein habe er eine andere geliebt, eine gewisse Doina.

Wenn Mascha von Jan sprach, verhärteten sich ihre Gesichtszüge. Es war nicht klar, ob ihr diese Härte genügend Schutz bot. Kulisch beschränkte sich auf harmlose Zwischenfragen. Auf keinen Fall wollte er den Anschein erwecken, tiefer in eine Biographie eindringen zu wollen, die ihn letztlich nichts anging.

»Was hat er in Prag gemacht?«

»Niemand wird es dir sagen können.«

»Er soll einen Plan gehabt haben. Das hast du selbst angedeutet.«

»Was kostet es, zu behaupten, man habe einen Plan?«

»Angeblich war er hinter einem Mann namens Schwartz her«, sagte Kulisch, wobei er ihr verschwieg, dass er inzwischen sämtliche Zeitungsartikel aus dem Klarsichtmäppchen durchgesehen hatte. Sie handelten ausnahmslos von John C. Schwartz, dem erfolgreichen Gründer der Firma OST Investments, die auf Investitionsprojekte in Osteuropa spezialisiert war. Den Artikeln war zu entnehmen, dass Schwartz rumänischer Herkunft war, allerdings in Bukarest nicht den besten Ruf genoss, mit alten Seilschaften in Verbindung gebracht wurde, dass er darüber hinaus Umgang mit Wirtschaftsgrößen aus Österreich und der Schweiz pflegte, was sich offenbar mehr als auszahlte. Im Übrigen mangelte es ihm nicht an Selbstbewusstsein. In Interviews brüstete sich Schwartz damit, den globalen Finanzmarkt durchschaut zu haben. Er sei der Erste gewesen, der gegen das englische Pfund gewettet habe. Und er war sich auch nicht zu schade, jedes Mal vor dem entfesselten Kapitalismus zu warnen, genauso wie vor dem Rückfall in den Staatssozialismus. Es gebe immer einen dritten Weg, lautete sein wiederkehrendes Fazit.

»John Schwartz«, hakte Kulisch nach. »Sagt dir der Name etwas?«

»Hör auf«, entgegnete Mascha. »Jan hat dauernd mit Namen um sich geworfen. Von diesem Schwartz behauptete er, dass er ein mieser Verräter sei. Aber wenn es nach Jan ginge, wäre jeder Zweite, den du in der Straße kreuzt, ein Verräter, ein Spitzel oder so. Er hatte eine blühende Fantasie, wie jeder echte Lügner.«

»Du redest so, weil er dich gekränkt hat.«

»Er hat mich getäuscht. Das ist was anderes.«

»Weil er in Wahrheit diese Doina liebte.«

»Und was machst eigentlich du in Prag?«

Noch schien die Zeit nicht gegen sie zu spielen. Kulisch lebte von dem Geld, das Malinowski ihm versehentlich oder zumindest voreilig überwiesen hatte, und er ließ Mascha, wann immer möglich, daran teilhaben. Sie leisteten sich verschwenderische Abende in französischen Restaurants in Nové Město. Sie gingen auf Konzerte, ins Kino, sogar zu Ausstellungen. Maschas Vorliebe für konkrete Kunst, Donald Judds Würfel, einfach genial. Wie viel Ironie in ihrem Urteil mitschwang, behielt sie für sich. Wie sie ihm überhaupt zahlreiche Dinge verschwieg: Er kannte nicht einmal ihren Familiennamen.

Kaum zu vermeiden, dass sie in den Sog von Gewohnheiten gerieten. Dennoch blieb über die Wochen hinweg eine innere Spannung erhalten. Sie nannte ihn weiterhin Jan, und er ließ es sich gefallen, wenn auch mit einem mulmigen Gefühl. Sie trafen sich im Svoboda, spazierten danach durch Letenské Sady und genossen den Ausblick, ohne das Schild zu beachten, das eine gigantische Hotelüberbauung ankündigte. Am späten Abend landeten sie regelmäßig im Kobold, wo Mascha zu jedem seiner Blicke in Richtung der Rothaarigen bemerkte, er müsse keine Hemmungen haben. Lenka mache für jeden die Beine breit, wenn er ihr nur verspreche, sie in den Wilden Westen zu entführen. Dazu kicherte sie, und Kulisch hätte sie küssen wollen. Aber gerade im Kobold entbrannte zwischen ihnen oft Streit. Ein falsches Wort, eine falsche Betonung genügte. Er sei ein typischer Deutscher, schnauzte sie ihn an, rechthaberisch und selbstgenügsam. »Wenn du nicht Jan wärst, wärst du ein Niemand.« Mascha schien Streit zu brauchen wie andere Süßigkeiten, und wenn sie ihren Streit nicht bekam, brach rohe Gewalt aus ihr heraus. Sie konnte ohne Grund mit den Fäusten auf ihn einhämmern. Ein schwacher Trost, dass sie hinterher heulend in seinen Armen lag. Oft übernachtete sie bei ihm, er nie bei ihr, und nie schliefen sie miteinander.

Prag zeigte sich in dieser Zeit von seiner ehrlichen Seite. Es gab sich als das, als was es zugerichtet worden war: ein beschauliches Freilichtmuseum. Je sonniger die Tage, desto dichter die Touristenströme, die sich über die Altstadt ergossen. In den Souvenirläden klingelten die Kassen. Für Einheimische wurde es ein bisschen eng. Die Trattoria nahm mit ihren Sonnenschirmtischchen inzwischen Dreiviertel vom Gehsteig ein. Abends hüpften Spanier und Finnen in den Bierstuben herum, Deutsche berieten sich lautstark auf den Plätzen, wohin sie gehen sollten, und spät nachts wankten Engländer aus dem Pub hinaus, grölten durch die Anenská, während hinter einem Fenster im ersten Stock ein einsamer Kulisch von einer besseren Mascha träumte. Und am nächsten Morgen roch der Hauseingang wie ein Pissoir.

So war es nicht verwunderlich, dass Kulisch eines Tages auf Pavel Marincek stieß, der mit einem Schraubenzieher am Schloss des Eingangstors herumwerkelte.

»Wieder die Pisstouristen«, bemerkte Kulisch im Vorbeigehen. Der andere hatte sich blitzschnell erhoben und versperrte ihm den Weg.

»Jan, my friend. Gut, dass ich dich antreffe. Cvetković hat nach dir gefragt.«

Kulisch konnte ein kurzes Zucken mit den Augenbrauen nicht verhindern.

»Er hat nichts mehr von dir gehört, seit du zurück bist. Immerhin hat er dir die Reise bezahlt. Es wäre das Mindeste, wenn du mal bei ihm vorbeischauen würdest.«

»Vielleicht morgen«, erwiderte Kulisch und wollte schon davoneilen. Aber der gute Nachbar hatte sich so vor das Tor gestellt, dass kein Durchkommen war. Sie standen sich im Halbdunkel des Eingangs gegenüber. Ihre Blicke konnten einander nicht ausweichen. Schließlich warf Pavel den Schraubenzieher in den Werkzeugkasten und schüttelte den Kopf.

»Wie hast du bloß wieder auf diese Furie hereinfallen können?«

»Es ist nicht so, wie du denkst.«

»Mascha ist entzückend, ohne jeden Zweifel. Leider stammt sie aus einer verkommenen Sippe. Ihr Vater ist einer dieser Wendehälse. Und du bist doch nicht fürs Vögeln nach Prag gekommen. Es gibt wichtigere Dinge.«

»Und die wären?«

Pavel musterte ihn, als müsste er erst mal abschätzen, wie ehrlich die Frage gemeint sei.

»Cvetković verlangt eine Erklärung. Er hat erfahren, dass du Schwartz in Berlin gar nicht erst aufgesucht hast.«

Ein Lächeln huschte über Kulischs Maske.

»Allright«, brummte Pavel und wandte sich seinem Werkzeugkasten zu. »Cvetković und ich erwarten dich morgen Abend. Und, Jan, vergiss die Furie.«

»I am not Jan.«

Kulisch hauchte es mehr, als dass er es aussprach.

Eigentlich gebe es nicht viel über Jan zu erzählen, meinte Mascha. Im vorigen Dezember, an einem dieser Montagabende, die nichts versprachen außer klammer Einsamkeit unter der Bettdecke, hatte sie ihn zum ersten Mal erblickt, als er im Kobold auf Tschechisch einen Tomatensaft zu bestellen versuchte. Lenkas Stirnrunzeln begegnete er mit einem entwaffnenden Lächeln und gab sich schließlich mit einem Bier zufrieden. Diese Szene enthielt schon alles, was ihn ausmachte. Die Plötzlichkeit, mit der auftauchte. Sein charmanter, wenn auch hilfloser Versuch, sich anderen Sitten zu unterwerfen. Seine Gelassenheit in kleinen Dingen. Vor allem aber sein überschäumendes Selbstvertrauen. Keine Frage, er war ein gut aussehender Mann, der sich in Szene zu setzen verstand. Wie er in seinem Parka an der Theke lehnte und seinen Blick umherwandern ließ, wie er sich mit gespreizten Fingern durchs Haar fuhr, wie er nach dem Buch tastete, das aus der Seitentasche seiner Jacke hervorlugte. Irgendwann fing er an, mit Lenka zu schäkern, allerdings erst nachdem er sich vergewissert hatte, dass sie ihn heimlich musterte. Er gehörte offensichtlich zu jener Sorte Mann, die von sich sagen können möchten, sie drängten sich niemandem auf. Später unterhielt er sich mit dem sogenannten Russen, mit dem sich sonst niemand unterhielt. Die beiden ereiferten sich und sprangen in großen Sätzen von italienischen Opern über ungarische Komponisten zu deutschen Dichtern und serbischen Attentätern. Zwei Fanatiker schienen sich gefunden zu haben. Bald schlichen Neugierige um die beiden herum und begannen, sich in ihre Unterhaltung einzumischen.

Jan sei sehr geschickt gewesen, sagte Mascha und rümpfte die Nase. Er gab den perfekten Moderator. Mit beiläufiger Geste lud er den einen oder anderen zu einem Becherovka ein, scherzte nach links und rechts, mal auf Englisch, mal auf Deutsch, hörte sich geduldig das kanonartige Gejammer der Einheimischen an und hatte stets einen versöhnlichen Satz parat. Fragen, die ihm zu nahe kamen, wich er tänzelnd aus. Bevor er etwas von sich hätte preisgeben müssen, orderte er eine weitere Runde Becherovka. Schon am nächsten Tag wurde er im Kobold wie ein Stammgast begrüßt. Er hatte etwas Unmögliches vollbracht: Er gehörte dazu, ohne dass jemand hätte sagen können, wozu und warum.

Sie habe ihm von Anfang an misstraut, beteuerte Mascha. Sein Lächeln war zu durchsichtig, sein Blick zu unverbindlich, er bewegte sich zu geschmeidig durch die Enge der Prager Altstadtkneipen. Ein schickes Phantom, wie Lenka einmal treffend bemerkte. Unübersehbar auch, dass er sich und den anderen beweisen wollte, dass er nur auf der Durchreise war. Er konnte einen Abend lang der Geselligkeit frönen und zu den allerletzten Gästen gehören, aber beim Gehen machte er jedem klar, dass er morgen vielleicht schon woanders sei. Er wollte dazugehören und fremd bleiben und diesen Widerspruch bis zum Äußersten auskosten.

In den ersten Wochen sei sie ihm hin und wieder zufällig begegnet, erzählte Mascha weiter. Prag sei nun mal zum Fürchten überschaubar, man sei dauernd von bekannten Gesichtern umgeben, könne einander nicht entkommen. Meistens saß er nachmittags in einem Terrassencafé auf dem Wenzelplatz, in Begleitung eines vollbärtigen, bierbäuchigen Mannes. Ein unsympathischer Zeitgenosse, der mit seiner Fliege und seinem Strohhut auf Künstler machte. Merkwürdig, wie eingeschüchtert Jan den Ausführungen des Möchtegernkünstlers lauschte. Das stand in krassem Gegensatz zu seinen Auftritten in der Kneipe.

Und einmal entdeckte sie ihn im Supermarkt auf der Národní třída. Er war wohl noch nicht lange auf den Beinen, das Haar duschnass, die Augen leicht verquollen. Wie er sich durch die Leute hindurchschlängelte, wie er sein Geld aus der Hosentasche kramte und nachzählte, wie er an den Tomaten schnupperte und Auberginen befingerte, als befände er sich auf einem Bauernmarkt, und sie fragte sich, ob er vielleicht ein Zigeuner sei. Zu ihrer Verblüffung sah sie ihn eines Tages in der Jeruzalémská. Er trat hinter einer älteren Dame, die ihr Haar auf russische Art gezöpfelt und geknotet hatte, aus der Synagoge. Er machte einen verstörten Eindruck, als er sich die Papierkippa vom Kopf riss. Die Dame hielt ihn am Arm fest, redete auf ihn ein und fuchtelte dazu mit dem Zeigefinger. Von der anderen Straßenseite her fragte sich Mascha, ob er womöglich Jude sei. Da glaubte sie zu hören, wie die aufgebrachte Dame einen gewissen Calin erwähnte, worauf sich Jans sonst so jungenhaftes Gesicht zu einer Fratze entstellte. Er schmiss die Kippa zu Boden und stampfte die Jeruzalémská hinunter. Und sie, Mascha, beschloss, sich vor ihm in Acht zu nehmen.

Trotzdem brauchte er offenbar keine großartigen Verführungskünste aufzuwenden, um sie herumzukriegen. Eines Abends, als im unvermeidlichen Kobold ein Geburtstag gefeiert wurde, inmitten von Sektfontänen und Jubelmusik, trat er zu ihr hin. Sie hätten sich bis zu diesem Zeitpunkt bloß aus der Distanz zugenickt und höchstens Nichtigkeiten ausgetauscht, behauptete Mascha. Jan vergrub seine rechte Hand in ihren Locken und drückte seine Lippen auf ihren Mund. Wahrscheinlich hatte sie ihn zu lange angeschaut oder seinen lauernden Blick übersehen, wahrscheinlich wollte sie überrumpelt werden, um sich danach zu hassen; auf jeden Fall geschah es ihr recht.

Es war weit nach Mitternacht, als er sie nach Hause begleitete. Sie waren betrunken, hatten sich ein paar Mal geküsst und sich gegenseitig in ihren Sehnsüchten bestärkt. Her mit dem schönen Leben, rief er aus. Der Kerl habe genau gewusst, wie man eine gelangweilte Frau, dazu noch Skorpion, verführe, ohne ihr das Gefühl zu geben, verführt zu werden, sagte Mascha und klang dabei heiser. Am nächsten Tag lagen ihre Kleider im Zimmer verstreut, die Laken waren verschmiert, zwischen ihren Beinen spürte sie einen ziehenden Schmerz, und natürlich schämte sie sich. Der Übeltäter war ohne Kaffee und Ahoj verschwunden. Was von ihm übrig blieb, war kümmerlich: Er roch am Hals nach Minze und hatte eine fingerlange Narbe in der Leistengegend. An mehr konnte sie sich nicht erinnern.

Was dann folgte, kenne man aus schlechten Filmen, meinte Mascha und versuchte zu lachen, was ihr misslang. Die Tage wollten nicht vergehen, die Sekunden schienen sich Zeit zu lassen, selbst das Gewöhnlichste wurde anstrengend. Sie musste sich zwingen, die Nachbarn im Treppenhaus zu grüßen. Sie ertrug kaum mehr die Blicke ihrer Schüler, wenn sie das Klassenzimmer betrat. Sie vergaß, am Sonntag ihre Eltern anzurufen, und ernährte sich nur noch von Bananen, Keksen und Gummibärchen. Die Koordinaten, die ihr Leben absteckten, hatten sich verschoben. Dadurch war irgendwo eine Lücke entstanden. Und durch diese Lücke erreichte sie eine längst vergessene Überzeugung: Sie musste fortgehen. Sie habe immer gewusst, dass sie von hier weg müsse, erklärte Mascha nun sehr lebhaft. Hier gebe es keine Zukunft, nur Vergangenheit und Leute, die an der Vergangenheit litten, und Fassaden, die die Vergangenheit in neuem Glanz erstrahlen ließen, und Worte, die die Vergangenheit beschönigten.

Sonst gebe es nichts über Jan zu erzählen, sagte Mascha nach einer Pause. Ihr erstes Wiedersehen nach jener Nacht hätte ebenfalls aus einem schlechten Film stammen können. Zwei, drei Wochen mussten vergangen sein, als sie ihn in ihrer geliebten Kneipe antraf, in ein Gespräch mit Pavel vertieft. Jans Lächeln erschien ihr noch gefälliger, sein Getue heuchlerischer. Es dauerte eine Weile, bis er sich überhaupt dazu herabließ, ihr seine Aufmerksamkeit zu schenken. Ein kurzes Zunicken, ein Küsschen in die Luft, das wars. Sie hätte ihn zerfetzen können. Dabei traute sie sich nicht einmal, ihn anzusprechen. Zu groß war ihre Befürchtung, er würde jene Nacht als Missgeschick abtun. Sie, in der Rolle der selbstverschuldeten Gedemütigten, musste zusehen, wie er sich nach einer Weile bei seinem Gesprächspartner entschuldigte und mit dem Kinn in ihre Richtung wies. Pavel Marincek, dieser schmierige Künstler, feixte vergnügt. In dem Moment überwältigte sie ein Reißen, sie wollte nur noch weg, raus aus dem Kobold, aus der Stadt, aus dem Jammertal, in dem sie seit ihrer Geburt steckte.

Natürlich gelang es Jan, sie aufzufangen. Er legte einen Arm um ihre Schultern, flüsterte ihren Namen, verströmte seinen Moschus, aber sie ließ sich kein zweites Mal betäuben. Was in jener Nacht geschehen sei, wollte sie wissen. Ach, Mascha, sagte er in seiner schmachtenden Art und strich ihr eine Haarlocke hinter das Ohr. Sei ehrlich, verlangte sie. Doch ihr Wunsch zerschellte an seinem massiven Lächeln. Wie sie es auch anstellte, sie vermochte ihm kein aufrichtiges Wort zu entlocken. Sie war sich nicht einmal sicher, ob er sich erinnerte.

Das war Jan. Aus solchen Spielchen habe er seine Macht gewonnen, betonte Mascha und schnaufte einige Male. Er gab vor, Dinge zu verschweigen, die wichtig waren. Er gefiel sich darin, Andeutungen zu machen, im Allgemeinen zu bleiben, unverbindlich und möglichst widersprüchlich. Er eilte dauernd zu irgendwelchen Verabredungen und beklagte sich über Stress, leistete es sich andererseits, ganze Nachmittage im Bett zu vertrödeln. Mal gab er den geschäftigen Typ, mal den Müßiggänger, der sich an Rilkes verschwurbelten Gedichten labte. Mal überhäufte er sie mit Anrufen, schwärmte von ihren porzellanweißen Schenkeln und ihrem Himbeermund und faselte von Platons Kugelmenschen, dann wieder meldete er sich tagelang nicht. Er war der Inbegriff eines Schützen. Alles drehte sich nur um ihn.

Nein, sie dürfe nicht ungerecht sein, korrigierte sich Mascha. Er hatte auch seine feinen Seiten. Er besaß zum Beispiel die Gabe, jeden noch so belanglosen Augenblick mit maximaler Bedeutung aufzuladen. Man hatte in seiner Gegenwart stets das Gefühl, mitten im Leben zu stehen. Egal, ob am Ufer der Moldau oder in der Schlange vor dem Postschalter oder im Nirgendwo eines verregneten Montagmorgens. Nie habe sie mit ihm das empfunden, was sie normalerweise immer empfinde und was sie absolut krank mache, meinte Mascha, das Gefühl, das Leben ziehe über sie hinweg. Jan, dieser Mistkerl, war ein Virtuose. Er spielte auf der ganzen Klaviatur. Er konnte sein Ohr auf ihre Brust legen und geduldig ihren Herzschlag mitzählen; im nächsten Moment starrte er mit Elendsmiene zum Fenster hinaus, als müsste er die Antarktis durchwandern. Wollte sie wissen, was mit ihm los sei, zuckte er mit den Schultern. Manchmal flüsterte er, sie solle bleiben, wo sie sei. Vermutlich ging es ihm einzig darum, die eigenen Gefühle zu beherrschen. Oder zumindest das, was an ihrer Stelle in ihm herumspukte.

Mehr falle ihr zu Jan nicht ein, behauptete Mascha. Keine Ahnung, warum er sich wirklich in Prag herumtrieb. Manchen erzählte er von einem EU-Forschungsstipendium, er verfasse eine wissenschaftliche Untersuchung über die mangelhafte Aufarbeitung des Spitzeltums in den ehemaligen sozialistischen Staaten. Schön, aber dann hätte er sich erst mal bei sich Zuhause umsehen sollen. Und außerdem schreibt jeder gewissenhafte Mensch seine Forschungsarbeit in einer Bibliothek, wo er Zugang zur Fachliteratur hat. Jan war aber nie in der Nähe einer Bibliothek gesehen worden. Andere wiederum wollten wissen, dass er für eine internationale Stiftung arbeitete, deren Zweck es sei, das Verständnis für Freiheit und Demokratie unter osteuropäischen Jugendlichen zu fördern, eine Art Reeducation-Programm, ähnlich dem, was die Amerikaner nach dem Krieg mit den Deutschen gemacht hätten oder die katholischen Missionare einige Jahrhunderte zuvor mit den Indios. Abgesehen davon, dass Prag sich nicht als ost-, sondern mitteleuropäische Stadt versteht, mochte diese Erklärung allenfalls für

Dummköpfe glaubwürdig erscheinen. Und gegenüber manchen Leuten, vorwiegend attraktiven Frauen, gab er sich als Schriftsteller aus, der an einem Gedichtzyklus arbeite, Rilkes *Duineser Elegien* nachempfunden, nur würden bei ihm statt Engel vollgefressene Oligarchen vorkommen. Die Ironie in diesem Bekenntnis eines Hochstaplers entging den attraktiven Frauen zumeist. Dass er irgendwelche literarischen Ambitionen hegte, bezweifelte Mascha. Vielleicht gefiel er sich einfach im wechselnden Rollenspiel. Unbestritten war sein Talent, kein klares Bild von sich zu vermitteln. Wo immer er konnte, verklärte er seine Person und verdunkelte seine Verhältnisse. Er wollte ein Geheimnis bleiben.

Dass er in Wahrheit Ion Rebreanu hieß und Rumäne war, habe sie bald herausgefunden, erklärte Mascha. Nicht weil er es ihr gestanden hätte, nein, so etwas wie ein Geständnis hätte er niemals auch nur in Erwägung gezogen, Geständnis war für ihn christlicher Schmonzes. Sie entdeckte zufällig in der Küche eine Postkarte, die an ihn adressiert und von einer Doina unterzeichnet war. Sie verstand zwar kein Rumänisch, aber das Bisschen, das sie zu entschlüsseln vermochte, hörte sich nach einem ehernen Liebesschwur an. Demnach erwartete diese Doina ihren über alles geliebten Ion in B. Wie erbärmlich Verliebte sein können, bemerkte Mascha und schien noch eine Weile ihren eigenen Worten hinterherzulauschen.

Sie hatte die ganze Zeit über bäuchlings auf dem Bett gelegen, nur mit einem Höschen bekleidet, die Unterschenkel angewinkelt, die Füße gekreuzt. Kulisch hatte ihr zugehört, während hinter dem Fenster ein Nachmittag verflossen war. Es war eine Qual gewesen. Zu deutlich das Gefälle zwischen ihm und dem anderen. Dort die pralle Bedeutung des rätselhaften Jan, hier die Belanglosigkeit seiner eigenen Gegenwart. Wer war er denn? Ein gescheiterter Übersetzer, der aus seinem mickrigen Alltag ausgebrochen war, ein Tom Kulisch, ein Niemand aus Deutschland, im Sternzeichen auch noch Jungfrau.

»Wofür steht das B?«, fragte er, nur um sich wieder ins Spiel zu bringen.

»Bukarest, Belgrad, Barcelona, wen interessierts.«

»Berlin«, sagte er und hoffte vergebens, sie würde ihn nun wieder beachten.

Sie hatte ihr Gesicht auf die Hände gestützt, den Blick in die Ferne gerichtet. Die Gegenwart stellte nicht mehr dar als eine Gardine vor einem Fenster, das auf die Vergangenheit hinausging.

»Natürlich«, rief er aus. »Deshalb ist Jan nach Berlin gefahren. Er wollte gar nicht diesen Schwartz treffen, sondern Doina, seine Jugendliebe.«

»Er hat nur sich selbst geliebt«, sagte Mascha.

Kulisch musste einsehen, dass er gegen die Erinnerung nicht ankam, gegen das überlebensgroße Sehnsuchtsbild des anderen. Ihm war schon seit Wochen, eigentlich von Anfang an klar gewesen, was er für Mascha bedeutete: nichts weiter als eine klägliche Referenz auf diesen anderen. Sie sah in ihm das Nachglühen des Geliebten.

»Er hat nur sich selbst geliebt«, wiederholte sie wie von Sinnen.

Wen wundert es, dachte Kulisch, dass sie bisher kein einziges Mal miteinander geschlafen hatten. Ihre Anweisungen waren unmissverständlich. Er dürfe sie streicheln, küssen, lecken, aber auf keinen Fall in sie eindringen. Natürlich hielt er sich daran. Unzählige Nächte hatten sie nebeneinander gelegen, Körperwärme austauschend, Wolken von Pheromonen einatmend, sie mit geschlossenen Augen vor sich hin schnurrend, er mit erigiertem Penis und überhitzten Fantasien. Er hätte vor unterdrückter Lust in die Matratze beißen können.

»Er hat mich verarscht«, sagte sie und hing weiter ihren Erinnerungen nach.

Kulisch würgte den Brechreiz hinunter, den ihre Worte im eigentlichen Sinn erzeugten.

»Er hat mich richtig verarscht«, wiederholte sie.

»Hör auf. Du hast dich einfach in den Falschen verliebt.«

Sie schlug mit der Faust zu, bevor er auch nur Ahoj hätte sagen können. Noch nie hatte sie sich so schnell angekleidet. Sie hetzte aus dem Zimmer, während er sich das Blut von der Unterlippe leckte. Vor der Wohnungstür zückte sie ihr Handy und fingerte daran herum. Er sollte mitbekommen, dass sie seine Nummer löschte. Es war lächerlich, aber es wirkte.

In den folgenden Tagen zeigte sich Prag von seiner schwierigen Seite. Eine Wolkendecke lag über der böhmischen Senke, die Moldau schien in ihrem Bett zu stehen, die prächtigen Fassaden der Häuser nahmen sich wie Attrappen aus. Mag sein, dass es gar nicht die Stadt, sondern Kulisch selbst war. Er kam sich wie ein Gefangener vor.

Das Kobold wie auch andere lieb gewonnene Orte lagen nun in einer Sperrzone. Auf keinen Fall durfte er Mascha über den Weg laufen, das wusste er. Sie wäre im Stande gewesen, ihm mit einem abgebrochenen Flaschenhals das Gesicht zu zerkratzen oder ihn mit einem Zauberwort in einen Frosch zu verwandeln. So vertrödelte er seine Abende im nahegelegenen Pub unter fußballverrückten Engländern. Daran war nichts auszusetzen; nur das schale dunkle Bier passte nicht zu Rilkes Versen.

Tagsüber war es nicht besser. Sowie er die Wohnungstür öffnete, musste er damit rechnen, auf seinen Nachbarn zu stoßen. Der gute Pavel lungerte ständig auf der Galerie herum und gab vor, mit Hausmeisterarbeiten beschäftigt zu sein. Er konnte schlecht verbergen, dass er beleidigt war. Jan, my friend, Cvetković warte weiterhin auf eine Erklärung. Ein ums andere Mal vertröstete ihn Kulisch auf Morgen. Aber wie viele Morgen gab es? Ihm wurde bewusst, dass er bis zum Hals in einem Provisorium steckte. Nicht er entschied, wie lange er in der Wohnung hausen durfte. Alles, wovon er lebte, war nur geliehen; irgendwann, das lag in der Natur der Sache, würde jemand erscheinen und es zurückverlangen. Er konnte nur hoffen. Aber hoffen ist schwierig für einen, der nicht ans Schicksal glaubt.

FW Tegel, 29. Dezember

Am dritten Tag unseres Gesprächs verspätete er sich ohne Entschuldigung. Ein Nebeneffekt der unausweichlichen Zermürbung, wie ich vermutete. Ich hatte mich wie üblich nach seinem Verhalten erkundigt. Man hatte keinerlei Auffälligkeiten beobachtet, bis auf die Tatsache, dass er erneut das Angebot abgelehnt hatte, jemanden zu benachrichtigen. Wie war das zu verstehen? Normalerweise verlangten Leute in seiner Situation andauernd nach dem Telefon. Sie gebärdeten sich nicht selten so, als bedeutete ihnen ein einzelner Anruf alles, als könnte er sie aus ihrer selbstverschuldeten Misere erlösen.

Nach einer halben Stunde vernahm ich Schritte auf dem Flur. Ich wollte ihn spüren lassen, dass mich seine Verspätung nur skeptischer machte. Er betrat das Zimmer 103 mit einem knappen Gruß, und ich bekam mit, wie der Beamte ihn anschnauzte, bevor er die Tür hinter ihm schloss. Er ließ sich auf den Stuhl fallen. Sein Gesicht war fahler als gestern, die Frisur zerdrückt, als käme er direkt aus dem Bett, und sein Blick ging durch mich hindurch. Er murmelte ein Dankeschön, als ich einen Pappbecher mit Kaffee vor ihn hinstellte.

»Mit Milch und Zucker, nicht wahr«, sagte ich.

Er sah mich überrascht an, und sogleich blitzte in seinen Augen ein Ausdruck von Verschlagenheit auf, als würde er in dem Moment begreifen, dass er mich manipulieren könnte. Anscheinend verwechselte er meine Aufmerksamkeit mit

Menschenfreundlichkeit. Oder er dachte, was noch abwegiger war, ich empfände Sympathien für ihn.

»Sie sehen zwar unausgeschlafen aus, aber die Zeit spielt gegen uns. Wir müssen fortfahren.«

»Natürlich«, meinte er und presste Zeigefinger und Daumen in seine Augenhöhlen. »Verzeihen Sie. Ich habe heute Nacht kein Auge zugetan. Mir ist plötzlich eingefallen, dass ich ein Versprechen abgegeben habe. Damals an der Unfallstelle in der Prenzlauer Allee habe ich einem Polizisten versprochen, den Toten zu identifizieren. Genau genommen hat er mir dieses Versprechen abgerungen. Ich selbst wäre nie auf den Gedanken gekommen. Wie sollte ich jemanden, den ich gar nicht kannte, identifizieren? Trotzdem habe ich mich dazu bereit erklärt. Das lässt mir nun keine Ruhe. Die Vorstellung, dass er weiterhin im Institut für Rechtsmedizin liegt und darauf wartet, dass jemand kommt, um ja zu sagen. Ja, Ion Rebreanu ist tot.«

»Sie wollen mir weismachen, Sie hätten Gewissensbisse.«

»Hätten Sie an meiner Stelle keine?«

»Angenommen, Ion Rebreanu ist gar nicht tot«, wandte ich vorsichtig ein. »Vielleicht hat er sich auf eine lange Reise begeben, die einfach nicht ans Ziel führt. Vielleicht wird er eines Tages mit einem ungültigen Reisepass auf einem Flughafen festgenommen. Vielleicht sitzt er dann jemandem gegenüber, der ihn identifizieren soll.«

Er hustete ein Lachen aus sich heraus.

»Das heißt, Sie bezweifeln …«

»Zweifel können durchaus produktiv sein.«

»Sie haben sich doch hoffentlich die Aufnahmen angehört. Bestimmt besitzen Sie so etwas wie Menschenkenntnis. Das gehört doch zur Pflicht bei Leuten wie Ihnen.«

Seine Überheblichkeit gefiel mir. Es war jedes Mal so, als würde er das Visier öffnen.

»Ich habe mir die Aufnahmen drei Mal zu Gemüte geführt«, erklärte ich. »Sie geben den Bericht eines verzweifelten Mannes wieder, der in seinem Beruf gescheitert, mehrfach gekränkt worden ist und dann einer fixen Idee erliegt.«

Er hatte seinen Kaffee ausgetrunken und starrte mich mit halb offenem Mund an, als erwartete er von mir einen abschließenden Satz, womöglich einen schlüssigen Befund. Aber davon waren wir weit entfernt. Die Wahrheit, das ahnte ich, lag unter zahlreichen Schichten verborgen. Erst musste jede Menge Schutt weggeräumt werden.

»Vielleicht möchten Sie noch einen Kaffee, bevor wir fortfahren?«

»Lassen Sie uns anfangen«, brummte er.

»Schön. Sie haben gestern erzählt, dass Sie in Prag das Leben eines anderen führten. Sie konnten unbehelligt in seiner Wohnung leben, seine Stammkneipe aufsuchen, seine Liebschaften weiterführen. Das hört sich an, als hätten Sie es geplant.«

Er schüttelte den Kopf, beugte sich über den Tisch und legte beide Hände schützend um das Aufnahmegerät.

»Nach Prag gelangte ich rein zufällig«, begann er. »Und bevor ich es begreifen konnte, war ich in eine fremde Biographie verstrickt. Mit allem, was dazugehört. Ich wurde für Ion gehalten. Egal, was ich sagte oder tat.«

»Sie sind zufällig nach Prag gelangt?«

»Hätte ich in Ions Umhängetasche eine Bahnfahrkarte nach Paris oder Toledo gefunden, wäre ich dorthin gefahren. Für mich war Prag ein Zufall, für Ion mochte es ein Schicksalsort gewesen sein. Er war ja überzeugt, dass ihn etwas Heiliges mit dieser Stadt verbinde.«

»Etwas Heiliges?«

»Für Ion war Prag sein Schicksal. Er führte es auf eine vorgeburtliche Erfahrung zurück.«

Er kicherte und strich mit der Hand über die Tischkante, als wollte er sichergehen, dass wir uns weiterhin in einer dreidimensionalen Ordnung befinden.

»Aber Sie glauben nicht ans Schicksal«, wandte ich mit der Strenge des berufenen Gegenübers ein. »Zumindest haben Sie das mehrfach beteuert.«

»Ich nicht. Aber Ion.«

Ende der Sechzigerjahre waren Ions Eltern von Bukarest nach Prag gereist in der Hoffnung, sich von hier aus in den Westen abzusetzen. Das war nicht so aussichtslos, wie es im Nachhinein anmuten mochte. Ions Mutter hatte von ihrer Mutter, der alten Stella Rebreanu, die damals schon seit acht Jahren in Zürich lebte, auf schlitzohrigen Umwegen eine Bahnkarte und einige Devisen erhalten. Dem war eine Leidenszeit vorausgegangen, in der sie und ihr Mann im Geheimen an dem Fluchtplan herumgegrübelt und -gebastelt hatten, um endlich aus dem rumänischen Kerker auszubrechen und in den Westen zu gelangen, wo man sein durfte, wer man sein wollte. Die Bahnkarte und das Geld aus Zürich erreichten sie spät, vielleicht nicht zum günstigsten Zeitpunkt, aber immerhin.

Die Fahrt nach Prag erwies sich als ein Kinderspiel, die Grenzen zwischen den sozialistischen Bruderländern waren damals relativ durchlässig, es genügte, sich einer offiziellen Reisegruppe anzuschließen. In Prag kamen sie bei einer Witwe unter, die mit einigen Dollars gefügig gemacht worden war. Am nächsten Tag sollten Ions Eltern im Kaffeehaus Slavia einen Vertrauensmann treffen; ihnen blieben etwas mehr als zwölf Stunden. Die ganze Nacht lang verteilten sie ihr Hab und Gut auf zwei Koffer, stapelten, drückten die Sachen zusammen, verabschiedeten sich von dieser Jacke, von jenem Buch oder Erinnerungsstück, bis ihre Habseligkeiten auf ein Häufchen geschrumpft waren, gerade genug, um durch das Nadelöhr auf die andere Seite schlüpfen zu können und ein neues Leben anzufangen.

Zwei Stunden schliefen sie auf einem Klappbett in der Küche. Sie waren Liebende und verschworene Komplizen zugleich. Waren sie es wirklich? Oder stellten sie es nur dar? Während Ions Vater sich eine seifenblasenartige Karriere als Manager in einem westlichen Unternehmen ausmalte, litt seine Mutter an Übelkeit und unter dem Gerumpel im Bauch. Er schaute also den aufsteigenden Seifenblasen zu, sie dagegen lag aufgekratzt auf dem Klappbett und überlegte, wo sie entbinden und welche Krankenkasse die Kosten übernehmen würde. Er bangte ein wenig um seine Zukunft, während sie befürchtete, das Kind könnte zu früh aus ihrem Körper drängen; zugleich überschwemmte sie ein Gefühl von Zuversicht, wie es werdenden Müttern eigen ist. Doch das Schicksal machte ihr einen Strich durch diese Zuversicht.

Als Ions Eltern am nächsten Tag mit ihren zwei Koffern zum vereinbarten Treffen eilten, waren die Straßen leer. Von weit her waren Detonationen zu hören, dazu ein eigenartiges Gebrumme und Gerassel. Seine Eltern liefen verunsichert am Moldauufer entlang, als eine Frau ihnen vom Fenster aus zurief, die Russen seien da. Das klang wie ein schlechter Scherz. Die Russen hier? Seine Eltern, die selten einer Meinung gewesen waren, waren sich damals einig, dass den Sowjets alles zuzutrauen war, dass sie ihre Vasallenstaaten gängelten und jederzeit in Berlin, Budapest oder Bukarest einmarschieren könnten, aber gewiss nicht in Prag.

Mutter und Vater warteten mit ihren beiden Koffern vor der verriegelten Tür des Slavia. An Stelle des Vertrauensmanns tauchten zwei unscheinbar gekleidete Männer auf.

Sie sprachen ein schulbuchhaftes Französisch und pflegten einen überkorrekten Habitus, den man sich nur im Drill aneignen konnte. Sie baten das rumänische Pärchen, in einen geparkten Škoda einzusteigen. Der Knall der Autotür hörte sich an wie das Zuschnappen einer Falle. Ions Vater, ohnehin mit einem Hang zur Schicksalsergebenheit ausgestattet, fügte sich ins Unabänderliche, indessen seine Mutter versuchte, die Grenzen der Ausweglosigkeit auszuloten. Sie hatte diesen Kerlen gleich das Innenministerium angerochen und ahnte, dass die beiden alles über sie wussten, ihre Herkunft, ihre Verbindungen, ihre Absichten. Gewiss hatten sie Dutzende von Aktenseiten gelesen. Sie hatten längst mit den rumänischen Kollegen der Securitate telefoniert. Ions Mutter ahnte, dass diese jungen Kerle im Grunde keine Unmenschen waren. Sie waren bloß darauf konditioniert, Unmenschlichkeiten zu begehen.

Als der Škoda an jenem Augusttag in die berüchtigte Bartoloměјská einbog, war die Mutter aufs Schlimmste gefasst. Der Schmerz, den sie verspürte, hatte allerdings nichts mit den Innenministeriumsfritzen zu tun, sondern mit dem Mann, der neben ihr auf der Rückbank saß und ständig aufstöhnte. Sie betrachtete sein verschwitztes Gesicht und erkannte, dass seine und ihre Ängste auseinanderdrifteten. Er hatte das Scheitern ihrer Flucht längst hingenommen und weinte allenfalls einer verpassten Chance nach; sie hingegen fürchtete um das ungeborene Kind, um Ion, den sie seit fünf Monaten in sich trug und für den sie sich eine bessere Zukunft als Ceaușescus Menschenfabrik erhofft hatte. An jenem Tag auf der Rückbank des Škoda zeichnete sich bereits die Trennung der Eltern ab.

Aber das Schicksal ist nie ausschließlich böse, das lässt es ja gerade so unheimlich erscheinen, das Schicksal ist stets für Überraschungen gut. Davon war Ion überzeugt. Eine Viertelstunde lang verharrten seine Eltern zusammen mit den beiden Männern im Škoda, unmittelbar vor dem gefürchteten Gebäude in der Bartolomějská. Seine Mutter beobachtete, wie die beiden Schergen ratlose Blicke austauschten. Sie dürften über die Ereignisse des Tages genauso verwirrt gewesen sein wie der Rest der Bevölkerung. Womöglich waren Anweisungen von oben ausgeblieben, womöglich wussten die beiden überhaupt nicht, wem sie zu dem Zeitpunkt noch zu gehorchen hatten. Nicht auszuschließen, dass sie sich des fluchtwilligen Pärchens aus dem grauenhaften Rumänien erbarmten, dazu der angeschwollene Bauch der Frau. Aber wer wusste schon, was in den durchkonditionierten Köpfen zweier Innenministeriumsfritzen vor sich ging? Jedenfalls schienen die beiden nicht gewillt, dem Schicksal von Ions Eltern die finale böse Wendung zu geben. Bevor sie das Pärchen laufen ließen, erklärten sie kurz die Lage. Um neun Uhr morgens waren Panzer des Warschauer Pakts auf dem Wenzelplatz aufgefahren. Der Sozialismus mit menschlichem Antlitz war innerhalb von fünfzehn Minuten plattgewalzt worden. Prag war nicht länger das frühlingshafte, verheißungsvolle Prag, sondern wieder ein unbedeutender Außenposten des Sowjetimperiums.

Ions Eltern verließen mit ihren Koffern die Sackgasse, als welche die Bartolomějská bekannt war. Sie konnten unmöglich zur Witwe zurück, da sie keinen Dollar mehr besaßen. Sie irrten durch eine Stadt, die in Schreckstarre versetzt schien. Die Menschenmenge auf dem Wenzelplatz war verschwunden. Einzelne junge Männer drückten sich an die Mauern der Jugendstilbauten, während die Panzer ihre

Schießrohre in Zeitlupe hin und her schwenkten. In der Luft lag weder Sieg noch Niederlage, allenfalls ein Hauch von Suizid.

Gegen Abend wich das Entsetzen einem Aufbegehren, das sich leise in jedem Winkel regte. Zwar wurde der historische Platz weiterhin den Besetzern überlassen, aber durch die Nebengassen strömten massenhaft Prager auf die Kleinseite hinüber und pilgerten zur Burg hinauf, wo sie Solidaritätsbekundungen für Dubček unterzeichneten. Seine Mutter zögerte nicht, es ihnen gleichzutun. Ihre Flucht mochte gescheitert sein, ihre Hoffnung zerstört, aber der Geist der Freiheit sollte fortwirken. *Svoboda*, sagten die Leute, immerzu und überall: *Svoboda, Svoboda.* Damit meinten sie gar nicht die Freiheit, warf Ions Vater ein, sondern ihren greisen Präsidenten, Ludvík Svoboda.

Während die Schwangere die unzähligen Treppen zum Hradschin emporstieg, hockte ihr Gatte mit den beiden Koffern am Ufer der Moldau und wischte sich Tränen aus dem Gesicht. Ja, es war ungerecht. Vermutlich sah er seine Zukunft sich zu einem Schacht verengen und sich selbst dazu verdammt, ein Verlierer zu bleiben. Er übersah dabei, was wirklich vor sich ging. Um ihn her gab es keine Gewinner und auch keine Verlierer. Durch die Straßen Prags hallte der Ruf nach Freiheit. Die Leute standen auf den Gehsteigen und riefen den vorüberziehenden Panzern die immer gleichen drei Silben zu: Svoboda. Dieses Wort übte auf seine Mutter eine magische Wirkung aus. Eine Verheißung, noch in tiefster Verzweiflung. Svoboda, Svoboda, Svoboda. Es sollte sich auf das ungeborene Kind in ihrem Leib übertragen. Durch die unergründlichen Kanäle des Mutterleibs sei jener Ruf nach Freiheit bis zu dem Embryo gedrungen, der er damals gewesen sei, behauptete Ion. Und so sei Prag für ihn die Stadt, in der die Freiheit Europas beginne oder ende.

Lenka, die Rothaarige aus dem Kobold, hatte Kulisch diese Geschichte erzählt, nachdem er ihr endlich die zweitausend Korun bezahlt hatte. Jans Schulden zu begleichen, hatte sich gut angefühlt. Lenka und er waren an dem Abend die Moldau entlangspaziert. Als sie ihre Finger in seine verknotet hatte, war er stehengeblieben und hatte ihr gestanden, dass er gar nicht Jan sei. Ob er nun das Geld zurückhaben wolle, hatte sie in ihrem klirrenden Englisch gefragt und geschmunzelt.

Mit Lenka verhielt es sich wie mit allem, was ihm in Prag zustieß. Es war nicht so, wie er es sich vorgestellt hatte, aber auch nicht völlig anders. Es blieb im Zwielicht, wechselte die Gestalt wie die Bedeutung, zeigte sich nie von der hellen Seite, schwankte zwischen Vertrautem und Fremdem, und bisweilen schien ihm, als wäre er selbst in ein Zwielicht gerückt. Lenka enpuppte sich als eine promovierte Biologin und Mutter einer siebenjährigen Tochter.

»Zwei Gründe, weshalb ich mich auf meinen Instinkt verlassen kann«, erklärte sie an jenem Abend, nachdem sie sich auf den Liegestühlen vor dem Muzeum Kampa niedergelassen hatten und über die träge dahinfließende Moldau auf die beleuchtete Altstadt hinüberblickten.

»Zugegeben, du siehst ihm zum Verwechseln ähnlich«, meinte sie und begann, eine Zigarette zu drehen. »Aber die Stimme, der Geruch. Und er hatte ja diese Narbe am Bauch. Ich habe sie ein einziges Mal berührt. Eine komische Nacht. Ich glaube nicht, dass Jan auf Abenteuer aus war, wie andere behaupten. Nein. Dazu fehlte ihm die Leichtigkeit. Er war verbissen und trug eine Wut in sich. Keine Ahnung, wogegen.«

Sie nahm einen leidenschaftlichen Zug von der Zigarette.

»Diese Wut hat ihn von den üblichen Vagabunden unterschieden. Von all diesen unfertigen Amerikanern, Briten und Franzosen, die sich hier in den Kneipen herumtreiben. Die auf ihren Gitarren schrammeln und ihre Befindlichkeiten ins Moleskine kritzeln. Jan hat diese Möchtegernkünstler verachtet. Die hätten kein echtes Anliegen.«

»Was war denn Jans Anliegen?«, fragte Kulisch und zog ohne Lust an der Zigarette, die Lenka ihm anbot.

»Der Dritte Weg. Er hat ständig vom Dritten Weg gesprochen.«

»Klingt nach einer spirituellen Lebensweisheit.«

»Ein alter Hut, würden die meisten Prager sagen.«

Sie zog ein letztes Mal an dem Stummel, bevor sie ihn in die Moldau schnippte. Ihr Vater hatte es ihr einmal erklärt. Einige junge Ökonomen, darunter der berühmte Ota Šik, hatten ein Wirtschaftsmodell ausgetüftelt, das Wohlstand für alle versprach. Mit dem Dritten Weg sollte das Land von der Geißel der Planwirtschaft befreit werden, zugleich aber nicht in die Fallen des Kapitalismus tappen. Die Illusionen überwinden, ohne sie zu zerstören, so nannte es ihr Vater. Übrigens ein Musiker, der nichts von Ökonomie verstand und dessen einzige politische Handlung darin bestanden hatte, in den Siebzigern einmal ein Konzert von The Plastic People besucht zu haben.

Dazu lachte Lenka. Sie tat es in einer so schrillen Weise, dass Kulisch vermutete, sie hätten eben keine Zigarette, sondern einen Joint geraucht.

»Vielleicht war es nur ein schlechter Zeitpunkt«, meinte

sie. »Mit dem Prager Frühling kamen bekanntlich die Panzer, danach der Gesinnungsterror, die bleiernen Jahre. So ist der Dritte Weg gewissermaßen ein Witz ohne Pointe geblieben. Aber dann, vierzig Jahre später, taucht hier plötzlich ein rumänischer Jan auf und scheint den Witz ernst zu nehmen. Entweder Europa beschreite den Dritten Weg oder es verkomme zu einem Warenhaus, wo nur noch die Hochfinanz einkaufen gehe. Davon war Jan überzeugt. Und offenbar hat er hier Gleichgesinnte gefunden.«

»Jan wollte also Europa retten.«

Kulisch konnte sich einen spöttischen Unterton nicht verkneifen.

»Ich glaube nicht, dass seine Wut wirklich mit Politik zu tun hatte«, meinte Lenka und blinzelte auf die Moldau hinaus. »Etwas anderes hat ihn getrieben. Vielleicht etwas aus seiner Vergangenheit. Aber darüber schwieg er sich aus. Bis auf die Geschichte mit seinen Eltern, die ausgerechnet Achtundsechzig in Prag landeten. Wobei diese Geschichte ein wenig verrückt klingt, oder?«

»Nicht wenn man ans Schicksal glaubt«, bemerkte Kulisch und versuchte, Lenka mit Jans Augen zu sehen. Wie sie auf die Liege drapiert war, in ihren engen Jeans, einen Arm angewinkelt, wie sie an einer Haarlocke zupfte und abwechselnd ins Wasser und zum Himmel hoch schaute und selten zu ihm hinüber.

»Einmal erwähnte er seine Oma«, sagte sie. »Dabei wurde er sentimental. Er sprach von der kleinen heilen Welt der Gliulamila. So hieß die Straße, in der seine Oma wohnte. In der Nähe soll der Volkspalast stehen, den Ceaușescu für die Ewigkeit errichten ließ. Dieses Ungetüm habe seine Jugend überschattet, meinte Jan.«

Da begriff Kulisch, dass Mascha Jans Leidenschaft gewesen war, Lenka hingegen der Mensch, der ihn ablenkte und dem er sich anvertraut hatte. Er beobachtete, wie sie sich mit dem Handrücken Tränen von der Wange wischte. Er durfte diese Frau nicht anrühren, niemals.

»Was weiß ich«, sagte sie. »Jedenfalls habe ich mich mit all meinen Sinnen dagegen gesträubt, mich in ihn zu verlieben. Ich habe gleich gespürt, dass er sich in etwas verbissen hat, das stets über der Liebe stehen würde. Andererseits kann ich nachvollziehen, warum eine Frau wie Mascha ihm verfallen ist.«

Kulisch spürte den eisigen Wind, der über das Ufer strich. Er wollte nicht weiter über Jan reden. Doch Lenka hatte die Arme um ihre Knie geschlungen und lächelte den Sternenhimmel an, und er ahnte, dass er noch eine Weile im Liegestuhl würde ausharren müssen.

Was er nach und nach über Ion Rebreanu erfuhr, fügte sich zu keinem schlüssigen Ganzen. Der Mann blieb ein Schemen, ein in Fetzen gewickeltes Wesen, nichts, was man hätte umarmen können. Und doch musste er lebendig gewesen sein. Manchmal schreckte Kulisch im Bett auf, und ihm wurde jäh bewusst, dass er schlief, wo vor zwei, drei Monaten der andere geschlafen hatte. Er glaubte ihn riechen zu können, vor allem an dem vergilbten Kissen ohne Bezug. Dann der entsetzliche Gedanke, dass er hier und jetzt die Duftpartikel eines Menschen atmete, den es gar nicht mehr gab.

Aber wie tot war Ion wirklich, fragte sich Kulisch, wenn er unter der Dusche stand und nach der Cremeseife griff, die ebenfalls dem anderen gehört hatte. Lenka zum Beispiel hatte Ion zum Leben erweckt, während er, Kulisch, daneben im Liegestuhl vor dem Muzeum Kampa gefroren hatte. Sie hatte mit bloßen Worten eine Erscheinung geschaffen, einen Golem, der undurchsichtig, ehrgeizig und furchtbar pathetisch war. Und zeitweise war ihm dieser Ion lebendiger vorgekommen als er selbst. Besonders, als Lenka betont hatte, dass sie sich niemals in ihn hätte verlieben können, aber dass sie verstand, warum es Mascha anders erging.

Dieses Warum verfolgte Kulisch tagelang. Mascha sei eine tragische Figur, hatte Lenka behauptet. Sie habe in Jan eine Art Erlöser gesehen, weil er so getan habe, als sei ihm seine Herkunft egal, die Vergangenheit überhaupt bloß eine Krankheit. Aber gerade die Vergangenheit sei Maschas großes Elend. Schließlich trage sie die Bürde ihrer Familie, die, wie jeder hier wisse, während der bleiernen Jahre zu den Privilegierten gehört habe. Die hätten in einem Landhaus gelebt, zwei Škoda besessen, im Tuzex eingekauft und mit Parteibonzen verkehrt. Natürlich sei Maschas Familie nach der samtenen Revolution aus dem Privilegienhimmel gefallen und in einem Plattenbau in Háje gelandet. Und natürlich wünsche sich Mascha nichts sehnlicher, als von ihrer verfluchten Vergangenheit befreit zu werden. Andererseits wäre sie ohne ihre Vergangenheit nichts weiter als eine zickige Pragerin.

Im Nachhinein beglückwünschte sich Kulisch dafür, sich nicht auf Lenka eingelassen zu haben. Als sie durch die Morgendämmerung spaziert waren, hatte sie mit klimpernden Augenlidern vorgeschlagen, gemeinsam bei ihr zu frühstücken. Die Verlockung war da gewesen, aber er hatte ein Bedauern hingestammelt, war durch die verlassenen Straßen nach Hause gewankt und hatte sich zugleich vorgestellt, wie ein Jan ihr Angebot mit einem Raubtiergrinsen angenommen hätte. Ein Jan hätte anschließend die promovierte Biologin auf einem abgeranzten Sofa gevögelt, während das siebenjährige Töchterchen Marmelade auf Brotschnitten gestrichen hätte. Aber er war nun mal kein Jan, sagte sich Kulisch. Er fühlte sich zu nichts berufen. Ihn hatte es nur zufällig nach Prag verschlagen. Er beabsichtigte weder Europa zu retten noch möglichst viele Pragerinnen flachzulegen. Was hatte er hier also verloren?

Es stand fest, in diesen Tagen wollte Tom Kulisch nach Berlin zurückkehren. Er stellte sich die vierstündige Zugfahrt und die Ankunft im gläsernen Hauptbahnhof vor, mehr nicht. Gewiss würde es danach ein Leben geben, einen Alltag, Probleme, womöglich gar Schulden, egal. Er stand kurz davor, seine Reisetasche zu packen, als eines Morgens sein Handy losschrillte. Erst als der Signalton erklang, der ihm anzeigte, dass er eine Nachricht erhalten hatte, rührte er das Gerät an. Er rief seine Mailbox an und lauschte dem Redestrom seines ehemaligen Studienkollegen, der offenbar früher als geplant aus Boston heimgekehrt war.

»Vielen Dank, Tom, dass du die Pflanzen aus ihrem kläglichen Dasein erlöst hast. Sie welken in ihren Töpfen auf dem Balkon dahin und werden demnächst zu Staub zerfallen sein. Und falls es dir entgangen sein sollte, das Klo verfügt über eine Spülung. Ein Knopfdruck hätte genügt, um deine Kotzspritzer zum Verschwinden zu bringen. Was deine Kleider, deine Bücher, den ganzen Ramsch hier betrifft, den werde ich selbstverständlich kostenlos einlagern, bis du aus Hawaii oder Sansibar oder wo immer du dich vergnügst zurück bist. Und wenn wir schon dabei sind, schick mir doch eine Postkarte, damit ich sicher bin, dass du nicht irgendwo im Keller als Leiche verwest. Dass du meine Kristalle befummelt und damit eine heilige Ordnung durcheinandergebracht hast, sei dir vergeben, in jedem Mann steckt bekanntlich ein Kind. Etwas ratlos steh ich allerdings vor einem Haufen Plastikteile, die du sorgfältig in eine Ecke des Wohnzimmers gewischt hast. Soll das Kunst sein? Wenn ja, lass es mich wissen. Ach ja, und mit meinen lieben Nachbarn habe ich mich wieder versöhnt. Seit du weg bist, schlafen sie gut. Leider kann ich dasselbe von mir nicht behaupten. Dauernd ruft hier eine Christy an und überschüttet mich abwechselnd mit wüsten Beschimpfungen und Liebesschwüren. Sie ist so zugedröhnt, dass ihr entgeht, dass ich ein anderer bin, also nicht ihr leidenschaftlicher Tom, der ihr anscheinend das Blaue vom Himmel versprochen und sie mal wieder richtig durchgefickt hat. Ich behaupte nicht, diese verpeilte Christy sei von dir schwanger, aber ungefähr so hört sie sich an. Und heute wurde ich um sieben Uhr von Polizeibeamten aus dem Bett geklingelt. Sie haben mir einen Wisch ins Gesicht gedrückt, eine polizeiliche Vorladung für einen gewissen Tom Kulisch. Sie waren so beharrlich, dass ich keine Lust hatte abzustreiten, ein Individuum dieses Namens zu kennen. Du solltest vielleicht mal mit denen Kontakt aufnehmen, bevor ein GSG-Kommando meine Bude stürmt. Ja, ja, alles halb so schlimm, wirst du dir sagen, ist ja nur der olle Rensing. Weißt du, Tom, du warst mir eigentlich nie besonders sympathisch, du hast ja stets auf Existenzialist gemacht, der durchgeistigte Grübler, der sich nicht um Kleinigkeiten schert. Aber ich dachte, tief in deinem Inneren bist du ein rücksichtsvoller Zeitgenosse, ein aufrichtiger Mensch mit feinen Manieren. Wie käme ich sonst dazu, dir mein Zuhause anzuvertrauen? Nun gut, jede Erfahrung bringt einen weiter. Rechne in Zukunft nicht mehr mit mir.«

Drei weitere Tage ließ Kulisch verstreichen, ehe er sich entschloss, nun wirklich nach Berlin aufzubrechen. Rensings Neuigkeiten hatten ihn zwar nicht gerade darin bestärkt, aber er hatte kaum noch Geld und auch sonst keine Wahl. Das Einzige, was er sich gönnen wollte, war ein wahrhaftiger Abschied.

Erst als er die vielen Leute im Kobold erblickte und die krachende Musik hörte, begriff er, dass Samstagabend war. Er verstaute den Rilke in seiner Jackentasche, fuhr sich durchs Haar und zwängte sich in das Gewühl hinein. Er überging die Grüße in seine Richtung. Er schmetterte Lenkas warnenden Blick ab. Er hatte sie bereits entdeckt; Mascha lehnte am äußersten Ende der Theke und blätterte in einer Zeitschrift. In ihrem türkisfarbenen Sweatshirt, den weißen Jeans und dem Pferdeschwanz sah sie um Jahre verjüngt aus. Seit dem Tag, als er ihre Faust im Gesicht gespürt und zugesehen hatte, wie sie seine Handynummer in einem exorzistischen Akt gelöscht hatte, hatte zwischen ihnen Funkstille geherrscht. Nun leuchteten Maschas Augen auf, als sie ihn erblickte, und er wurde auf der Stelle zahm und blöd.

»Ich glaube, ich habe dich vermisst«, säuselte er.

»So was hätte ich dir gar nicht zugetraut.«

Sie hatte eine Miene aufgesetzt, als wäre nichts gewesen, als könnten ihre zarten Hände sich niemals zu Fäusten ballen.

»Lass uns kurz reden«, bettelte er.

»Ich bin eigentlich zum Kino verabredet. Heute läuft der

neue Batman an. *The Dark Knight begins.* Schon mal davon gehört?«

Ihr Blick schien ihm zu bedeuten, dass sie sich beim ersten Missklang in Luft auflösen würde.

»Ehrlich gesagt, Mascha. Ich weiß nicht, wie lange ich noch in Prag bin.«

»Gestern habe ich kurz in der Anenská vorbeigeschaut. Pavel wird immer verschrobener und seine Mieze immer dünner. Ich kann mit diesen sogenannten Künstlern nichts anfangen. Da plage ich mich lieber mit Sprachgestörten herum, die unfähig sind, sich die deutschen Umlaute zu merken.«

Er hatte die Ankündigung seiner Abreise auf den Lippen, aber sie plapperte weiter. Sie gab ihm einen Kurzabriss ihrer vergangenen Tage, ohne das nebensächlichste Detail auszulassen. Erst nach einer Weile begriff er, dass es ihr darum ging, ein bestimmtes Thema zu vermeiden. Bitte, kein Wort zu Jan. Stillschweigend willigte er ein und zog einen Barhocker heran, und mit einem Mal schien es, als könnte ihnen die Hektik des Samstagabends nichts anhaben. Sie waren in einem herzlich unverfänglichen Plaudern vereint, bestellten Weißwein und tauschten Blicke aus, die knisternde Möglichkeiten eröffneten. Zugleich waren sie so sehr bemüht, den Toten nicht zu erwähnen, dass sich Kulisch dazu hinreißen ließ, aus seinem früheren Leben zu erzählen. Die Flucht aus der Provinz, aus dem hessischen Nirgendwo nach Berlin, die heitere Studentenzeit, die große Liebe, die ebenso großen Ängste und Nöte eines Freischaffenden, das ständige Schlingern zwischen Erfolg und Versagen.

»Das ist es, was Berlin zu bieten hat.«

Es sollte ironisch klingen, aber vermutlich verrieten ihn seine Augen.

»Warum hast du diese Julia verlassen?«, wollte Mascha wissen.

Diese Frage war nicht vorgesehen gewesen. Er kam ins Straucheln.

»Sie war eine wunderbare Frau«, meinte er. »Das habe ich ihr jeden Tag gesagt. Aber es half nicht.«

»Das ist keine Erklärung«, versetzte Mascha, »sondern selbstgefälliger Blödsinn«.

»Ich will damit sagen: Sie ließ nichts an sich heran.«

»Du machst es mit jedem Satz schlimmer.«

»Sie hat versucht, sich umzubringen.«

»Und deshalb hast du sie verlassen?«

»Genau genommen, hat sie mich verlassen.«

Da hatte Mascha bereits das Interesse verloren. Sie winkte über Kulischs Kopf hinweg jemandem zu. Und ehe er es sich versah, hatten sich zwei Glatzköpfe in Kapuzenjacken zwischen ihn und Mascha gedrängt. Alte Bekannte, wie sie ihm knapp mitteilte. Er nickte und nahm einen Schluck von dem Weißwein, der plötzlich nach Frostschutzmittel schmeckte. Was hatte ihn nur getrieben, über Julia zu reden? Wie kam er dazu, in seiner eigenen Wunde zu stochern?

Mascha schien sich in ihrer Muttersprache wohlzufühlen. Sie redete lebhafter als sonst, kicherte und malte mit ihren Händen Figuren in die Luft. Die beiden Glatzköpfe feuerten sie an, und dauernd lag eine Hand auf ihrer Taille oder ihrem Oberschenkel. Was für tolle alte Bekannte, dachte Kulisch und ließ seinen Blick umherschweifen. Zwischen den Umstehenden hindurch entdeckte er den sogenannten Russen, von dem Lenka neulich behauptet hatte, er sei ein verkrachter Dolmetscher. Der Mann bewegte sich grienend und zwinkernd auf ihn zu. Nein, bitte nicht. Dieser

Samstagabend versprach so ungenießbar zu werden wie der Weißwein. Kurz entschlossen beugte sich Kulisch über die Schultern der beiden Kapuzenjacken.

»Steht heute noch was anderes auf dem Programm?«

»Mach, was du willst«, gab Mascha zurück und wandte sich wieder ihren Bekannten zu.

Wahrscheinlich hätte sich ein Jan nicht so rasch geschlagen gegeben. Er hätte die beiden Glatzköpfe zur Seite geschoben, Mascha am Handgelenk gepackt und aus dem Wochenendzirkus heraus ins nächste Hotel geschleppt. Er hätte sie aufs Bett geworfen und ihr erklärt, dass Lecken und Ficken, vielleicht nicht physiologisch, aber zumindest symbolisch dasselbe seien. Auf jeden Fall hätte er ihr seine Vorstellung eines gelungenen Samstagabends aufgezwungen. Aber wahrscheinlich hätte ein Jan es gar nie so weit kommen lassen. Er hätte von Anfang an geahnt, dass, wenn er dieser Frau gegenüber nachgäbe, sich zwischen ihnen ein Spielraum auftäte, den sie mit ihrem launischen Sadismus besetzen würde. Er hätte erkannt, dass sie eine Frau war, die ihren Vorzügen misstraute, sich nichts auf ihre Klugheit und Schönheit einbildete, daher überhaupt kein Bild von sich hatte. Selbst das offenherzigste Kompliment tat sie mit einem spöttischen Lächeln ab. Worte hatten für sie keine Geltung; der heilige Bezirk der Wahrheit begann erst mit dem Schmerz. Erst wenn sich Finger in Handballen verkrallten, Blut aus der Nase tropfte, ein Körper sich vor Schmerz wand, war sie bereit anzunehmen, dass hier etwas Wahres geschah. Vermutlich hätte ein Jan nicht versucht, ihr das Gegenteil zu beweisen. Er hätte nicht Wochen damit verbracht, Händchen haltend durch Letenské Sady zu spazieren, aufmerksam ihren fortwährend dahinplätschernden Belanglosigkeiten zu lauschen und sich im Bett aneinanderzukuscheln, ohne ein einziges Mal zum Akt zu schreiten. Er hätte sich niemals an ihre kindischen Anweisungen gehalten. Ein Jan hätte das Fleisch über das Wort gesetzt. Aber Kulisch war nun mal nicht Jan, nicht wirklich.

Eine Weile streifte er durch die Altstadt, die Fäuste in den Hosentaschen, darum bemüht, sich seine monumentale Zerknirschung nicht anmerken zu lassen. Er wich dem Samstagabendvolk aus, den Gruppen von Feierwütigen und Partysüchtigen, machte einen Bogen um die Bétlemská kaple, deren Vorplatz von Japanern überlaufen war. Was sollte er mit sich und diesem Abend anfangen?

Er kehrte in die Národní třída zurück und kam am Café Louvre vorbei, wo er schon lange nicht mehr gefrühstückt hatte. Bevor er in die nächste Touristenansammlung geriet, bog er in eine Passage ein, die nach seiner Einschätzung in die Altstadt führen musste. Mit dem Abend hatte er bereits abgeschlossen. Er eilte an italienischen und chinesischen Restaurants vorüber, an klinisch erleuchteten Geldwechselstuben und knutschenden Pärchen. Nach einigen Metern stutzte er; irgendwo musste er eine Abzweigung verpasst haben. Er befand sich auf dem Parkplatz, der an das Gemäuer des ehemaligen Jesuitenklosters grenzte. Hier hatten sie sich geküsst, am Morgen nach jener ersten tränenreichen Nacht. Gegenüber des Klosters befand sich der alte Justizpalast, vor dessen Eingangsportal auf einem Sockel ein Koloss thronte, ein überlebensgroßer, martialisch posierender Ritter in Rüstung. Der Schwarze Ritter, der von einem Kreuzzug heimkehrt und seine Gattin mit einem Türken im Bett vorfindet, wie Mascha ihm erklärt hatte. Diese Legende waberte seit Jahrhunderten durch Gassen und Häuser, schlich sich in die

Köpfe ein, als Angst vor dem Betrug, als Misstrauen gegenüber dem Wort.

Zu seiner Rechten war jemand stehen geblieben: »Iwane.« Ein bulliger Kerl mit einem Strohhut winkte ihm zu. Kulisch sah weg. Eine weitere Verwechslung. Er war es leid und wollte bloß auf dem schnellsten Weg nach Hause. Während er durch die Gassen lief, vernahm er noch einige Male die Stimme, die nach einem Iwan rief. Er glaubte sich schon fast in der Anenská, als er sich unversehens auf dem Hauptplatz wiederfand, zwischen den barocken und gotischen Sehenswürdigkeiten, von Touristengruppen umzingelt. Mitten im Gedränge hörte er einige Sätze auf Deutsch. Er erblickte ein weißhaariges Paar, rosig runde Gesichter, denen der verdiente Ruhestand anzusehen war. Julias Eltern, durchfuhr es ihn. Eben half der Vater der Mutter in eine der Touristenkutschen. Natürlich, dachte er, die beiden leisteten sich zu ihrem ungefähr fünfzigsten Hochzeitstag eine Reise in die Heimat ihrer Vorfahren. Wie erbaulich, einmal noch in jene Zeit einzutauchen, der sie so bitterlich nachtrauerten.

Er kämpfte sich durch die Masse, um dieser Heimsuchung zu entfliehen. Er verließ den Platz durch das nächste Portal, eilte durch die Straße, bog in eine Seitengasse ein, folgte ihr bis zur nächsten Kreuzung, wo er zögerte. Seit Monaten war die Altstadt gleichsam sein Biotop. Er hätte sich darin blindlings zurechtfinden müssen. Anhand der Himmelsrichtungen versuchte er sich zu orientieren. Nach Westen, immer nach Westen. Dabei geriet er an den Rand der Altstadt, wo das Museale ausfranste, eine Bushaltestelle, Berge von Müllsäcken, eine Reihe schlichter Bauten aus den Sechzigern. Die Lottohalle; er erkannte die breite Treppe.

Es tat weh, aber er konnte dem Sog nicht widerstehen und erklomm die ersten Stufen. Er sah wieder, wie Julia und er in dem grundschäbigen Saal stehen, vereinzelte Gestalten an Kantinentischen, uniformierte Frauen, die vorne Bier ausschenken und Zahlen in ein Mikrofon nuscheln, die unter der Decke angebrachten Fernseher, über die Zahlen flimmern. Er sah, wie er mit zwei Bierflaschen zu Julia zurückkehrt, die auf einem der Tische hockt, sich das klatschnasse Haar aus dem Gesicht wischt und meint, sie müsse unbedingt ihren Eltern eine Postkarte schreiben. Er sah, wie er ihr mit ironischer Geste zuprostet, sie werde sie bloß in ihrer Nostalgie bestärken, dieser weinerlichen Nostalgie, die ihm schon lange auf den Zeiger gehe, diese sonntäglichen Abendessen bei ihren Eltern, wenn vom schönen Hof bei Reichenberg geschwärmt werde, vom prächtigen Jeschken und der Lausitzer Neiße, wenn das germanische Paradies der Vorfahren beschworen werde, wo noch alles seine Richtigkeit gehabt habe, ein Mann ein Mann und eine Eiche eine Eiche gewesen sei. Und dass es den minderbemittelten Slawen recht geschehe, wenn sie wirtschaftlich nicht vom Fleck kämen. Er hörte sich wieder, wie er Julia anbrüllt, ihr Silbe um Silbe ins Gesicht speit, als würde sich etwas entladen, das er jahrelang in sich hineingefressen hat, wie er nicht mehr aufhören kann und über ihre Eltern herzieht, deren selbstmitleidiges Vertriebenengejammer, deren Dummgeschwätz, von wegen Hitler, der auch nur eine Art Europäische Union habe erschaffen wollen. Er sah wieder das Entsetzen in Julias Gesicht und wie sie ihn mit einer Hand von sich stößt. Sie ekle sich doch noch viel mehr vor diesem Selbstmitleid, hörte er sie wieder sagen, schließlich sei sie darin aufgewachsen, habe stets dagegen angekämpft, habe sich davon befreien wollen, aber offenbar sei es ihr nicht gelungen. Ich habe mich verwirkt.

Er hörte ihn wieder, diesen tödlichen Satz, als er unter der Leuchtschrift stand, die *The Gameworld* anpries. Hinter der Schiebetür ein Raum voller blinkender Automaten. Gestalten waren zu erkennen, da und dort ein Gesicht im Widerschein einer Konsole. Es gab keine Lottohalle mehr, wie es auch keine Julia mehr gab. Er hatte sich getäuscht. Westen war gar nicht Westen gewesen.

Auf den Altstädter Ring zurückgekehrt, wählte er diesmal die entgegengesetzte Richtung. Er lief erneut quer durch die Altstadt, durch Gassen, die sich zunehmend ähnelten. Er versuchte, sich die Häuserecken zu merken, die Namen der Kneipen, manche Besonderheiten, ein kleiner Erker, ein Arkadengang. Doch stets stieß er wieder auf dieselbe Kreuzung. Ihm war, als drehte jemand an einem Rad, auf dem sich die Stadt befand. In seiner Verzweiflung begann er, Passanten nach dem Weg zu fragen, doch die verstanden kein Deutsch, und er tat sich plötzlich mit dem Englisch schwer. Er verlief sich hartnäckiger als zuvor, fühlte sich ausgelieferter, lächerlicher, verlor nach der Orientierung bald auch die Hoffnung, bis er über sieben Umwege unversehens wieder vor dem Kobold landete. Von hier aus konnte er wenigstens seine Wohnung nicht verfehlen. Kaum hatte er ein paar Schritte gemacht, vernahm er hinter sich das Klappern von Schuhen auf dem Pflaster. Zwei Arme schlangen sich um seinen Bauch. Vielleicht gehörte das zu ihrem hinterhältigen Spiel. Vielleicht wollte Mascha ihm beweisen, dass allein sie bestimmte, wann sie zusammenkamen.

»Begleitest du mich nach Hause?«

»Klar«, antwortete Kulisch mit einem zerknitterten Lächeln.

»Bist du mir böse?«

»Nein. Warum sollte ich?«

Mascha zerrte ihn an der Hand zum nächsten Taxistand. Während sie in der parfümierten Limousine am Moldauufer entlangfuhren, erklärte sie, warum er in ihren Augen ein Feigling sei. Er sage mal ja, mal nein, genau wie sie es voraussehe. Er weiche der Konfrontation aus. Er sei eine typische Jungfrau. Und Jungfrau und Skorpion, das gehe gar nicht. Kulisch wurde übel, ohne zu wissen, ob wegen dem astrologischen Schwachsinn oder wegen ihrem Atem, der nach Becherovka roch, oder wegen der Geschwindigkeit, mit der das Taxi über die gepflasterte Straße raste.

Mascha hatte ihr Gesicht dem Fluss zugewandt. Ihre rechte Hand lag leblos auf seinem Oberschenkel. Als sie ihn anschaute, erschrak er. Ihr Gesicht wirkte mit einem Mal alt, die Falten von der Nase zu den Mundwinkeln, die hängenden Oberlider. Eine Verhärtung, mit der sie sich gegen das Leben wappnete. Sie wollte härter sein als jeder, der ihr nahekam, dachte er, während sie an ihm vorbei zum Wagenfenster hinausstarrte. Plötzlich streckte sie ihren Arm aus. Dort sei ein weiterer Jan. Er erspähte im Vorbeifahren eine Büste, die in die Fassade eines klassizistischen Gebäudes eingelassen war. Jan Palach, dachte er und fühlte sich so sinnlos wie der Multimediaprojektor, dessen Bedienungsanleitung er in einem anderen Leben hatte übersetzen sollen.

Wahrscheinlich wäre ein Jan ihr nicht gefolgt. Er hätte ihr zwar aus dem Taxi geholfen und das Fahrgeld anstandslos bezahlt, aber er hätte ihren Vorschlag, noch auf einen Kaffee raufzukommen, abgelehnt. Er hätte Verdacht geschöpft. Er hätte diesen Sechzigerjahrebau in der Nähe des Hauptbahnhofs niemals betreten. Oder er hätte zumindest gefragt, woher sie die Schlüssel habe. Und er hätte ihr nicht geglaubt, wenn sie gesagt hätte, die Wohnung gehöre ihrem Vater. Niemals hätte er sich mit der rührigen Erklärung abspeisen lassen, ihr Vater habe nach der Wende einige Immobilien erworben, um die Zukunft der Familie zu sichern. Ein Jan wäre sofort gewarnt gewesen, wenn er das Wort *Wende* anstelle von *Revolution* gehört hätte und wenn er danach durch unmöblierte Räume, die nach Lysol rochen, gewandelt wäre, und erst recht, wenn er die ungeöffneten Briefe auf der Ablage unter der Gegensprechanlage entdeckt hätte, die Mascha blitzschnell einsteckte, mit der Drohung: Wehe, er merke sich Name und Adresse. Etwas war hier faul, das hätte auch ein Jan gedacht. Aber er hätte einen anderen Schluss gezogen und kehrtgemacht. Spätestens, wenn er in einem der ansonsten leeren Zimmern ein Doppelbett erblickt und wenn Mascha ihn gebeten hätte, sich die Hände im Bad zu waschen. Niemals hätte sich ein Jan auf ein solches Spiel eingelassen, niemals mit angesehen, wie sie sich die Jeans aufknöpfte, ihr Höschen bis zu den Fußfesseln hinunterschob und sich mit dem Rücken zu ihm vor dem Bett niederkniete.

Falls ein Jan sich doch darauf eingelassen hätte, hätte er ein Kondom hervorgekramt und es über seine Erektion gerollt. Vermutlich hätte er mit einer Hand ihren Kopf gegen die Matratze gepresst, mit der anderen ein wenig Spucke zwischen ihren Pobacken verrieben, um anschließend seinen Schwanz in sie zu versenken. Er hätte vermutlich kurz vor dem Höhepunkt innegehalten, sie auf den Rücken gedreht und mit seinem ganzen Gewicht ihre Beine auseinandergedrückt. Er hätte ihr Gesicht, während er sie zu Ende gefickt hätte, mit Küssen bedeckt, weil er sie womöglich doch auch liebte. Auf jeden Fall hätte ein Jan, selbst nach dem vielen Alkohol, seinen Mann gestanden. Er hätte sich nicht durch das Gehupe von draußen irritieren lassen, wäre nicht vor dem Anblick der hingeknieten Mascha und ihres dargebotenen Hinterns, der im Schein der Straßenbeleuchtung matt glänzte, zurückgeschreckt, er wäre nicht ohnmächtig im Zimmer verharrt, nur weil sich unversehens jene Gelegenheit ergab, die er fieberhaft herbeigesehnt hatte, er hätte nicht versagt bei der Aussicht, in die von ihm so begehrte Frau einzudringen. Ein Jan hätte sich niemals mit einem schlaffen Schwanz über sie gebeugt und mit der Hand abwechselnd an sich und an ihr herumgeknetet, überfordert von der Vorstellung, dass sich jetzt endlich sein innigster Wunsch erfüllen könnte. Ein Jan hätte es folglich auch nicht nötig gehabt, sie anzuflehen, seinen Schwanz doch bitte in den Mund zu nehmen. Er hätte nicht miterleben müssen, wie sich die so begehrte Frau im Halbdunkel aufrichtete, langsam ihr Höschen hochzog und ihm zuflüsterte, er solle abhauen. Er wäre gewiss verschont geblieben von dem Augenblick, als sie ihn im Treppenhaus einholte, mit verweintem Gesicht und der Frage, warum er sie dauernd erniedrige.

Und falls ein Jan trotzdem diesen Moment hätte erleiden müssen, wäre er bestimmt gelassen geblieben. Er hätte sich von dem Sechzigerjahremief des Hauses, dem Geflacker der Neonröhre und dem Geschrei der so begehrten Frau nicht aus der Ruhe bringen lassen. Er hätte ihr vermutlich erklärt, dass sie alles verwechsle, dass vielmehr er sich von ihr erniedrigt fühle und dass sie im Übrigen einen Kampf austrage, der nichts mit ihm, aber viel mit ihrer Vergangenheit zu tun habe, und nebenbei hätte er sich wohl in weiser Voraussicht nach dem Lichtschalter umgesehen. Denn im Dunkeln eines Treppenhauses verliert man sich schnell. Man kann in Panik geraten, von Heulkrämpfen geschüttelt werden oder auf ein Gesicht einschlagen, das man gar nicht sieht. Man kann im Dunkeln Dinge tun, deren Gründe nur schwer zu erhellen sind. Ein Jan hätte also gewiss das Licht angeknipst und dadurch Schlimmeres verhindert. Ein Jan hätte mit an Sicherheit grenzender Wahrscheinlichkeit seine Beherrschung nicht verloren.

FW Tegel, 29. Dezember, nachmittags

»Lassen Sie uns eine Pause machen«, schlug ich vor.

Er war offensichtlich nicht mehr bei der Sache. Zwar sprach er weiterhin in das Aufnahmegerät und berichtete wortreich von seinen Eskapaden in Prag, aber sein Blick hing irgendwo im Raum, als müsste er jeden Satz aus der Luft greifen. Mein Verdacht, es hier mit einem Lügner zu tun zu haben, verstärkte sich weiter.

»Wir setzen das Gespräch um fünfzehn Uhr fort«, sagte ich.

Er nahm es mit einer an Gleichgültigkeit grenzenden Ruhe hin, selbst als er beobachtete, wie ich die Taste unter dem Tisch betätigte, um einen Beamten zu rufen. Langsam erhob er sich, warf sich den Parka über und blieb unschlüssig in der Mitte des Zimmers stehen.

»Können Sie das verstehen?«

»Was?«, fragte ich zerstreut.

»Dass ich begonnen habe, mich in ihn hineinzuversetzen. Dass er mich mehr und mehr vereinnahmte.«

Wir musterten uns eine Weile. Ich hätte mir gewünscht, er hätte selbst gemerkt, wie unglaubwürdig er wirkte.

»Ich rede von Ion«, glaubte er präzisieren zu müssen.

Ich war erleichtert, als ein Beamter erschien und ihn abführte. Die Schritte verklangen auf dem Flur. Mir blieb genau eine Stunde. Ich ging ein paar Namen von Kollegen durch, die sich mit dissoziativen Störungen auskannten. Es ist nicht un-

üblich, in außergewöhnlichen Fällen mit unspezifischen Auffälligkeiten einen Kollegen hinzuzuziehen. Gerade hier, auf der Flughafenwache, häufen sich ja solche Fälle. Wir befinden uns in einem Grenzbereich, in einem der wenigen Einfallstore in die Europäische Union. Hier landen Flüchtlinge, Abenteurer, Irrläufer, Menschen, die von etwas getrieben sind, das wir trotz unseres Fachwissens nicht immer hinlänglich beschreiben können. Wir stoßen hier in vielerlei Hinsicht an Grenzen. Die Gesetze sind dabei noch die fassbarsten. Der Kollege Siegwart, Professor in Leipzig, war der Einzige, der mir einfiel, der nicht in den unabkömmlich machenden Terminplan einer Klinik eingebunden war. Aber bevor ich Siegwart hätte kontaktieren können, stand mein Mann wieder im Zimmer.

»Lassen Sie uns fortfahren«, sagte er.

»Ihre Pause dauert noch vierzig Minuten.«

»Ich habe einen Fehler gemacht. Das will ich gar nicht bestreiten.«

Er hatte den Parka über die Stuhllehne geworfen und sich hingesetzt. Sein Blick war auf das Aufnahmegerät geheftet, als ginge von ihm eine magische Kraft aus. Ich schob es wie üblich in die Mitte des Tischs.

»Ich habe mich zu weit vorgewagt. Zu sehr in dieses fremde Leben verstrickt. Was wusste ich schon von ihm. Ion Rebreanu. Ein Herzensbrecher, aber auch ein Rebell, ein politischer Kopf. Ein Kämpfer für ein gerechtes Europa, für den Dritten Weg, was auch immer. Und vor allem hatte er einen Feind: John C. Schwartz. Das machte mich neugierig.«

»Und dazu noch diese Mascha«, warf ich ein.

Er erschauderte, starrte auf meinen obersten Hemdknopf und zerdrückte langsam in seinen Händen den leeren Kaffeebecher.

»Das mit Mascha hatte nichts mit Ion zu tun. Das war eine Sache zwischen ihr und mir.«

»Sie hat Sie nie für Ion gehalten?«

»Nein, Mascha wusste ganz genau, wer ich war.«

»Wer waren Sie denn?«

Die Frage erschien ihm offenbar so unsinnig, dass er sich mit einem breiten Grinsen im Stuhl zurücklehnte. Damit befand er sich außerhalb des Empfangsbereichs. Vor Gericht aber zählt allein das, was wiedergegeben werden kann. Ich deutete mit dem Finger auf das Aufnahmegerät. Er rappelte sich im Stuhl hoch.

»Natürlich war ich ich.«

Er wiederholte es einige Male. Es klang nach einer Selbstbeschwörung, und ich musste eine Hand heben, um ihm zu verstehen zu geben, dass es jetzt reichte.

»Ja. Ich war ich. Vielleicht nicht mehr ganz derselbe, der ich gewesen war.«

»Nicht mehr derselbe?«

»Nicht mehr jener Tom Kulisch, der aus Berlin weggefahren war.«

In seinen Augen glaubte ich endlich das verräterische Flackern des Psychotikers zu sehen.

»Sie wurden zu Ion Rebreanu.«

»Oberflächlich gesehen, vielleicht …«

Prag schien den Jahreszeitenwechsel schlagartig vollzogen zu haben. Kaum klang der Sommer aus, trugen die Tage schon einen spätherbstlichen Anstrich. Vielleicht hatte er auch nicht jede Veränderung mitbekommen, war zu sehr mit anderen Dingen beschäftigt.

Er hatte angefangen, die *Duineser Elegien* zu übersetzen; um nicht aus der Übung zu kommen, wie er sich einredete. Rilke aus dem Englischen ins Deutsche zurückzuübertragen, war natürlich ein absurdes Vorhaben, ungefähr so sinnvoll, wie aus Pommes wieder ganze Kartoffeln zu kneten. Aber gerade das Unsinnige spornte ihn an: *Engel, heißt es, erkennen nicht, ob sie unter Lebenden gehn oder Toten.*

Je mehr er sich mit den Klageliedern befasste, desto düsterer nahmen sich die Gedanken an Mascha aus, wenngleich er gar nicht an sie denken mochte. Das letzte Bild, das er von ihr hatte, war ekelhaft, eine blutbesudelte Furie. Was vor einigen Tagen in der Wohnung, die angeblich ihrem Vater gehörte, geschehen war, war jenseitig gewesen. Es ließ sich unmöglich wiedergutmachen. Es atmete den Duft eben jener Todessehnsucht, die ihm aus Rilkes Zeilen entgegenwehte. Und plötzlich war er überzeugt, Mascha könnte sich etwas antun.

Nachdem er ihr einige Abende lang vergeblich im Kobold aufgelauert hatte, dehnte er das Suchgebiet aus. Er steckte auf dem Stadtplan die neuralgischen Punkte ab. Zwei Vormittage hintereinander streifte er durch das Viertel oberhalb des Bahnhofs. Er wollte das Wohnhaus, in das sie ihn geschleppt hatte, wiederfinden. Sie hatte ihn angeschrien: »Du bist nicht Jan, kannst nicht Jan sein, niemals.«

Die Plattenbauten aus den Sechzigern mit ihren gleichförmigen Fensterreihen ähnelten sich zum Verwechseln, ebenso die in sich gekehrten Leute, die hier ein und aus gingen, und die Namensschilder halfen ihm auch nicht weiter. Er kannte noch nicht einmal Maschas Familiennamen. Sie hatte geheult: »Du bist für mich gestorben.«

Um die Mittagszeit eilte er ins Svoboda, wo er jeweils einen Fensterplatz erstritt, von dem aus er den Eingang der Schule im Auge behalten konnte. Stundenlang beobachtete er das Gründerzeitgebäude, in dem die Handelsschule untergebracht war. In Gedanken sah er sie in ihrer kornblumenblauen Jacke durch das Portal hindurchschreiten, sich verstohlen umsehen, im nobelblassen Gesicht einen Ausdruck, als vermisse sie jemanden, ihren Schutzengel, ihren Schatten, weiß der Teufel. Rilke drückte ihm aufs Gemüt.

Schon am dritten Nachmittag riss sein Geduldsfaden, und er betrat das Gebäude. Von der Frau hinter dem Empfangsschalter war keine Hilfe zu erwarten. Mit ihrer rostrot getönten Kurzhaarfrisur, den herabgezogenen Mundwinkeln und dem schroffen *Ne* erinnerte sie an die Unzulänglichkeiten des Sozialismus. Und die Handelsschüler, die Kulisch vor dem Eingang auf die hübsche Deutschlehrerin ansprach, zuckten bloß mit den Schultern.

Gegen fünf Uhr spazierte er jeweils durch Letenské Sady, wie er es mit Mascha zu tun gepflegt hatte. Er betrachtete die Hundehalter und Jogger mit anderen Augen, und die schmusenden Paare schienen ihn zu verhöhnen. Am Kiosk auf dem

Hügel kaufte er sich ein Bier. Er setzte sich auf eine Holzbank unter den Kastanien und blickte auf die Stadt hinunter. Es war wie immer, nur ohne Mascha. Irgendwo dort unten, davon war er überzeugt, trottete sie durch ihren Alltag, von dem er gemeint hatte, ihn zu kennen. Unmöglich, dass er sie dauernd verfehlte. Je länger er auf das Dunst verhangene Prag hinabsah, desto stärker wurde der Verdacht, dass er sich täuschte. Oder sich hatte täuschen lassen. Von irgendwoher wehte ihm der Satz zu: *The image that has been adjusted will not be reflected even if it is captured.*

Er erwachte morgens mit einem zunehmend schwammigen Selbstverständnis und hatte Mühe, sich zu orientieren. Manchmal staunte er über die Unordnung, die von innen bis nach außen reichte. T-Shirts, Unterwäsche, Zigarettenschachteln, Fahrkarten, Zeitungsfetzen und Münzen lagen verstreut, als wäre das Zimmer von tobsüchtigen Einbrechern heimgesucht worden. Nein, er war es gewesen. Er hatte sich durch Ions Koffer gewühlt und jedes Kleidungsstück ausgeschüttelt. Er hatte versucht, mehr über ihn herauszufinden, über jene abgerissene Biographie, in der er mittlerweile selbst steckte, wenn auch herzlich ungewollt.

Schließlich war er in einem Seitenfach des Koffers auf einige Postkarten gestoßen. Sie waren mehrheitlich in Berlin abgestempelt worden und zeigten das immer gleiche Motiv, Brâncuşis Endlossäule. Und auf der Rückseite unter fein hingeschnörkelten Sätzen auf Rumänisch stets dieselbe Unterschrift: *Doina.* Zwischen den Postkarten fand er ein Schwarzweißfoto, das Porträt einer Frau Mitte zwanzig, helle, vermutlich grünbraune Augen, die vor Lebenslust strahlten, zugleich aber nichts preisgaben, dazu ein kunstvoller Knäuel von vermutlich nussbraunem Haar, wobei zwei Locken über die anmutig gewölbte Stirn fielen. Mehr noch als ihre Schönheit bezauberte ihn das Lächeln, das auf verspielte Weise überlegen wirkte, das ihm, dem Betrachter, förmlich entgegensprühte und ihm bedeuten wollte: Wir werden uns nie verstehen, aber genau dafür ist die Liebe da. Diese Doina war vermutlich die bessere Mascha. Vermutlich verdiente einzig sie es, geliebt zu werden.

Es war zwecklos. Jeder Versuch, Mascha zu vergessen, scheiterte. Selbst mit Pavel Marinceks gutgemeinter Hilfe sollte es nicht gelingen. Eines regnerischen Abends fing ihn der grauhaarige Hüne wieder mal vor der Wohnungstür ab.

»Jan, my friend. Warum tust du dir das an?«

Kulisch kam gerade aus dem Letenské Sady, strich sich nasse Strähnen aus dem Gesicht und erging sich in Ausflüchten, weshalb er die Verabredung mit Cvetković dauernd versäumte.

»Du siehst wie ein Eierdieb aus«, unterbrach ihn Pavel.

»Ich habe Cvetković nicht vergessen. Es ist nur …«

»Mascha, nicht wahr?«

Tom Kulisch stützte sich mit einer Hand am Türbalken ab und nickte. Er hatte nicht mehr die Kraft, dem anderen etwas vorzugaukeln. Er wäre bereit gewesen, sich zu bekennen.

»Ich muss dir eine Lektion erteilen«, sagte Pavel und zauberte hinter seinem Rücken eine Flasche Slivovitz hervor. »Mascha hat nämlich eine Vorgeschichte. Eine widerliche noch dazu.«

Er drängte Kulisch, die Wohnung aufzuschließen. Sie setzten sich in die Küche. Pavel, als wäre er bei sich, holte zwei Messingbecher aus dem Schrank, füllte sie auf und deutete mit einem Handzeichen an, dass Kulisch das Klappfenster verriegeln solle. Zuhörer unerwünscht.

Er kenne Maschas Vater von Kindsbeinen an, begann Pavel. Bohumil Simota und er wuchsen nur zwei Häuser voneinander entfernt auf der Kleinseite auf. Sie spielten als Kinder im selben Innenhof mit Kichererbsen, Patronenhülsen und Holzschwertern, besuchten später dieselbe Schule, dieselbe Pioniergruppe. Doch das reichte nicht, um sich anzufreunden. Während der bleiernen Jahre wurden sie sogar zu Gegnern.

Der Ausdruck sei nicht zu hoch gegriffen, meinte Pavel. Auf der einen Seite er, der widerspenstige Künstler, auf der anderen der privilegierte Konformist, Bohumil Simota, ein in die Němeček-Sippe Eingeheirateter. Er habe sich für das Nein, Bohumil für das Ja entschieden. Wer behaupte, es habe damals so etwas wie ein Vielleicht oder ein Sowohl-als-auch gegeben, verkenne die Macht der Verhältnisse und wolle nichts aus der Geschichte lernen. Heute gingen sie einander aus dem Weg, zwischen dem Spiel mit den Holzschwertern, dem Zwang zum Bekenntnis, dem Sturz der Partei und der neuen Konsumseligkeit sei zu viel Zeit vergangen. Sie würden sich doch nur in Rechthabereien verlieren, sagte Pavel und starrte in seinen Becher, als enthielte er eine Bestätigung.

In seinen jungen Jahren besaß Bohumil Simota einen Vorzug: sein Äußeres. Er sah im landläufigen Sinn gut aus, eine Mischung aus Tennisspieler und Schlagersänger, und daraus gewann er für sich wenigstens die Hülle eines Selbstvertrauens. Er präsentierte sich gerne, drängte stets darauf, sich vor die Schulklasse stellen und irgendetwas aufsagen zu dürfen, seien es auch nur vier Zeilen aus einer Rede von

Gottwald oder Stalin. Er besaß einen Entfaltungsdrang, der den meisten, zumal in der Schule, naturgemäß abging. Ansonsten fiel er weder durch besonderen Scharfsinn noch durch Sportlichkeit oder Geselligkeit auf. Die Jugendlichen im Viertel beachteten ihn kaum; auf dem Pausenplatz suchte er vergeblich Anschluss. Keiner wollte mit ihm spielen, keiner sich mit ihm messen. Seine Sprüche und Scherze verklangen ungehört. Kurz gesagt, niemand konnte ihn leiden.

Bohumil dürfte sich seine Jugend über gelangweilt haben, bemerkte Pavel und kippte seinen Slivo hinunter. Gewiss half er sich über die Langeweile hinweg, indem er sie der Welt dort draußen unterstellte. Die Langeweile, das sind die anderen, so ungefähr. Seine Schulleistungen reichten gerade mal für ein Studium an der Technischen Universität, auf dem Gebiet des Kraftfahrzeugbaus. Er wurde also ein besserer Automechaniker.

Aber natürlich habe auch ein Bohumil Simota irgendwann seinen großen Moment gehabt, sagte Pavel und schenkte sich vom Schnaps nach. Er meine jene schicksalhafte Sekunde, die uns allen bekanntlich ein Mal im Leben vergönnt sei. Bohumil wusste diese Sekunde zu nutzen, das müsse man ihm neidlos zugestehen. Anlässlich der Einweihung eines Denkmals zu Ehren der antifaschistischen Helden stand Bohumil genau richtig, um einige Spritzer einer Limonade, die ein Mädchen verschüttete, abzukriegen. Es ist unwahrscheinlich, dass er die Einzigartigkeit dieses Augenblicks in seiner Gänze erkannte, aber er schien doch hellsichtig genug zu sein, die Schuldfrage auszublenden und sich dem Mädchen gegenüber als Kavalier zu erweisen. Er lachte, wischte sich die Tröpfchen von seinem Hemdkragen und bot der ungeschickten Göre von seinem Pils an. Er konnte nicht wissen, wen er vor sich hatte. Eine pummelige Fünfzehnjährige in einem mintgrünen Kleidchen, dessen Stoff erst bei genauerem Hinsehen edler als gewöhnlich anmutete, wofür Bohumil aber kein Auge hatte. Es dürfte viel eher eine Intuition, genauer, eine Regung aus den Tiefen seines Stammhirns gewesen sein, die ihn die Schicksalhaftigkeit der Begegnung erahnen ließ. Jedenfalls holte er das Beste aus sich und der Situation heraus. Er sprach mit der zufälligen Fünfzehnjährigen in jenem hohen Ton, den er von den Reden der Großen her kannte. Und vor allem setzte er sein Schlagersängeräußeres ein, um das Mädchen, eine Němeček aus Dolní Rožínka, wie sich später herausstellen sollte, nicht nur zu verführen, sondern gleich auch zu schwängern. Jenen paar Limonadenspritzern verdankte Bohumil Simota letztlich seinen Aufstieg in die Nomenklatura.

Die Němečeks aus Dolní Rožínka hätten seit 1948 dazu gehört, erklärte Pavel, nachdem er seinen leeren Becher von allen Seiten betrachtet hatte. Ja, die berühmten Němečeks, sie genossen den privilegierten Status, Vorzugsbehandlung bei der Wohnungszuteilung, beim Autokauf, bei den Ausreisegenehmigungen, sie konnten sich nach Belieben im Tuzex mit Westware eindecken, sie tranken jeden Tag Kaffee, kosteten Bananen und Feigen, die Frauen trugen stets neue Strümpfe, die Männer füllten sich ihre Bäuche mit Gänsebraten, die Kinder erhielten Klavierunterricht und lasen Kafka und Rilke. Sie ließen sich im Sommer an den sagenhaften Stränden des Mittelmeers bräunen, besuchten im Herbst auch schon mal unerreichbare Städte wie Paris, Wien oder Rom und verreisten jeden Winter in den Skiurlaub. Das war in solchen Kreisen üblich. Erstaunlich an den Němečeks war nur, dass sie nie einen wichtigen Parteibonzen stellten.

Nie wurde jemand aus ihrer Sippe im marxistischen Sinne geadelt. Sie schienen, obwohl geehrt und privilegiert, an der Macht direkt nicht beteiligt. Allein die Älteren wussten, dass der Status der Němečeks aus Dolní Rožínka auf einem Mythos beruhte, der seinen Ursprung in einem Schwarzweißfoto aus der Zeit des Großen Vaterländischen Kriegs hatte.

Wahrscheinlich kenne noch nicht einmal Mascha den Grund für ihren angeborenen Wohlstand, bemerkte Pavel und bleckte die Zähne. Ein Foto. Eine einzige winzige Sekunde, die Maschas Großvater zugefallen und von einem sowjetischen Propagandisten für die Ewigkeit festgehalten worden war. Diese abgeknipste Zehntelsekunde sicherte den Němečeks ein feudales Leben inmitten des real existierenden Elends.

Aus heutiger Sicht möge es unbegreiflich erscheinen, wie entscheidend der Zufall für die damaligen Zeitläufte habe sein können, meinte Pavel und fuhr mit der Hand durch seine graue Mähne. Damals fehlte jede Verbindlichkeit, es gab keine hehren Werte, nur ein launisches Gespenst, das sich Partei nannte. So mancher Aufstieg oder Untergang verdankte sich einem banalen Umstand, der richtige Ausruf zum richtigen Zeitpunkt, die erhobene Faust vor dem richtigen Zeugen, ein richtiges Wort gegenüber einem falschen Freund, ein falsches Wort und so fort. Aber im Fall der Němečeks übertraf der Zufall alles Zufällige.

Piotr Němeček, Maschas Großvater, dessen Vorfahren aus dem trostlosen Dolní Rožínka stammten, war im Viertel als Strolch bekannt gewesen, ein Tunichtgut, der sich Tag und Nacht auf der Straße herumtrieb und von dem niemand hätte sagen können, ob er überhaupt einen Vater hatte. Er benahm sich, als wäre er eben erst den Mährischen Sümpfen entstiegen. Er brachte keinen vollständigen Satz zustande, ließ lieber die Fäuste sprechen. Statt die Schule zu besuchen, verbummelte er seine Jugend als Fliegenfänger und Eierdieb. Nichts deutete darauf hin, dass aus diesem Nichtsnutz ein tschechischer Held werden sollte. Aber irgendwann im Frühsommer 1945 tauchte sein Strolchengesicht auf der Titelseite der Tageszeitung auf. Alle waren überrascht im Guten wie im Schlechten, aber vor allem im Guten, da es zu jener Zeit allen schlecht ging.

Vermutlich hatte Piotr Němeček nur einem Impuls nachgegeben, doch dies hatte er genau im richtigen Zeitpunkt getan und damit Geschichte geschrieben. Halb Prag lag in Trümmern, die Rote Armee zog als Befreierin durch die Straßen und machte Jagd auf Nazis, Kollaborateure und breithüftige Frauen. Vor diesem Hintergrund musste der neunzehnjährige Piotr Němeček wie ein verzweifelter Kämpfer erscheinen, als er in der Husitská hinter dem Bahnhof mit einem Pflasterstein auf einen blonden Jungen einschlug. Das geschah just vor den Augen eines sowjetischen Nachrichtenoffiziers, der später Karriere beim NKDW machen sollte. Durch die Frontscheibe seines Jeeps erblickte der Mann die Szene und erkannte sogleich das Momentum, wie man heute sagen würde. Den Russen war längst klar, sie benötigten, um mit der hiesigen Bevölkerung zurechtzukommen, dringend einen Einheimischen als Helden, einen jungen Tschechen, der sich so tapfer, rücksichtslos und unbarmherzig verhielt wie ein Rotarmist. Der Nachrichtenoffizier ließ den Jeep anhalten und befahl dem anwesenden Fotoreporter, dem später weltberühmten Jewgeni Chaldei, auf den Auslöser seiner Kamera zu drücken, während knapp zehn Meter entfernt

Piotr Němeček mit dem Pflasterstein den Kopf eines mutmaßlichen Nazis zu Brei schlug. Mit einem Knopfdruck wurde die Tat verewigt. Ein Held war geboren.

Noch heute tauche dieses grobkörnige Schwarzweißfoto gelegentlich in Ausstellungen auf, die Chaldei und dessen weltweit umjubelten Kriegsbildern gewidmet seien, fügte Pavel mit finsterem Spott hinzu. Es sei ein typisches Foto. Für sich genommen sage es nichts aus, sondern überlasse alles den Fantasien des Betrachters und könne so ziemlich alles bedeuten. Es zeige einen auf dem Asphalt knienden Jungen, den neunzehnjährigen Piotr Němeček, schmutzig, ausgezehrt und wütend, eine Wut von scheinbar historischem Ausmaß, die Faust mit dem Pflasterstein erhoben, vor ihm der reglose Körper eines ungefähr Gleichaltrigen, der das Pech hatte, mit seinen kurzgeschorenen blonden Haaren, den hellen Augen und dem Strichmund tatsächlich so auszusehen, wie sich der Durchschnittstscheche einen Nazi vorstellte. In Wahrheit handelte es sich bei dem Getöteten um einen Siebzehnjährigen namens Tomáš Novák, der einige Tage zuvor aus der Waisenabteilung einer Klinik getürmt war, sich wahrscheinlich auf der Suche nach etwas Essbarem ins Bahnhofsviertel verirrt hatte und dessen genauere Herkunft für immer im Dunkeln bleiben sollte. Die Öffentlichkeit wollte damals nichts von den Hintergründen wissen, nur das Bild zählte. Es war ein in mehrfacher Hinsicht gutes Bild. Es holte die Bevölkerung in jenem Gefühl ab, an dem sie litt. Ihre Sehnsucht nach Gerechtigkeit, vermischt mit Scham und Rachegelüsten. Hier hatte sie endlich ihren vermissten Helden. Ein junger Tscheche, der mit bloßen Händen einen Nazi hinrichtete und so die Gerechtigkeit wiederherstellte.

An diesem Bild habe sich die geschundene Nation aufrichten können, bemerkte Pavel leise. Als dann der Direktor der Klinik, Professor Fritjof Marincek, die Sache aufklären wollte und öffentlich verkündete, dass der vor aller Augen abgeschlachtete Junge ein Waise gewesen sei und darüber hinaus an Epilepsie gelitten und kein Wort Deutsch gesprochen habe, schmälerte dies den Ruhm des jungen Piotr Němeček nicht im Geringsten. Die Öffentlichkeit ließ sich ihren Helden nicht schlecht reden. Sie hielt fast schon verzweifelt an dem Schwarzweißbild fest, das ihr die sowjetische Propaganda untergejubelt hatte. Es durfte nicht anders sein. Der Eierdieb musste ein tschechischer Held sein und der epileptische Tomáš Novák ein deutschstämmiger Nazi. Und der Klinikdirektor wanderte wegen feindlicher Umtriebe ins Gefängnis, und er, Pavel, wuchs ohne Vater auf.

Wenn er nüchtern auf diese Geschichte zurückblicke, sagte Pavel mit einem verkniffenen Lächeln, erstaune ihn, wie selbstverständlich das Bild über das Wort triumphiert habe und wie dreist die Sowjets damals vorgegangen seien, um die Bevölkerung ihres künftigen Satellitenstaats an der Nase herumzuführen. Entweder der Siegesrausch hatte sie beflügelt, oder sie hielten die Tschechen für einen Haufen von Dummköpfen. In den folgenden Jahren bewiesen die Sowjets, dass sie wahrhaftig mit Propaganda umzugehen verstanden. Sie wussten nicht nur, wie man Helden macht, sondern auch wie man Feinde erfindet. Sein Vater zum Beispiel.

Das Schicksal des Fritjof Marincek sei ihm in mehrfacher Hinsicht eine Lehre, meinte Pavel, ohne sich jeglichen Schmerz ansehen zu lassen. Erstens begriff er, dass das Gefängnis kein schlechter Ort war. Zweitens sah er ein, dass ein Held nicht geboren, sondern gemacht wurde, noch aus dem minderwertigsten Menschenmaterial. Und drittens erkannte er die Überlegenheit der Propaganda, die jede wissenschaftliche Erkenntnis und selbst den sogenannten gesunden Menschenverstand ausstach.

Vermutlich sei dies der Grund, weshalb er sich später für die Kunstakademie entschlossen habe, fügte Pavel hinzu. In der Kunst sehe er ein Medium, das ähnlich wie die Propaganda arbeite, nur ohne lügen zu müssen. Die Kunst dürfe radikal und vereinfachend sein, ja, sogar dumm, aber sie bleibe stets authentisch. Er habe schon als vaterloser Knirps ein Künstler werden, gewissermaßen die Propaganda mit ihren eigenen Mitteln schlagen und dabei ein reines Gewissen bewahren wollen. Er, Pavel Marincek, der junge wilde Künstler, verschwendete in den Siebzigern seine Kreativität und seinen ganzen Mut für Kunstaktionen, die ihm nicht mehr einbrachten als einen Gefängnisaufenthalt und anerkennendes Geraune in Künstlerzirkeln. Heute könne er darüber lachen.

Bemerkenswerter aber sei der Werdegang von Maschas heldenhaften Vorfahren, fuhr Pavel nach einem kurzen Schweigen fort. Piotr Němeček verbrachte nach seiner Erweckung zwei Jahre in Moskau, im Herzen der offiziell aufgelösten Komintern. Er durchlief das, was sie Kaderschmiede nannten. Er war damals knapp zwanzig, hatte sein Leben in den Straßen verbracht und nie einen Gedanken an ein Morgen verschwendet. Er war ein leerer Sack, in den man jeden Müll hineinstopfen konnte, und am Schluss brauchte man ihn nur zuzuschnüren. Offenbar absolvierte Němeček den Lehrgang zur vollsten Zufriedenheit seiner russischen Betreuer. Er nahm nicht nur den ganzen parteistrategischen

Müll in sich auf, sondern genoss die Aufmerksamkeit, die ihn unverdientermaßen ereilt hatte, und vor allem auch die Ordnung, in die er eingebunden war. Am liebsten wäre er in Moskau geblieben. Er empfand eine rührige, grundehrliche Bewunderung für das sowjetische System, diesen imperialen Sozialismus nach Stalins Zuschnitt. Die Komintern-Leute waren durchaus weitsichtig. Sie erkannten sofort, dass sie in Piotr Němeček mehr hatten als nur einen treuen Parteisoldaten. Er sollte zu ihrem Vehikel werden, um der tschechoslowakischen Bevölkerung das gewünschte Maß an Stalinismus zu verabreichen. Jeder sollte an Němeček gemessen werden. Er war das perfekte Aufziehmännchen; sie brauchten ihn nur noch in Gang zu setzen.

Als 1948 das parlamentarische System der Tschechoslowakei ausgehebelt wurde und die Einparteiendiktatur sich endgültig durchgesetzt hatte, war der Zeitpunkt gekommen. Die Exkomintern entließ das Aufziehmännchen aus ihrer Werkstatt, und es watschelte in seine Heimat zurück, und es wurde von den Machthabern, zuvorderst von dem sich selbst ermächtigten Gottwald, begrüßt und fortan hervorgezaubert, wenn es darum ging, der Bevölkerung ein Vorbild zu zeigen, ein hundskommuner Tscheche, ein Kriegsheld und Stalinverehrer, der Prototyp des neuen Menschen.

Es gab Bilder von Piotr Němeček, wie seine Brust vor Orden und Abzeichen glitzerte, wie ihm ein vom Suff gezeichneter Gottwald die Hand schüttelte, wie er beim Besuch von Stalin in der Loge saß und völlig von Sinnen grinste. Jedes Mal, wenn sich irgendwo in Böhmen nur ein Gedanke gegen die Sowjetunion regte, ließ man Němeček auftanzen. Nehmt euch ein Beispiel an diesem tapferen Tschechen mit seiner reinen marxistischen Gesinnung. Er wurde unentbehrlich, ebenso sein Gefolge, die ganze Strolchensippe. Wenngleich sie nie in die Machtzirkel aufstiegen, schon weil es ihnen an Intelligenz, Raffinesse und Gespür mangelte, hegte und pflegte man sie wie Zierpflänzchen. Die Sippe kam in den Genuss sämtlicher Privilegien, so auch Bohumil Simota, nachdem er Němečeks Tochter geschwängert hatte. Und selbst nachdem der allseits verhasste Gottwald starb, bezeichnenderweise nur drei Tage nach Stalins Ableben, wagte niemand am Bild des Helden Piotr Němeček zu kratzen. Die neuen Machthaber ließen den Popanz, den die Němečeks aus Dolní Rožínka darstellten, bestehen. Das hieß, die Sippe der Eierdiebe schwelgte bis zum Ende dieser leidigen Zeit in einem Wohlstand, den es offiziell gar nicht geben durfte.

Erst die samtene Revolution räumte mit dem Popanz auf. Die Karten wurden neu verteilt, die Rollen umbenannt, die Privilegien anders verschleiert. Piotr, der Sippenälteste, der eigentliche Held, kam schon im Januar 1990 bei einem mysteriösen Autounfall ums Leben, wie andere historische Größen Tschechiens. Für seine Nachfahren gab es nichts zu erben und erst recht kein Mitleid. Niemand mehr wollte mit diesen Němečeks zu tun haben, niemand hatte je von irgendwelchen Heldentaten gehört, niemand konnte ihnen verzeihen, dass sie während der bleiernen Jahre in Adidas-Schuhen herumstolziert waren und Gänsebraten gegessen hatten. Die Němečeks wiederum konnten nicht glauben, dass sie nun auf der Verliererseite standen. Die jüngeren Angehörigen der Sippe, darunter auch der eingeheiratete Bohumil Simota, sahen wohl ein, dass es mit dem Mythos vorbei war. Ihnen blieb nichts anderes übrig, als wie jedermann auf den Markt zu gehen, die Angebote zu prüfen, mit

Unbekannten zu verhandeln, etwas zu bieten, um etwas zu bekommen. Sie wurden an dem gemessen, was sie konnten. Natürlich war da nicht viel. Sie waren über ihren Privilegien so ignorant und faul geworden, dass sie glaubten, ein Lächeln genüge, um Freunde zu gewinnen, und ein Handschlag sei schon die halbe Miete.

Die Němečeks waren, so gesehen, das wandelnde Zeugnis für das, was im Allgemeinen schiefgelaufen war. Sie waren unfähig, sich unter Gleichen zu bewegen, wussten nicht, wie man sich als Angestellte bewährte, hatten keine Ahnung, wie man sich in einen gewöhnlichen Alltag einfügte, vermochten ohne Bestechung kein Abitur zu erlangen, geschweige denn selbständig ein Geschäft aufzuziehen.

Der arme Bohumil scheiterte erst mit einer Autowerkstatt, anschließend mit der Vermietung von Lieferwagen, versuchte es danach im Immobilienhandel. Das sah anfangs gut aus; immerhin konnte er dabei auf alte Seilschaften zurückgreifen, Überreste der Nomenklatura, willfährige Zudiener der ehemaligen Herrscher. Innerhalb des Beamtenapparats gab es noch vereinzelte, die sich an die Heldentat des Němeček erinnern mochten. Von ihnen erfuhr Bohumil rechtzeitig, wann welche Überbauung auf den Markt geworfen wurde. Er war also bestens über die Privatisierungspläne unterrichtet, dazu bekam er Kredite einer österreichischen Bank, und natürlich fand er in John C. Schwartz einen dankbaren Komplizen. Trotz dieser einzigartigen Vorteile schaffte er es nicht. Er kaufte stets zur falschen Zeit die falschen Liegenschaften am falschen Ort, und er versuchte, sie den falschen Leuten anzudrehen. Nachdem in der österreichischen Bank einmal ein kleiner Revisor die Augen aufsperrte und Simotas Zahlen genauer prüfte, versiegte der

Geldstrom von einem Tag auf den anderen. Alle Darlehen wurden fällig. Bohumil steckte bis zum Hals in Schulden. Er konnte noch nicht einmal mit Schwartz' Hilfe rechnen, da dieser gegenüber Verlierern naturgemäß wenig Nachsicht zeigte. Vermutlich habe der glücklose Bohumil inzwischen das Schwarzweißfoto des tschechischen Nationalhelden über seinem Bett abgehängt, sagte Pavel mit einem schmalen Lächeln. Selbst ein Bohumil dürfte irgendwann begriffen haben, dass die Zeit der Helden vorbei sei. Heute werde mit barer Münze bezahlt.

Mascha, fügte Pavel nach einer Weile hinzu, sei vielleicht die Einzige aus dem Němeček-Clan, die die Zeichen der Zeit erkannt habe. Sie versuche sich durchzuschlagen, aus eigenen Kräften, mit dem eigenen Kopf, manchmal mit ihrem Körper. Aber so klug sie auch sei, sie werde den Fluch ihrer verdorbenen Familie nicht los. Sie wolle in eine Zukunft aufbrechen und spüre zugleich, dass die Vergangenheit wie ein Klotz an ihr Bein gekettet sei. Jemand müsste sie befreien. Aber Mascha habe noch jeden möglichen Befreier zugrundegerichtet.

Falls der gute Pavel ihn hatte heilen wollen, hatte er es gründlich vermasselt. Statt ihm Mascha auszutreiben, pflanzte er sie ihm erst recht ins Bewusstsein. Kulisch glaubte mit einem Mal, diese Unglückliche zu verstehen. Er verstieg sich gar zur Überzeugung, die an ihrer Herkunft leidende Mascha erlösen zu können. Was gingen ihn diese Sippenverhältnisse, diese tschechische Vergangenheit an? So überhörte er auch Pavels Ermahnung, er solle sich wieder den wichtigen Dingen zuwenden; länger lasse sich Cvetković nicht hinhalten.

Doch an diesen Menschen verschwendete Kulisch keinen Gedanken. Mascha war zum Maß aller Dinge geworden. Alles, was er tat, sollte ihn ihr näher bringen. Er setzte die Suche noch verbissener fort. Es war die immer gleiche Strecke, die er wie ein Landvermesser abschritt, über den Altstädter Ring, die Josefstadt, zum Bahnhofsviertel. Er streifte um die immer gleichen Orte herum, harrte vor den immer gleichen Hauseingängen aus und kehrte über die immer gleichen Umwege heim. Ihm war, als zeichne er den Grundriss ihrer unvollendeten Liebesgeschichte nach.

Natürlich kam er sich als Suchender gedemütigt vor, wobei die Abende im Kobold die Krönung der Demütigung darstellten. Er konnte sich nicht so tief in Rilkes Gedichtband hinein vergraben, dass er den Blicken der Gäste entkommen wäre. Ihre hämischen Faxen verrieten ihm, dass sie sehr genau wussten, auf wen er wartete und wie vergeblich sein Warten war. Jedes Mal, wenn er sich bei Lenka nach Mascha erkundigte, bat sie ihn, es sein zu lassen. Beharrte er darauf, musste er sich den Satz anhören: Der gefallene Engel lasse sich seit Wochen nicht mehr blicken. Das war wohl verächtlich gemeint. Dennoch blieb er regelmäßig bis zum Schluss, trank seine fünf Pastis, blätterte in dem Gedichtband, notierte sich einige Übersetzungsideen, ließ den einen oder anderen spöttischen Spruch über sich ergehen und wankte um zwei Uhr nachts durch die inzwischen von Eiseskälte durchwehten Gassen nach Hause.

Es war der sogenannte Russe, der ihn eines Abends aus seinem Elend erlöste. Als Kulisch im Kobold wie üblich Lenka mit seinen Fragen nervte, beugte sich der stets akkurat gekleidete Kauz zu ihm hinüber.

»Deine Mascha vergnügt sich im Chapeau Rouge.«

Kulisch wäre ihm am liebsten um den Hals gefallen, doch der andere reckte den Zeigefinger.

»Lass dir eins gesagt sein, Schwarzer Ritter. Sie ahmt zwar deine Sprache nach, aber sie denkt nicht wie du, nicht deutsch, niemals. Sie wird nie zu dir nach Hause kommen.«

Kulisch bestellte, während der Russe weiterschwafelte, eine Karaffe Weißwein und zwei Gläser. Er lauerte bloß auf den Augenblick, da der andere genügend Zutrauen gefasst hatte.

»Du hast dich mit Jan gut verstanden, nicht wahr?«

Der Russe beäugte ihn.

»Du willst, dass ich denke, du seiest Jan.«

»Nein, ich weiß, dass du weißt, dass ich nicht Jan bin.«

Der Russe hob im Zeitlupentempo das volle Weinglas und tunkte seine Zunge hinein, ohne den Blick von seinem Gegenüber abzuwenden.

»Du kennst ihn doch gar nicht«, sagte er.

»Aber ich habe gesehen, wie er gestorben ist«, erwiderte Kulisch.

»Achtung, der Deutsche bekennt sich«, rief der Russe, schwenkte mit dem Glas herum und verschüttete Wein in alle Richtungen. »Der Deutsche bekennt sich.« Er wiederholte es unaufhörlich, seine Halsvenen schwollen an, Gäste drehten sich nach ihm um, einige lachten, andere empörten sich, und Lenka drohte mit Rausschmiss.

»Der Deutsche bekennt sich.«

Er hörte erst auf, als Kulisch sich zu gehen anschickte.

»Warte, Deutscher. *Gesinnung. Gemüt. Scheintod.* Das sind deine Wahrheiten, nicht wahr? Und was bedeutet eigentlich *Entschuldigung*?«

Der Russe fuchtelte mit dem Weinglas vor Kulischs Nase.

»Deutsche Begriffe, nicht wahr?«

Kulisch blickte durch die Fensterscheibe in die schachtartige Gasse hinaus.

»Du vermisst deine *Heimat*, Deutscher«, fuhr der Russe fort. »Du irrst durch Europa auf der Suche nach dem besten Bier, der blauen Blume, dem Dritten Weg. Hier bist du am richtigen Ort. Hörst du, wie sie ihn anbeten? Den Dritten Weg. Auf dass er auf Europa niedersinke. Er soll die Unsichtbare Hand verscheuchen, uns von der Heuschreckenplage befreien. Diese armseligen Nachbeter. Sie glauben noch immer, dass eine Gesellschaft ein Mensch sei wie du und ich. Sie glauben, dass aus dem System plötzlich ein menschliches Antlitz hervorscheint wie die Jesusfresse aus dem Turiner Grabtuch. Sie machen sich weiterhin was vor.«

Er reckte sein Kinn und stemmte sein Glas in die Höhe.

»Wach auf, Deutscher. Wir werden uns in Karl-Marx-Stadt wiedersehen.«

Das Chapeau Rouge war ein Laden, der sich nicht entscheiden konnte, ob er Kneipe oder Club sein wollte. Er war berüchtigt dafür, alles zu bieten, von Anmachversuchen über lallende Debatten zwischen Künstlern bis zu Kokaindeals auf dem Klo und Messerstechereien im Hinterhof. Merkwürdigerweise stand auf der Leuchtschrift über dem Eingang *Chateau Rouge*. Aber auch Mascha hatte stets dem Hut den Vorzug gegeben.

An einem Stehtisch, von dem aus er beide Eingänge überblicken konnte, trank Kulisch einen Gin Tonic und ließ sich von Technomusik beschallen. Die Begegnung mit dem sogenannten Russen hatte ihn niedergeschmettert. Er hatte sich auf eine Herkunft zurückgeworfen gefühlt, auf ein

Deutschsein, das ihm nichts bedeutete. Wer war er denn, sagte er sich, während er die Gesichter der Umstehenden überflog. Sein Blick heftete sich an jede schwarzhaarige Frau, die vorüberging, seine Wahrnehmung folgte der Logik einer Rasterfahndung, filterte die besonderen Merkmale aus dem Gewühl heraus, Größe, Frisur und Nasenspitze. Das Schummerlicht machte die Sache nicht einfacher. Dauernd glaubte er, Mascha zu erblicken. Er stolperte mit dem Gin Tonic in der Hand etlichen möglichen Maschas hinterher, die sich erst aus der Nähe als Nicht-Maschas entpuppten.

Noch schlimmer wurde es im Untergeschoss. Hier war das Gedränge dichter und klebriger. Eine Tanzfläche voller zuckender Leiber. Die Umrisse verwischten sich, die Luft war von Schweiß und Moschus erfüllt. Er erkämpfte sich mit den Ellbogen einen Platz in der Nähe des DJ-Pults und versuchte, sich einen Überblick zu verschaffen. Im Geflacker des Stroboskoplichts waren keine Gesichter zu erkennen, also gab es unzählige mögliche Maschas. Je länger er den pulsierenden Knäuel auf der Tanzfläche anstarrte, desto öfter erspähte er sie. Er musste nur die Richtige finden. Die Wirkung der zahlreichen Gin Tonic bestärkte ihn in dem Glauben, ihm könnte das gelingen. Er pflügte sich durch die Tanzenden, drückte sich vorbei an verschwitzten Oberkörpern und umherschlingernden Gliedern, starrte in grell aufblitzende Fratzen. Nur die Richtige finden. Er nahm die Stöße und Schläge hin, beugte sich über Schultern und bellte ihren Namen in fremde Ohren. Nur die Richtige finden. Er vergriff sich an Frauen, packte sie am Oberarm, versuchte, sie wachzurütteln. Er wollte nur die Richtige finden. Kein Wunder, dass er plötzlich eine Hand im Genick spürte und von der Tanzfläche hinuntergerissen wurde. Ein Glatzkopf in einem T-Shirt, auf dem *Security* stand, presste ihn gegen die Wand.

»You again, you fucking gipsy.«

Einer von Maschas alten Bekannten, durchfuhr es Kulisch, während der andere ihn in einem kruden Filmenglisch anbrüllte. Er habe hier noch eine Rechnung offen.

»Hey, my friend. Wir mögen doch beide Mascha«, sagte Kulisch, kramte einige Geldscheine hervor und reichte sie dem Glatzkopf, worauf dieser für Sekunden seine *Security*-Fassung verlor.

»You are that german tourist?«

»No«, lautete die Antwort.

»You are Jan?«

»Yes.«

Sorry, er habe gedacht, er sei ein Scheißzigeuner, der abhaue, ohne die Rechnung zu bezahlen, erklärte der Glatzkopf und wickelte die Geldscheine um seinen Zeigefinger. Sie klopften sich gegenseitig auf die Schulter. Der eine stampfte zu seinem *Security*-Kollegen hinüber, während der andere die Treppe hochwankte und in ein frostiges Morgengrauen hinausstolperte.

»Jan. Jan. Jan.«

Er schrie den Namen in den Prager Himmel. Ihm war, als hätte er etwas Unmögliches vollbracht, als haftete an ihm nicht die winzigste Schuppe jenes Deutschen, jenes frustrierten freischaffenden Übersetzers, der einst aus dem hessischen Nirgendwo nach Berlin geflüchtet und anschließend mit Julia in die Hölle hinabgestiegen war. Er war ein anderer. Er war Jan.

Fünf, sechs Nächte hintereinander tat er sich das Chapeau Rouge an. Er schüttete Gin Tonic in sich hinein und versuchte, inmitten der tobenden Menge Mascha auszumachen. Er ließ sich vom *Security*-Glatzkopf abklopfen, von gesichts- und geschlechtslosen Gestalten anrempeln. Er lehnte einschlägige Angebote ab, machte sich verdächtig und musste immer wieder bekennen, kein anderer zu sein, sondern Jan. Und dieser Jan wurde respektiert, weil er weder ein Scheißzigeuner noch ein dämlicher deutscher Tourist war. Und jeder, den er auf Mascha ansprach, schien genau zu wissen, wen er meinte. Junge Frauen wurden ihm vorgestellt, vor sich hin plappernde Flittchen, verkokste Studentinnen, Möchtegernmodels. Alle hießen Mascha. Es war zum Heulen. Gegen sechs Uhr früh, wenn die letzten Aufgeputschten mit winzigen Pupillen umherzappelten und im Erdgeschoss die Stühle auf die Tische gestellt wurden, entließ er sich. Er torkelte durch die Altstadt nach Hause.

Es gab Tage, da konnte er sich aufraffen und mit seiner Übersetzung fortfahren. Er beugte sich über die *Duineser Elegien*, tastete sich Zeile um Zeile vor, verweilte bei einem besonderen Ausdruck, besah ihn sich von allen Seiten und suchte nach einer deutschen Entsprechung, ein Wort, das einen dunkel wabernden Bedeutungsraum öffnete und doch zwingend schien. Selten griff er nach einem Wörterbuch. Selten stellte er Rilkes Todessehnsucht in Frage. Selten versuchte er zu verstehen, was es mit Ions Tod auf sich haben könnte, überhaupt mit dem Tod.

Und es gab Tage, da steckte ihm das Chapeau Rouge zu tief in den Knochen. Er schleppte sich ins Bad und wünschte sich, er würde sich unter der Dusche auflösen; einswerden mit der Natur, dem All. Im Spiegel konnte er mitverfolgen, wie seine

Augenringe violett wurden, wie sich Kerben und Fältchen in seinem Gesicht vertieften, sein Haar wurde strohig, seine Haut ergraute; er schien in Windeseile zu altern. Und wenn er danach mit dem Kaffee vor dem Fernseher saß und den geschmeidigen Handgriffen eines Studiokochs oder der halsbrecherischen Fahrt eines amerikanischen Polizeiwagens zusah, erschienen ihm Rilkes Klagelieder heuchlerisch. Sie versuchten, jenes Heilige zu beschwören, dessen Verlust sie beklagten. Eine Spiegelfechterei in zehn Varianten.

Nach einigen weiteren Nächten im sagenhaften Sündenpfuhl und einer weiteren Schwemme von Gin Tonics, gestand er sich eines Morgens vor dem Badezimmerspiegel ein, dass er gar kein Übersetzer war. Er hatte in all den Jahren nur so getan, aus Ratlosigkeit oder Bequemlichkeit, einzig um etwas mit seinem Romanistikstudium anzufangen, um ein Auskommen zu finden, um sich die widerborstigen Fragen vom Leib zu halten. Diese Erkenntnis, das ahnte er, gab im Nachhinein Julia recht. Sie bestätigte nur, was sie ihm all die Jahre über vorgehalten hatte: seine Ausreden, seine kleinen Fluchten, seine Angst vor der Zukunft. In derselben Nacht verlor er die *Elegien*. Das inzwischen vollgekritzelte Büchlein musste ihm auf der Tanzfläche aus der Jackentasche gefallen sein. Natürlich war es unauffindbar, mitten im Gewühl, zertreten von den Tanzenden, vollgesogen mit dem Schmutz, der Ausdünstung, den Exkrementen. Er weinte dem Buch keine Träne nach.

Je länger die Nächte im Chapeau Rouge wurden, desto weniger wusste er, wen oder was er suchte. Er schaffte es kaum mehr, sich Mascha zu vergegenwärtigen. Sie verharrte vor seinem inneren Auge als eine durchscheinende Gestalt, auf deren blassem Gesicht sich nicht selten Julias Züge abzeichneten, obwohl zwischen den beiden nicht der Tupfer einer Ähnlichkeit bestand. Noch verwirrender nahm sich diese Erscheinung aus, nachdem er eines Morgens auf der Fußmatte vor seiner Wohnungstür eine Postkarte entdeckte. Brâncuşis Endlossäule, dazu die vertraute Unterschrift. Er versuchte, die rumänischen Sätze, gleichsam Zaubersprüche, zu entschlüsseln. Doina bat um ein Treffen in Prag, am vierundzwanzigsten Oktober, also in knapp einer Woche, im Hotel Nová Evropa. Es war erschütternd. Diese Frau schrieb ihrem Geliebten, ersehnte sich ein Wiedersehen, malte sich womöglich eine gemeinsame Zukunft aus, ohne zu ahnen, dass dieser Geliebte gar nicht mehr existierte.

Er musste sie treffen. Am vierundzwanzigsten Oktober würde er notfalls auch Stunden im Nová Evropa ausharren. Mit diesem hehren Vorsatz im Hinterkopf trieb er weiter durch Tage und Nächte, die stets in der schummrigen Unterwelt endeten. Er kannte in dieser Zeit kein Leiden außer dem Kater nach dem Erwachen. Die nähmaschinenartig auf ihn einstechenden Kopfschmerzen verschwanden gewöhnlich gegen sieben Uhr abends, wenn er auf dem Platz vor der Bétlemská kaple einen Tomatensaft mit viel Pfeffer trank und deutschen Touristen zuhörte, die in stürmischer Begeisterung das wahre Mittelalter priesen. Da stand bereits fest, dass er erneut ins Chapeau Rouge eintauchen würde, um nach einer Mascha oder Doina oder Julia zu suchen, erneut in den Ozean hinauszuschwimmen, erneut im ozeanischen Gefühl aufzugehen.

Vielleicht hätte er sich in diesem Reigen exzessiver Nächte völlig verloren, hätten sie ihn nicht eines Tages geschnappt. Er stocherte frühmorgens mit dem Schlüssel im Türschloss, als ihn zwei schlaksige Jungs unter den Achseln packten und zu Pavels Wohnung hinüberschleppten. Sie setzten ihn auf dem Kissenlager ab.

»Iwane, you son of a bitch«, brüllte ein bulliger Endfünfziger mit Bart und Panamahut. Er beugte sich über den Glastisch und wiegte seinen Kopf hin und her.

»You look great, really.«

Der, den sie für Iwan hielten, blinzelte in die verschwommene Welt hinaus. Er konnte zwischen Dunstschwaden hindurch einige Schemen ausmachen, aber keine vertrauten Gesichter, und auch die Wohnung war kaum wiederzuerkennen, die Fotos an den Wänden zeigten nur mehr Schlieren in verschiedenen Grautönen, der Flur glich einem Kanalisationsschacht, und er hatte furchtbaren Durst.

»Tell me, Iwan. Why didn't you wanna see your old friend Milo Cvetković?«

Der, den sie für Iwan hielten, bemühte sich erst gar nicht, sich irgendwelche Fragen zu merken. Er versuchte zu erkennen, wer sonst noch in dieser unterbelichteten Wohnung war.

»What happened to you?«

Allmählich entpuppten sich die Schemen im Hintergrund als ein verlegen lächelnder Pavel Marincek, daneben die beiden zupackenden Schlakse, und auf einem Sofa kauerte im Schneidersitz die katzengesichtige Blondine, mit kaum mehr als einem Bikini bekleidet, und feilte an ihren Zehennägeln. Schön, dachte er, die ganze Familie versammelt. Wenn nur dieser biblische Durst nicht wäre.

»Iwan, my friend. Warum zum Teufel hast du die Verabredung mit Schwartz platzen lassen?«, wollte Cvetković wissen. Er schnitt eine Grimasse, die ihn, den vermeintlichen

Iwan, aus unerfindlichen Gründen dazu bewog zu gestehen, dass er durstig sei. Der andere schnippte mit den Fingern, sofort kam Bewegung in die Runde, einer der Jungs verschwand in der Küche, der andere kramte ein Handy hervor, und Pavel beeilte sich, aus der Kommode mehrere Gläser und die Flasche ohne Etikett zu holen.

»Nein, kein Slivovitz«, stöhnte er.

Pavel hatte bereits eingeschenkt und reichte ihm ein Glas. Cvetković hatte sich hinter ihn gestellt. Er tätschelte seinen Kopf und hob das Glas.

»Na zdraví.«

Er starrte auf das Gesöff vor sich, roch den Dunst der gegorenen Pflaumen und das billige Ethanol, verspürte heftiger denn je das Verlangen nach Wasser, reinem, kristallklarem Wasser, Leitungswasser, Chlorwasser, egal. Er ließ seinen Blick umherkreisen, in der Hoffnung, jemand würde sich seiner erbarmen.

»Na zdraví«, ertönte es von allen Seiten.

Er schmeckte Brennsprit auf seiner Zunge und glaubte zu spüren, wie jeder Schluck ein Stück seiner Speiseröhre wegätzte.

»Listen, Iwan«, begann Cvetković erneut und hockte sich umständlich neben ihn. »Ich bereue keine Sekunde, dass ich dir das Geld für Berlin gegeben habe. Ich habe dir vertraut. Ich war überzeugt, dass du Schwartz treffen würdest. Nun gut, das ist nicht geschehen. Über das verlorene Geld brauchen wir nicht zu reden. Ich bin kein Kleinkrämer, wie du weißt. Und die enttäuschten Hoffnungen, geschenkt. Ich will dir weiterhin vertrauen, my friend. Ich glaube nicht, dass du ein Angeber bist. Wenngleich andere das sehr wohl glauben.«

Während sich der Bärtige in Säuseleien erging und immer

näher rückte, studierte der vermeintliche Iwan die Stickereien auf den Kissen, das Teppichmuster. Irgendwann hob er seinen Blick, betrachtete die spitzen Knie der Blondine, ihre Unterschenkel, ihre Füße, die aus der Distanz wohlgeformt schienen. Dann sah er, wie sich von ihrer Hand, die den einen Fuß umklammerte, langsam der Mittelfinger löste. Sie war offensichtlich seinem Blick gefolgt.

»Verrate dem alten Milo Cvetković, was in Berlin geschehen ist.«

Den Satz wiederholte er zum vierten oder fünften Mal.

»A big confusion«, stammelte der vermeintliche Iwan, wobei sich seine Zunge taub im Mundraum anfühlte.

»Relax, my friend«, meinte der andere und schnaubte einige Male. »Lass uns das Ganze von Anfang an durchgehen. Du hast gesagt, du seist schon lange hinter Schwartz her und hättest genug Material über den Schweinehund, um ihn zu Fall zu bringen. Sorry, aber das hast du gesagt. Und du hast behauptet, Schwartz sei bereit, mit dir zu verhandeln. Ihr hättet ein Treffen vereinbart, am Hauptsitz der Firma in Berlin. Und du hast versprochen, du würdest ihn vor die Wahl stellen, entweder er lenkt ein, oder du veröffentlichst das Material über ihn. That was your promise, Iwan.«

»No promise, not me«, brabbelte er und merkte, wie ihm sein Englisch abhanden kam.

Cvetković hatte sich erhoben, rückte seinen Panamahut zurecht und stampfte zu Pavel hinüber. Sie unterhielten sich in einer Sprache mit vielen Zischlauten. Der Schlaks daneben fingerte weiter an seinem Handy, wobei nicht klar war, ob er spielte oder Kurzmitteilungen verfasste. Pavel, der gutmütige Hüne, schien den aufgebrachten Bärtigen beschwichtigen zu wollen. Er rief dem vermeintlichen Iwan etwas zu, was dieser unmöglich verstehen konnte, denn längst schon drehte sich alles um ihn, die Worte, die Einwände, die Tapetenwände, die Bilder, das vergangene Prag, das verfälschte Prag, draußen wie drinnen, in seinem Schädel ebenso wie in dieser Wohnung, die eigentlich im Grundriss seiner eigenen entsprach, die wiederum gar nicht seine eigene war, sondern dem anderen gehörte, jenem Ion, Jan, Iwan, für den sie ihn noch immer hielten, sie alle, die nun mit seltsam durchsichtigen Gesichtern auf ihn starrten.

»Iwane, you bastard, I love you«, schrie Cvetković und zwang den Verdurstenden in eine aufrechte Sitzhaltung, kurz bevor er die Besinnung verlor.

»Wir sind uns einig. Wir kämpfen für den Dritten Weg.«

Mit dem Kopf zu nicken, fiel ihm leicht.

»Wenn wir diesen Schweinehund nicht erledigen, brauchen wir erst gar nicht weiterzukämpfen. Dann können wir den Dritten Weg einrahmen lassen und uns übers Bett hängen.«

Er vernahm nur mehr sein eigenes Schmatzen.

»Du weißt, was solche Typen wie Schwartz anrichten. Du weißt, wohin das führt, wenn sich die Spitzel von damals in lupenreine Kapitalisten verwandeln. Denk bloß an deine geschundene Heimat.«

Er ließ seinen Kopf auf die Brust sinken.

»Oder glaubst du, wir werden schon morgen als glückliche Europäer aufwachen?«

Das Letzte, was er wahrnahm, war Pavels merkwürdiger Tanz. Wie ein Derwisch wirbelte er mit ausgebreiteten Armen durch das Wohnzimmer und verscheuchte die Anwesenden. Von weit her erreichte ihn die Ahnung, dass jemand ihm erzählt hatte, der Mann sei einst ein Aktionskünstler gewesen. Er musste geradezu magische Fähigkeiten besitzen, dachte er, als er die Augen wieder öffnete. Im Wohnzimmer herrschte eine Ruhe, die übersinnlich anmutete. Einsam saß Pavel Marincek auf der Kante des Glastischs, die Hände ineinander verschränkt, die Miene auf väterliche Weise besorgt.

»Nimm es ihm nicht übel. Cvetković hat damals in Zürich alles verloren, seinen Lehrauftrag, seine Ehre, sein halbes Vermögen. Schwartz hat ihn ruiniert.«

Aus der Küche vernahm der Verdurstende ein Flüstern und das Geräusch eines Wasserhahns.

»Ich weiß nicht, was Schwartz dir angetan hat. Aber du hast geschworen, ihn fertigzumachen.«

Seine Sinne drehten sich nur noch um den Wasserhahn.

»Jan, my friend. Irgendwie hast du dich verändert, seit du aus Berlin zurück bist.«

Der vermeintliche Jan sah sich bereits am Wasserhahn.

»Mascha Simotová, nicht wahr?«

Er nickte mechanisch, worauf Pavel vom Glastisch zu ihm hinabrutschte und ihn an sich drückte. Wenn der gute Mann nun in Tränen ausbräche, dachte er, würde er ihm jede einzelne aus dem Gesicht lecken.

»Du bist unverbesserlich. Habe ich dir nicht lang und breit erklärt, warum diese Frau auf Zerstörung aus ist? Glaubst du vielleicht, du bist ihr erstes Opfer?«

Bevor der gute Pavel mit seiner Predigt fortfahren konnte, riss er sich von ihm los, stürzte durch den Flur in die Küche und beugte sich über das Spülbecken, um vom Wasserhahn zu trinken. Kein Cvetković, kein Schwarzer Ritter, kein sowjetischer Panzer hätte ihn aufhalten können. Er sperrte seinen Mund auf. Die flüssige Kostbarkeit schoss in ihn hinein. Ihm war, als hätte er die letzten Wochen nur für diesen Augenblick gelebt. Erst als er nach einer kleinen Ewigkeit den Wasserhahn zudrehte, vernahm er ein dumpfes Klatschen. Fünf Meter von ihm entfernt, vor der Fenstertür, die auf die Galerie im Innenhof hinausführte, bewegten sich zwei halbnackte Körper. Der eine Schlaks, die Hose in den Kniekehlen, schnaubte und ruckte mit seinem Unterleib vor und zurück, zwei Füße ragten über seine Achseln hinaus, bebten in der Luft, und der Küchentisch ächzte unter dem Gewicht. Der andere Schlaks trug nur weiße Boxershorts und vollführte langsame Tanzschritte um das Gerammel herum, während er mit erhobener Faust sein Handy kreisen ließ. Daneben auf einem Schemel hockte Cvetković, den Panamahut in den Nacken geschoben, eine Bierdose in der Hand, den Blick in die Bodenfliesen gebohrt.

»He, Jan.«

Pavel stand mit unendlich trauriger Miene in der Tür.

»Am Mittwoch kommt Irina zurück. Sie möchte eine saubere Wohnung vorfinden.«

Der vermeintliche Jan sah ihn entsetzt an. Er hatte vergessen, dass alles nur geliehen war. Obgleich sein Durst gelöscht war, nahm er einen weiteren Schluck. Er glaubte, in den Wasserstrahl hineinzubeißen. Im nächsten Augenblick spürte er neben sich die Hitze eines mächtigen Körpers. Cvetkovićs Bauch berührte ihn beinahe.

»No problem«, meinte er und wischte sich mit dem Handrücken den Schweiß aus dem Gesicht. »Du kannst dein Versagen wettmachen. Am vierundzwanzigsten findet im Hotel Nová Evropa ein Symposium statt. Mister John Calin Schwartz ist als Hauptredner eingeladen. Du kannst ihn also nicht verfehlen.«

FW Tegel, 30. Dezember

Am vierten Tag unseres Gesprächs wirkte er entspannter. Er hatte sich rasiert, trug einen frischen Pullover unter dem Parka und betrat schmunzelnd das Zimmer. Er überraschte mich mit Notizen, die er sich nach unserer gestrigen Unterhaltung gemacht hatte. Mit feierlicher Geste legte er ein Dutzend eng beschriebener Zettel vor mich hin. Als Ergänzung zu den Aufnahmen, erklärte er.

»Das ist ja ein halber Roman«, bemerkte ich und tat so, als würde ich seine Notizen überfliegen.

Er ertrug das Schweigen nicht lange.

»Glauben Sie mir endlich?«

Er wühlte mit seinem Blick in meinen Augen. Vermutlich bemerkte er eine unterschwellige Verunsicherung meinerseits, was sich kaum vermeiden ließ. Ich wusste im Unterschied zu ihm, dass wir heute beobachtet wurden. Im Nebenraum saß, zusammen mit einem Beamten, der Kollege Siegwart. Ich hatte ihn gestern Abend noch in seiner Praxis in Leipzig aufgesucht. Er hatte sich den Fall schildern lassen und sich die Aufnahmen angehört. Mir war beim Wiederhören der Berichte schwindelig geworden. Siegwart jedoch, wie es seine Art war, hatte den Kopf zur Seite geneigt und im Brustton der Überzeugung eine Diagnose hingeschmettert: psychogene Fugue. Ein Leiden, das unter die dissoziativen Störungen fällt. Ich hatte schon davon gehört, aber dieses Leiden, wenn ich ehrlich bin, eher für ein literarisches Phänomen gehalten. Mit der psychogenen Fugue sei nicht zu spaßen, hatte Siegwart erklärt. Die Betroffenen zeichnen sich durch beispiellose Gerissenheit aus, sie seien begnadete Lügner, größtenteils therapieresistent und neigten nicht selten zu suizidalen Fantasien. Ich bereute, den Kollegen um Rat gefragt zu haben, verbot mir aber jeden Einwand. Siegwart war bekannt für seine voreiligen Schlussfolgerungen, ebenso für seine Streitbarkeit und seinen Hang zum Exzentrischen. Dass er so etwas wie die psychogene Fugue aus seinem Diagnosekasten kramen würde, hätte mich nicht verwundern dürfen. Natürlich war er nicht mehr zu halten gewesen. Er hatte mich überredet, ihn als sogenannten diskreten Beobachter am Verhör teilnehmen zu lassen. Seiner Einschätzung nach sei der Mann in eine existentielle Sackgasse geraten, womöglich habe er ein Trauma erlitten, jedenfalls habe er die erste Gelegenheit genutzt, um in eine neue Identität zu flüchten, und seine bisherige habe er wegamnesiert. Wahrscheinlich falle ihm nun allmählich wieder ein, wer er gewesen sei.

»Sie haben gestern von Leuten erzählt, die Sie bedrängt hätten«, fasste ich zusammen. »Leute, die einen Plan verfolgten, den Dritten Weg, wie Sie es nannten. Diese Leute verlangten von Ihnen, einen gewissen John Schwartz zu treffen.«

»Ja, genau. Das habe ich getan.«

»Warum, wenn ich fragen darf?«

»Ich hatte kein Wahl.«

»Sie hätten diesen Leuten doch nur zu erklären brauchen, dass Sie nicht Ion Rebreanu, sondern Tom Kulisch seien.«

Er warf mir einen argwöhnischen Blick zu.

»Schwartz war offenbar sehr gefährlich«, sagte er nach kurzem Überlegen.

»Was hatte dieser Schwartz ihrer Meinung nach verbro-

chen? Dachten Sie vielleicht, er hätte ihren Doppelgänger, wenn ich so sagen darf, umgebracht?«

»Ich wusste zunächst nicht, wer John C. Schwartz war. Aber irgendwie ertrug ich den Gedanken an diesen Mann nicht.«

Die Art, wie er sich dabei an den Kopf fasste, nahm sich einen Tick zu theatralisch aus, und ich begann noch stärker an Siegwarts Diagnose zu zweifeln, die ja voraussetzte, dass der Mann, der mir gegenübersaß, tatsächlich Tom Kulisch war. Ich beschloss, ihn härter anzufassen. Ich erhob mich und stellte mich hinter ihn, was den Kollegen im Nebenraum gewiss beunruhigte. Unser Mann drehte sich im Stuhl zu mir um und bat um einen Kaffee. Ich tat, als hätte ich es überhört.

»Sie fühlten sich wohl in der Rolle eines Helden.«

Er blinzelte zu mir empor, während seine Hände sich so fest in die Oberschenkel verkrallten, dass die Knöchel weiß hervortraten.

»Sie haben mir gegenüber gestanden, dass Ihr früheres Leben Sie anödete. Falsche Studienwahl, gescheiterte Liebesbeziehung, langweilige Übersetzungen und so fort. Nun bot sich Ihnen unverhofft die Gelegenheit, einem Finsterling namens Schwartz hinterherzujagen.«

Er fuhr sich mit gespreizten Fingern durchs Haar und suchte nach einem Einwand.

»Sie hatten plötzlich das Gefühl, Ihr Leben erhalte eine Bedeutung, nicht wahr?«

»Moment mal. Ich glaube, Sie halten mich für einen Angeber.«

»Ich versuche nur, den Grund zu finden, warum Sie an der Verwechslung festhielten. Ihnen musste doch klar sein, dass Sie sich in Schwierigkeiten bringen würden. Dachten Sie im Ernst, Sie kämen mit dieser Lüge durch?«

»Nein. Vielleicht …«

»Vielleicht war es keine Lüge.«

»Sie meinen …«

»Vielleicht steckt in Ihnen mehr Ion Rebreanu, als Sie sich eingestehen wollen.«

Er stöhnte und presste sein Gesicht gegen seine Hände. Ich beeilte mich, ihm gegenüber Platz zu nehmen. Ich reichte ihm ein Glas Mineralwasser und konnte mir einen Seitenblick zum Nebenraum hinüber nicht verkneifen. Ich stellte mir Kollege Siegwart vor, wie er seine exzentrische Diagnose zerbröseln sah. Geduldig wartete ich darauf, dass mein Gegenüber nun endlich mit der Wahrheit herausrücken würde.

»Es ging mir gar nicht um Schwartz, sondern um Doina. Jemand musste sie benachrichtigen. Verstehen Sie? Ihr Liebster war tot. Sie schrieb ihm weiterhin Postkarten. Sie hoffte auf ein Wiedersehen. Diese Vorstellung, einfach grässlich.«

»Sie dachten, Sie könnten diese Frau trösten?«

»Ich habe es als meine Pflicht angesehen. Deshalb ging ich zu dem Symposium. Später nach Bukarest. Dort habe ich auf Doina gewartet, lange gewartet. Es gab Momente, da zweifelte ich an allem. Sogar an Doinas Existenz. Obwohl ich ja die Postkarten besaß. Und weiterhin welche erhielt. Und sie hatte es versprochen. Im November bei meiner Bunică. Also Ions Bunică. Und so harrte ich Wochen, Monate in Bukarest aus, wartete und wurde immer unsicherer. Bis eines Tages der Anwalt auftauchte.«

»Der Anwalt?«

»Maître Maurer. Er war meine Rettung.«

Das Warten in Bukarest hatte schwindelerregende Ausmaße angenommen. Der erste Freitag im November war längst vorüber, ebenso die zusätzliche Frist, die er Doina in einer an Selbstverleugnung grenzenden Großzügigkeit eingeräumt hatte. Der Kalender kündigte den Dezember an. Er konnte es drehen und wenden und schönreden, wie er wollte: Doina hatte ihr Versprechen nicht gehalten. Wer wusste, was dazwischengekommen war. Wer wusste überhaupt etwas, das ihn weitergebracht hätte.

Er selbst glaubte, jeden Tag weniger zu wissen. Ihm war, als hätte sich der Rohypnolrausch der alten Rebreanu auf ihn übertragen. Über allem, was er sah oder dachte, lag ein milchiger Film. Konturen wie Bedeutungen hatten sich verwischt. Selbst das Rautenmuster des Teppichs oder der Lampenschirm im Wohnzimmer oder der schneckenförmige Knauf des Treppengeländers wurden mehrdeutig. Dieses Haus genauso wie sein Kopf waren von etwas Vagem erfüllt. Ahnungen sammelten sich unter der Decke, breiteten sich aus, drangen durch die Wände hindurch bis auf die Gliulamila, ließen die Nachbarn bleicher, unfassbarer erscheinen. Wenn Domnul Vladescu seine Dackel fütterte, wenn seine bucklige Gattin Mäuse in der Wiese zertrat, wenn die beiden ihm zuwinkten und ihn als Ion begrüßten, wenn sie ihm ein Glas eingeweckter Paprika oder eine Flasche selbstgebrannte Ţuikă aufdrängten und sich nach dem Befinden seiner Bunică erkundigten, stets glommen gelbe

Funken in ihren Augen, und ihr Französisch klang plötzlich falsch.

Hier dürfe er niemandem trauen. Das hatte ihm die Rebreanu von Beginn an eingeschärft, und noch einmal besonders eindringlich, als er sie auf den Stern angesprochen hatte. Entlang der Treppe, die von dem Villenviertel hinauf in die Gliulamila führte, verlief eine mannshohe Zementmauer, die mit Graffiti übersät war. Gleich am ersten Tag hatte er dort einen hingesprühten fünfzackigen Stern entdeckt.

»Was bedeutet das?«, hatte er die alte Rebreanu gefragt.

»Ein Teufelsding. Zerbrich dir nicht weiter den Kopf darüber.«

»Warum sprüht jemand so etwas auf die Mauer?«

»Ach, Ianusch. Du merkst dir immer die falschen Dinge. Was geht uns dieser Stern an?«

»Ein Teufelsding, hast du gesagt.«

Sie schmatzte, als hätte sie einen schlechten Geschmack im Mund.

»Die Geschichte ist schuld. Sie hat den Leuten hier ein absonderliches Denken eingepflanzt. Die Rumänen sind strenggläubige Manichäer, wenn du verstehst, was ich meine.«

»Schwarzweißdenker.«

»Sowie der gütige Gott etwas erschafft, erscheint der Teufel und stellt es auf den Kopf, und nachdem es Gott wieder gerichtet hat, verpfuscht es der Teufel erneut. Was soll man da tun, denkt sich jeder. Deshalb hat kein Rumäne je etwas Gutes oder Schlechtes getan. Sie waschen ihre Hände in Unschuld. Man darf ihnen nicht trauen.«

Die Rebreanu beeindruckte ihn immer wieder. Mag sein, dass das Rohypnol ihre Sinne trübte und dass sie ihre Seele längst der Biochemie verkauft hatte, wie sie selbst bekannte. Aber ihr Verstand rief ihr stets in Erinnerung, dass sie dreiundachtzig war und jedes weitere Jahr als ein Geschenk annehmen musste. Das schärfe das Gespür für letzte Wahrheiten, meinte sie und klemmte sich eine Kent zwischen die Lippen.

Jeden Tag schwelgte er mit ihr in Gefilden, die der Gegenwart enthoben waren. Die Alte, ihr weißes Haupt aufs Kissen gebettet, neben sich auf dem Nachttischchen eine Schale mit Lokum, eine Tasse Schwarztee und einen vollen Aschenbecher, redete über etwas, das sich im Ungefähren zwischen Vergangenheit und Zukunft abzuspielen schien, in einem jener unendlichen Möglichkeitsräume, die zu betreten uns so schwerfällt. Sie erzählte von der Eiszeit, von den Gespenstern, die unter dem Deckmantel des Kommunismus ihr Unwesen trieben, von einem irre gewordenen Schusterjungen, von dessen Gattin, die, ohne je einen Hörsaal betreten zu haben, nach dem Nobelpreis für Chemie gierte, von Herden zynisch kichernder Lämmer, von Legionen weißgesichtiger Verräter, aber auch von Lichtgestalten, die Deutsch sprachen und tüchtig waren, anständigen Kellnern und aufrichtigen Beamten, von Straßen voller weihnachtlich geschmückter und erleuchteter Schaufenster, von pünktlichen Zügen und unterirdischen Bankfächern. Zürich, den Namen hauchte sie voll Wehmut in die abgestandene Luft des Schlafzimmers.

»Zürich. Quelle bonheur. Diese Stadt hätte dir gefallen. Warum hast du mich nie besucht?«

Er schob die Unterlippe vor und musste an seine Reise denken, die schon einige Wochen zurücklag und ihm alles abverlangt hatte.

»Du hättest nur anzurufen brauchen. Ich hätte dir ein Visum besorgt. Es gab in Zürich ein paar Jugoslawen, die so was für zwei-, dreitausend Dollar erledigten, ein Visum mit Einladungsschreiben und allem Drumherum. Kein Schlangestehen vor der Botschaft, kein Kotau vor der Bürokratie. Diese Jugoslawen waren bewundernswert.«

Dazu fuchtelte sie mit der Hand, ohne auf die Asche zu achten, die auf die Bettdecke fiel.

»Dein Vater ließ sich nicht zweimal bitten. Kurz nach der Wende stand er vor unserer Tür. Hätte mein armer Mikail ihn nicht willkommen geheißen, hätte ich ihn zum Teufel gejagt. Schwiegersöhne sind entweder charmante Heuchler oder selbstgefällige Nichtsnutze. Wenn er wenigstens handwerklich begabt gewesen wäre. Aber du kennst deinen Vater.«

Sie zog an der Zigarette, als ob dadurch die Erinnerung an Schärfe gewänne.

»Er hat sich in Zürich aufgeführt wie ein Grandseigneur, hat bis Mittag im Bett gelegen, hat sich bei Rodica Lusztig, dieser treuen Seele, eingeschmeichelt, hat sich vor den kultivierten Emigranten aufgespielt, mit seinem Deutsch und seinem Französisch herumgeprahlt. Manchmal ist er nach Genf gefahren, zu unserer Majestät, dem königlichen Autonarr. Er hat behauptet, es gehe um Geschäfte. Was für Geschäfte? Mon dieu, ich hätte es ahnen müssen. Er hat nie auch nur einen Schluck Champagner getrunken, und er hat immer aus der Zelle telefoniert. Ach, wie dumm ich gewesen bin.«

Sie schloss die Augen und fasste sich an die Stirn, während er ihre vor sich hin glimmende Kent im Aschenbecher ausdrückte.

»Mir wäre es lieber gewesen, ihr wärt gekommen, du und

Oana, Gott habe sie selig. Sie hätte schon Jahre zuvor nach Zürich kommen sollen, noch vor deiner Geburt. Wir hatten alles geregelt. Aber dann tauchten die Kosaken in Prag auf. Oana und dein Vater mussten zurück nach Bukarest, ins Reich des verrückten Schusterjungen. Eine schreckliche Zeit. Mikail und ich haben uns während der ganzen Jahre bemüht, glaub mir. Wir haben dem Botschafter in der Schweiz tausend Briefe geschrieben, stundenlang habe ich mit ihm persönlich telefoniert, ich kannte ja seine Tante. Und Mikail hat es übers Innenministerium versucht. Aber die haben ihn nur verhöhnt, für die war er nichts als ein staatenloser Feigling. Und jetzt benennen sie ein Gymnasium nach ihm. Soll noch einer die Welt verstehen.«

Sie schüttelte den Kopf und nestelte am obersten Knopf ihres Nachthemds, als könnte sie damit einen Mechanismus auslösen, mit dem sich der Lauf der Geschichte lenken ließe.

»Oana hätte einen besseren Mann verdient gehabt. Sie war so begabt. Du hättest sie am Klavier hören sollen. Damals im Athenäum, das muss in den Fünfzigern gewesen sein. Aber da gab's dich ja noch nicht. Sie war stark. Das Gegenteil deines Vaters, der ein fadenscheiniger Mensch war. Meine liebe Oana war stark, so stark. Sie ist nicht im Krankenhaus gestorben. Das darfst du nie vergessen, Ianusch. Sie wollte nach Hause. Hier ist sie gestorben, Gott habe sie selig. Es ist eine Schande. Wenn es fähige Ärzte in diesem Land gäbe. Aber die sind genauso schlampig und korrupt. Nun, gut. Vorbei ist vorbei. Gib mir ein Küsschen, Ianusch.«

Es war immer dasselbe. Erst käute sie ihre besten Jahre in Zürich wieder, dann erinnerte sie sich an die Schattenseiten, an die Ankunft des verhassten Schwiegersohns, an dessen dubiose Geschäfte, dann trauerte sie Oana nach, ihrer einzigen Tochter, die offenbar an Krebs gestorben war, und diese Trauer mündete stets in Selbstvorwürfe, während er, der vermeintliche Enkel, im Plüschsessel neben dem Bett verharrte und insgeheim hoffte, dass sie endlich den Namen aussprechen würde, der ihn bis zur Raserei besetzte.

»Bestimmt ist Doina mal zu Besuch gekommen?«

»Du meinst, die Tochter vom Anwalt?«

»Meine damalige Freundin.«

Sie wedelte mit einer Hand vor dem Gesicht, als störte sie ein unangenehmer Geruch.

»Deine letzte Freundin war doch die kleine Eminescu. Eine eingebildete Person mit blond gefärbtem Haar und einer Quäkstimme. Die hieß nicht Doina. Letztes Mal bist du mit dieser Quäkstimme aufgetaucht, ganz sicher. Aber die Eminescus haben es auch nicht leicht. Die sind tief gefallen. Nicht unverdient, muss man sagen. Jedenfalls ist diese Quäkstimme nichts für dich.«

So oft er sich nach Doina erkundigte, nie erfuhr er etwas. Sie blieb unfassbar in jeder Hinsicht. Sie wäre längst zu einem Phantom verkommen, hätte er nicht handfeste Beweise besessen. Die Postkarten. Das Schwarzweißfoto. Immer wieder kramte er es hervor und ergötzte sich an dem bezaubernden siebendeutigen Lächeln. Immer wieder überflog er die Zeilen auf der Rückseite der Postkarten, mit denen sie ihn während seiner Reise beglückt hatte. In ihnen bekannte sie ein ums andere Mal, wie sehr sie ihn liebe, wie wichtig er ihr sei, wie untrennbar ihre beiden Schicksale verbunden seien. Sie wisse, dass sie in seiner Schuld stehe. Sie könne ihm alles erklären, wenn er denn dazu bereit wäre. Das rief er sich dauernd in Erinnerung, wenn er vom Fenster aus die Straße überblickte, die vor Ereignislosigkeit flimmerte.

Am schlimmsten waren die Abende. Er schob den Zeitpunkt, um ins Bett zu gehen, hinaus. Er tigerte zwischen Wohnzimmer und Diele hin und her und wartete darauf, dass die Alte im Obergeschoss das Licht löschte. Er ging in die Küche und schenkte sich ein Glas von dem Gesöff ein, von dem die Vladescus behaupteten, es sei selbstgebrannte Ţuikă aus Braşov. Den Fernseher rührte er schon lange nicht mehr an, und das holzverkleidete Radio gab nur ein jenseitiges Rauschen von sich. Wenn er ausnahmsweise zwischen dem Gekröse und Gejaule auf Radio Montecarlo stieß und Joe Dassins Schnulzstimme vernahm, drohte er vollends den Faden zu verlieren, der ihn mit einem Ort und einer Zeit verbinden sollte.

Am Abend wich die Vagheit jeweils einem konkreten Gefühl, Einsamkeit wäre wohl der treffendste Ausdruck dafür gewesen. Sämtliche Bücher, die im Regal standen, hatte er bereits durchgeblättert. Größtenteils wissenschaftliche Werke, darunter welche, die ein gewisser Mikail Rebreanu verfasst hatte. Leider boten sie keinen Trost. Im Gegenteil, sie beschworen eine Welt ohne Gnade. Der Anspruch der Biologie, zumal Anfang des zwanzigsten Jahrhunderts, ließ noch das wärmste Herz gefrieren. Damals gab es keine Psychologen, die Philosophen waren offenbar mit Logik und Sprachspielen beschäftigt, und so besaßen die Biologen die Deutungshoheit über den Menschen. In ihren Werken glich er einem Baukasten, seine Psyche beschränkte sich auf einen Lustschmerzkomplex, seine Bestimmung lag im Erbgut, sein Wesen unterschied sich kaum von dem eines Hefepilzes. Manchmal vermisste er die *Duineser Elegien.*

Sowie er sich im Sessel unter der Stehlampe in die Lektüre vertiefte und die Nacht von draußen gegen das Fenster drückte, befürchtete er, der sogenannte Mieter könnte erneut an die Tür pochen. Schon zwei Mal war es vorgekommen. Es gab keinen Grund, warum es nicht ein drittes Mal hätte geschehen sollen. Beim zweiten Mal, ungefähr vor einer Woche, war der Mieter nach seinem üblichen Gezeter und Gebrüll in Tränen ausgebrochen. Das hatte die Situation nur vordergründig entschärft: Die alte Rebreanu war seinen Tränen mit naserümpfender Verachtung begegnet. Der Mann hatte die Erniedrigung weggesteckt. Es war keine Macht mehr da, die ihm ein Recht gegeben oder wenigstens seinen geschundenen Rücken gestärkt hätte. Er hatte klein beigeben müssen. Nicht auszudenken, wie sich der Mieter beim nächsten Mal verhalten würde.

Er hatte ihn öfter drüben bei den Vladescus gesehen, mit dem Bauingenieur außer Diensten plaudernd, die Dackel streichelnd, den Walnussbaum bewundernd. Rund zwanzig Jahre hatte er angeblich hier gewohnt, mit seiner tauben Frau und seiner bäuerlichen Herkunft. Er dürfte die Jahre in der Gliulamila als seine besten erachten. Vermutlich wartete er nur das Eindunkeln ab, um herüberzukommen und seine Ansprüche anzumelden. Vermutlich bestärkten die Vladescus ihn darin, immerhin war dieser arme Bauer zwanzig Jahre lang ihr Nachbar gewesen, und was zum Teufel hatte die Rebreanu hier verloren, diese verwöhnte Person, die vom Elend der letzten Jahrzehnte verschont geblieben war, die ein saturiertes Leben in Zürich geführt hatte, wo bekanntlich Milch und Honig fließen, und wer weiß, ob sie nicht doch ein wenig jüdisch war. Gewiss ließ sich der Mieter aufstacheln, erst recht nach ein paar Gläsern Ţuikă. Sobald es dunkel war, würde er zuschlagen. Er würde alles tun, um die Rebreanu, die ganze Mischpoke, aus dem Haus zu vertreiben, aus seinem Zuhause, wo er zum letzten Mal glücklich gewesen war, er würde sein Heim zurückerobern, er würde die alten Verhältnisse wiederherstellen, jenes Regime, das einst das Gute nicht nur wollte, sondern auch verordnete, die Menschen nicht nur hegte, sondern in Gehege sperrte, damit Gerechtigkeit walte, wenigstens die Gerechten von den Ungerechten geschieden werden, weil Gerechtigkeit keine Übereinkunft ist, sondern ein Kampf, und kämpfen kann man nur, wenn man einen Gegner hat, und Gegner gibt es immer, und wenn die Zeit eilt, ist es klüger, erst einmal alle einzusperren, um anschließend einige als Gegner zu entlarven, nach dem Prinzip der umgekehrten Beweislast, die Unschuldsvermutung ist sowieso nur eine Erfindung des bürgerlichen Rechts, das neue Recht, das das Gute will, muss effizient sein und darf den Kampf nicht scheuen, deshalb wandern gleich von Anfang an alle erst mal ins Gehege, dann werden die Gegner bestimmt. Der sogenannte Mieter hatte damals Glück gehabt. Er hatte sich zur richtigen Zeit in der richtigen Ecke des Geheges befunden. Ihm war, so gesehen, Gerechtigkeit widerfahren. So jedenfalls sah es die Rebreanu.

Die Abende schienen kein Ende zu nehmen. Er raffte sich auf, wenn die Augen brannten und der Verstand schwächelte. Ein weiterer Tag ohne Doina, eine weitere Niederlage. Die Träume, die ihm hier Nacht für Nacht beschert wurden, waren nicht dazu angetan, ihn zu ermutigen. Stets herrschte Kälte und Düsternis, Ruinenstädte, zerbombte Hotels, winterlich verlassene Straßen, die nirgendwohin führten, weit und breit kein vertrautes Gesicht, nur vermummte Gestalten. Dennoch fiel ihm das Erwachen schwer. Es war, als könnte er das Grässliche nicht loslassen. Erst der Duft von alten Möbeln und Propangas versetzte ihn in das Haus in der

Gliulamila. Und ihm fiel ein, dass er schon seit Monaten mit einer Rohypnolsüchtigen in einer Zeitblase lebte und dass er eigentlich gar nicht der war, der hier sein sollte. Vom Bett aus erblickte er die auberginenfarbenen Vorhänge, die nur einen schmalen Streifen Hinterhoflicht zuließen. Die Reisetasche unter dem Fensterbrett erinnerte ihn an den Weg, den er zurückgelegt hatte. Und er horchte auf Geräusche, die ihm versicherten, dass die alte Rebreanu noch lebte.

Eines Morgens vernahm er aus ihrem Schlafzimmer glockenhelles Gelächter und das Klirren von Gläsern. Er schlüpfte in seine Jeans, warf sich ein Hemd über und eilte barfuß hinüber. Die Alte hockte im Bett, ein tulpenförmiges Glas zwischen Daumen und Zeigefinger, während vor dem Fenster ein Grauhaariger im eleganten Anzug eine Champagnerflasche begutachtete.

»Bonjour, mon cher Ion«, begrüßte ihn der Fremde und streckte seinen Rücken durch. Das maliziöse Lächeln kam ihm bekannt vor. Das musste der Mann sein, der ihn zum Haus geführt hatte.

»Was für ein wundervoller Tag, Ianusch. Maître Maurer hat gute Neuigkeiten.«

Er hörte gar nicht, was die Rebreanu sagte, vielmehr sah er sich durch ein Erinnerungsbild laufen, ein spätsommerlicher Morgen, er wirkt abgekämpft in seinen zerknitterten, blutverspritzten Kleidern, als er sich mit seiner Reisetasche durch das Villenviertel schleppt, links und rechts stattliche Häuser mit bröckelndem Verputz, dann eine Steintreppe hoch, entlang einer Mauer aus Zement, unter vielen Graffiti ein fünfzackiger Stern, den ihm später die Rebreanu ausreden wird. Er sah sich wieder umherirren, die Straßenschilder lesen, in die Gliulamila einbiegen, über den rissigen Asphalt, vorbei an Schlaglöchern, an bellenden Hunden und verwilderten Vorgärten, bis er auf die Nummer acht stößt. Er sah sich vor dem Gittertor stehen, die Reisetasche neben sich, die Arme um seinen Körper geschlungen, frierend, vielleicht auch fiebernd, und am anderen Ende der Straße hinter einigen Wohnblöcken die Morgendämmerung, ein in die Weite fliehender Himmel, lilafarbene Wolkenschlieren über schwarzen Stelen, die das Ende seiner Reise versinnbildlichen, einer Reise, die ihm noch in den Knochen steckt, seine linke Gesichtshälfte glüht, das Auge ist leicht zugeschwollen. Er sah sich wieder unschlüssig auf und ab gehen vor dem Haus, von dem er während der vergangenen Wochen überzeugt war, es sei sein Ziel, hier würde er Doina antreffen, hier würde er endlich erlöst werden. Er sah wieder, wie nach einer Weile ein BMW heranfährt, ein Mann steigt aus, der offensichtlich Wert darauf legt, für einen erfolgreichen Geschäftsmann gehalten zu werden, sein graues Haar sorgfältig gegelt, sein Anzug maßgeschneidert, und bevor er das Gittertor aufstößt, fällt sein Blick auf ihn, den Fremden, der in schmutzigen Kleidern auf dem Gehsteig herumlungert. Er geht zu ihm hin und hebt mit zwei Fingern dessen Kinn, als wollte er sein Antlitz ins rechte Licht rücken. Er riecht nach teurem Rasierwasser. Er lässt keinerlei Einwände gelten, sondern schiebt den Ärmsten zur Haustür hinüber und klingelt so lange, bis eine zerzauste Alte im Morgenmantel in der Tür erscheint. Hier bitte, Madame, Ihr verschollener Enkel.

»Ein famoser Augenblick«, meinte die alte Rebreanu und stemmte das Champagnerglas in die Höhe. »Maître Maurer hat heute Morgen vom Gericht den Bescheid erhalten. Die letzte Beschwerde wurde abgewiesen, das Haus gehört uns, endgültig.«

»Une belle victoire«, fügte der Anwalt hinzu und wippte auf den Zehen. »Ein Sieg, der vor allem auch dir zugute kommt, lieber Ion.«

Der Angesprochene erkannte das listige Lächeln, roch das Rasierwasser und verstand noch immer nicht, warum dieser Mann mit ihm Französisch sprach, wenn er ihn doch für Ion hielt, einen gebürtigen Bukarester.

»Die Vladescus erwarten uns um elf Uhr«, erklärte die Rebreanu. »Die haben es ja auch nicht einfach. Die müssen weiterhin für ihr Haus kämpfen.«

»Ich kann hier nicht weg«, entgegnete er. »Ich erwarte meine Freundin.«

»C'est regrettable«, bemerkte der Anwalt.

»Sie kann jeden Moment hier erscheinen.«

Maître Maurer stand dicht vor ihm. Das Dauerlächeln mutete inzwischen wie eine Verunstaltung an, die womöglich auf einen chirurgischen Kunstfehler zurückging. Und mit einem Mal hatte er das Gefühl, diesem Lächeln schon vor Bukarest begegnet zu sein. In Prag vielleicht oder in Berlin.

»Wie heißt denn die Glückliche, wenn ich fragen darf?«

»Doina«, sagte er, worauf der andere die Lippen zusammenpresste, als müsste er verhindern, laut loszuprusten.

»Verzeihung, mein Lieber. Aber du brauchst dir keine Sorgen zu machen. Doina wird sich rechtzeitig bei dir melden, ganz sicher.«

Um ein Haar hätte er sich vor den Anwalt niedergekniet und ihm die Lackschuhe geküsst. Es gab sie also, diese Doina. Und sie würde kommen. Die elende Warterei hatte sich gelohnt.

»Um elf müssen wir bei den Vladescus sein«, meinte die Rebreanu. »Genug Zeit, um zu duschen und zu frühstücken. Beeil dich, Ianusch. Und nun, Maître Maurer, erzählen Sie mir von Ihrer Tochter. Sie lebt in Genf, so viel ich weiß. Eine famose Stadt.«

Unter der Dusche kam er zur Besinnung. Zwar entzückte ihn die Aussicht, Doina leibhaftig gegenüberzutreten, aber zugleich meldeten sich Bedenken, er wusste inzwischen, dass er sie verletzt hatte, wobei, streng genommen, nicht er es gewesen war, sondern der andere, aber das hatte bisher niemanden interessiert, und so würde es wohl auch bleiben. Während das Wasser aus der Brause auf ihn herabschoss, überstürzten sich die Erinnerungen an Prag. Er hätte niemals dem Drängen dieses verrückten Cvetković nachgeben dürfen. Gleich nach der ersten Begegnung hätte er dem Spiel ein Ende bereiten sollen. Er war kein Spieler. Und erst recht kein Held.

* * *

Am Abend vor dem Symposium hatte er sich noch einmal gehen lassen. Es trieb ihn durch die schon winterlich anmutenden Gassen der Prager Altstadt. Er konnte dem Drang nicht widerstehen und betrat das Kobold. Überschwänglich begrüßte er Lenka, als stünde ihnen der letzte Abschied bevor. Die rothaarige Schönheit war von Gästen in Beschlag genommen und begnügte sich mit einem Nicken.

Während er an seinem Pastis nippte und die Seesterne betrachtete, die im Netz von der Decke hingen, schlossen sich in ihm zwei Gedanken kurz. Er hatte sich bereit erklärt, ins Hotel Nová Evropa zu gehen und Schwartz, den verhassten

Investor, abzufangen. In Wahrheit hoffte er, dort Doina anzutreffen, wie sie es ihm in ihrer Postkarte in Aussicht gestellt hatte. Es konnte kein Zufall sein, wurde ihm mit einem Schlag bewusst, dass sich Doina und Schwartz zur selben Zeit am selben Ort aufhalten wollten. Die naheliegendste Erklärung: Zwischen den beiden lief etwas. Der reiche Sack hatte Ion die Frau ausgespannt, dessen Jugendliebe, dessen Ein und Alles. Er hatte sie mit seinem Reichtum und seinem Einfluss geblendet, hatte ihr ein opulentes Leben in Berlin versprochen. Wie sollte eine junge Frau, die im sozialistischen Elend Rumäniens aufgewachsen war, einer solchen Gelegenheit widerstehen können? Mit einem Mal zeigte sich Ions Bestreben in einem anderen Licht. Seine Wut gegenüber Schwartz. Seine Reise nach Berlin. Er hatte um jeden Preis Doina zurückgewinnen wollen. Aber hatte er sie wirklich verloren? Dass sie ihm weiterhin Postkarten schickte, wäre ein Grund zur Hoffnung gewesen. Wenn er denn noch am Leben gewesen wäre.

Er hatte die vergangenen Tage nicht verplempert. Sorgfältig hatte er sämtliche Postkarten auf dem Küchentisch ausgelegt. Doinas Schrift, in der schlichte Blockbuchstaben überwogen, war leicht zu entziffern. Zwar sprach er kein Rumänisch, aber er vermutete, dass es hilfreich wäre, in einem ersten Schritt die slawischen Ausdrücke in Klammern zu setzen und die Wörter lateinischer Herkunft hervorzuheben. Letztere vermochte er größtenteils herzuleiten. Für die anderen suchte er tschechische Entsprechungen im Wörterbuch. Es entstand ein Gewebe von komischen, mitunter sinnfreien Sätzen. Zum ersten Mal hatte er das Gefühl, ein Übersetzer zu sein. Er rang darum, ein unverständliches Anliegen verständlich zu machen. Je länger er die Sätze herumschob, desto deutlicher glaubte er eine Botschaft zu vernehmen. Und dahinter kam das Bild einer Frau zum Vorschein, einer verzweifelten Frau, die ihrem Liebsten schwor, dass sie ihn niemals vergessen werde, dass das, was sie verbinde, heilig und sie sich ihrer Schuld bewusst sei, aber dass sie sich beide von den Gespenstern der Vergangenheit befreien müssten und sich endlich aussprechen sollten. Es gab einen Satz, der auf jeder Karte auftauchte. Darin das Wort *Răzbunator*. Nach seinem Verständnis war es eine Ermahnung. Doina beschwor ihn, er dürfe keinesfalls auf die anderen hören, die von Rache getrieben seien. Oder anders ausgedrückt: *Hüte dich vor den Rachsüchtigen.*

Es war nicht leicht, sich eine plastische Vorstellung von Doina und Ion zu machen. Während er von seinem Fensterplatz im Kobold aus versuchte, sich die beiden in ihrer leidenschaftlichen Zerrissenheit zu vergegenwärtigen, wurde er auf Lenka aufmerksam. Sie unterhielt sich am Tresen mit einem Glatzkopf und zwinkerte zu ihm herüber. Er verstand nicht, was sie wollte. Einige Minuten später beugte sie sich im Vorbeigehen zu ihm hinab.

»Please. Hör auf, Jan zu spielen.«

Einverstanden, dachte er. Nur ein einziges Mal noch müsste er es tun.

»Und deine Mascha ist übrigens verreist, heißt es. Nach Berlin.«

»Interessant«, bemerkte er. Dabei fiel ihm ein, dass er in letzter Zeit kaum mehr an Mascha gedacht hatte. Sie war zu einem gerahmten Bild erstarrt, das hin und wieder vor seinem inneren Auge vorüberrauschte und ein wenig Übelkeit auslöste, weiter nichts. Ihren Platz hatte längst Doina eingenommen. Sie, nur sie wollte er finden.

»Wie kommt man am schnellsten zum Hotel Nová Evropa?«, fragte er Lenka, weil er plötzlich Lust auf Smalltalk hatte oder weil ihn der Anblick ihrer rostroten Locken belebte.

»Forget it. Dort willst du nicht hin.«

»Du hältst mich wohl für einen Touristen?«

Sie zog eine ironische Schnute und eilte zum Ausschank. Dort wartete der Glatzkopf mit grimmiger Miene. Er konnte sich nicht zurückhalten und winkte ihm zu. Das war möglicherweise ein Fehler. Erst später, als er nach fünf Pastis im Pissoir stand, besann er sich. Er kannte die Visage aus dem Chapeau Rouge. Irgendwie verband er mit ihr nichts Erquickliches.

Der vierundzwanzigste Oktober war ein kühler, kristallklarer Tag. Und dieser Tag sollte der entscheidende sein, sagte er sich, während er in der roten Tram die Mánesův-Brücke überquerte. Neben ihm ein besorgt dreinblickender Schlaks, einer der beiden, die bei Pavel ein und aus gingen. Der Bursche, der sich Vojtech nannte, hatte ihn heute früh aus dem Bett geklingelt. Er hatte in der Tür gestanden, in einem taubengrauen Anzug, in der Hand einen Kleiderbügel, an dem noch mal dasselbe Modell gehangen hatte. Milo verlange das so, hatte Vojtech in seinem abgehackten Englisch erklärt. Offenbar hatte Cvetković so wenig Vertrauen zu ihm, dass er ihm einen Aufpasser zur Seite stellte. Während er eine Schmerztablette geschluckt und sich hastig das weiße Hemd und den Anzug übergeworfen hatte, war Vojtech fingernagelkauend durch die Wohnung getigert. Er hatte ihn unnötigerweise darauf hingewiesen, dass morgen Irina heimkehre. Und darin hatte die Frage mitgeschwungen, wie er jemals diesen Saustall in Ordnung zu bringen gedenke.

Auf der Kleinseite stiegen sie aus der Straßenbahn und bogen in eine steile Gasse, vorbei an Kneipen und Läden, die vor Touristen überquollen. Das war der in jedem Reiseführer empfohlene Weg auf den Hradschin. Er kam sich in seinem Anzug und dem nach hinten gegelten Haar wie ein Zuhälter vor. Nachdem sie aus dem Strom der Touristen ausgeschert und in eine ruhigere Straße abgezweigt waren, übergab ihm Vojtech ein Stoffband mit einem Badge, der ihn als Ion Rebreanu auswies, Journalist aus București.

Bis sie das beflaggte Eingangsportal vom Hotel Nová Evropa erreichten, hatte er noch gehofft, der andere würde ihn aufklären. Wie sah der Plan aus? Wann und wo würde er Schwartz ansprechen? Und vor allem, was sollte er ihm sagen? Der uniformierte Portier musterte gelangweilt die beiden grauen Anzüge. Sie durchquerten eine in vergoldetem Jugendstil gehaltene Empfangshalle. Vor dem Durchgang zum säulenbewehrten Foyer standen zwei Muskelmänner mit Mikroports sowie eine Dame im Kimono. Über ihren Köpfen hing ein Plakat mit der Aufschrift *Eastern Promises*. Das Filmische begann überhandzunehmen. Die Dame prüfte ihre Badges und glich sie mit der Einladungsliste ab. Er wurde von einem der Muskelmänner mit einem Handdetektor abgetastet, während Vojtech an seinem Krawattenknopf herumnestelte. Schließlich durften sie sich zu den anderen gesellen, die sich im Foyer aufhielten. Junge Anzugträger, Frauen in Deuxpièces, die hin und her hetzten, sich kurz gruppierten, einige Worte wechselten, Visitenkarten tauschten und wieder auseinanderstrebten, während Angestellte mit Serviertabletts um sie herumschlichen.

Er hatte das Schwarzweißbild von Doina nicht nur im Kopf, sondern auch in seiner Gesäßtasche. Ohne weiter auf seinen Begleiter zu achten, pflügte er sich durch das elegante Jungvolk, durch Parfümschwaden und Sprechwolken. Er sprach jede braunhaarige Frau an: »I'm looking for Doina.« Er erntete ein Anstandslächeln nach dem anderen, starrte auf schneeweiße Zahnreihen in makellosen Gesichtern, hörte ich wohlfeile Ermunterungen an, aber niemand konnte ihm einen Hinweis geben. Vermutlich befand sich Doina im Backstagebereich, sagte er sich. Sie brauchte sich nicht unters Fußvolk zu mischen, als Anhängsel des bewunderten Finanziers Schwartz, der hier gewiss per Hubschrauber eingeflogen worden war und mindestens die Präsidentensuite bewohnte.

Während er weitere Vermutungen darüber anstellte, auf welche Art sich Doina in dem Moment verwirklichen könnte, studierte Vojtech den auf eine Pinnwand gehefteten Tagungsplan. Heute Morgen hatten sich Leute mit mehreren akademischen Titeln ausgelassen über *The Alchemy of Finance* oder *The Age of Fallibility* oder *Open Society Endangered*. Um siebzehn Uhr war das Highlight des Symposiums angesagt: John C. Schwartz würde die Abschlussrede halten. Vojtechs Zeigefinger mit den abgekauten Nägeln deutete auf den Namen: »We will get him.« Im nächsten Moment flüsterte ihm eine Angestellte im Vorbeigehen etwas zu. Der Schlaks bedankte sich mit einem Augenzwinkern. Vergeblich wartete er darauf, dass sein Begleiter ihn einweihte. Es blieb dabei, er hatte keine Ahnung, was Cvetković und seine Lakaien vorhatten. Vielleicht gehörte das zum Plan. Vielleicht wurde er bewusst im Ungewissen gelassen. Er sollte es unwissentlich tun, genau das, was sie bezweckten.

Dass alles nach Plan lief, bezweifelte er spätestens, als er im dicht bestuhlten Saal neben dem Schlaks Platz genommen hatte und dieser entnervt auf seinem Handy herumzudrücken begann. Kein Empfang. Pech gehabt, dachte er und ging die Frauen im Publikum durch. In Gedanken hielt er ihnen das Schwarzweißbild vors Gesicht. Nirgends fand sich auch nur der Schatten einer Übereinstimmung. Vermutlich trank Doina in der Präsidentensuite ein letztes Glas Pommery, während Schwartz sich im Bad die Krawatte festzurrte und ihr androhte, dass er sie nach seiner Rede wieder einmal richtig durchficken werde. Aber nein, die beiden dürften ein anders geartetes Verhältnis haben. Vielleicht eher ein Dienstverhältnis, eine Art Begleitservice oder so. Merkwürdigerweise stellte er sich Doina als eine glückliche, in ihrem Lebenshunger unersättliche Brünette vor, wenngleich er bloß ein Schwarzweißbild von ihr besaß. Er hörte sie in einem gehetzten, das R rollenden Französisch reden, obwohl er von ihr nur Geschriebenes kannte. Längst hatte er sich ein paar Sätzchen zurechtgelegt. Er machte sich auf ein peinliches Wiedersehen gefasst, ein Rührstück voller Bedauern. Wie sich Doina mit einem Taschentuch Tränen aus dem gepuderten Gesicht tupft und seinen Namen hinschluchzt. Er hatte sich vorgenommen, sich versöhnlich zu geben, ihre Hand zu tätscheln, auf Rumänisch zu sagen, er vergebe ihr, *te iubesc*, und dann für immer aus ihrem Leben zu verschwinden. Von diesem Augenblick an würde es keinen Ion mehr geben. Die Wahrheit wäre wieder in ihr Recht gesetzt.

Vielleicht hatte er ihren Namen vor sich hin genuschelt. Vojtech schubste ihn mit dem Ellbogen an. Er sei doch mit Mascha Simotová zusammen, meinte er, ohne den Blick von der Bühne abzuwenden, wo sich ein halbes Dutzend Strahlemänner versammelt hatte. »She is wonderful, you know.« Weil er schwieg, glaubte der andere hinzufügen zu müssen: »Not for sex. It's her mind.« Schön, dachte er, vielleicht war sein Begleiter bloß ein netter Dummkopf.

Erst mussten sie den Reigen subalterner Redner über sich ergehen lassen. Ein Strahlemann nach dem anderen erhob sich, nahm das Mikrofon, wippte auf den Fußspitzen und verzapfte seine Weisheiten. Manche drohten den Saal mit einem Wust von technischen Ausdrücken und zwölfstelligen Zahlen einzuschläfern, andere redeten in einem slawisch gefärbten Englisch blühende Landschaften herbei, entwarfen zwischen Ostsee und Schwarzem Meer ein neues Land der unbegrenzten Möglichkeiten, wobei die Maßeinheit stets eine schnöde Prozentzahl war. Return on investment, you know.

Und dann war da ein besonders Adretter, der ein wenig Rensing ähnelte und das knarzende Englisch eines Schwaben sprach. Er verzichtete im Unterschied zu den anderen auf jedes kumpelhafte Getue, wollte gleich zur Sache kommen. Seine Rede leitete er mit einem Baudrillard-Zitat ein, das ihn an den verflixten Satz erinnerte: *The image that has been adjusted will not be reflected even if it is captured.* Ziel solle es hier sein, die eminente Bedeutung der Lüge im Kreditgeschäft hervorzuheben, verkündete der Drei-Viertel-Rensing. Gerade im internationalen Kreditgeschäft sei die Lüge unentbehrlich, als strategisches Mittel, um Optimismus zu generieren. Nur darum gehe es in diesem Business. Die Stimmung sei wichtiger als die Fakten. Im entscheidenden Moment gebe es naturgemäß noch keine Fakten, nur Gerüchte und Gefühle. Just in diesen Belangen sei die Lüge hocheffektiv. Gerade wenn es darum gehe, Vertrauen zu schaffen. Vertrauen sei bekanntlich die Basis des Kreditgeschäfts. Ohne Vertrauen kein Optimismus, kein Risiko und also auch kein Geschäft. Wenn die Moral im Allgemeinen die Lüge verdamme, so sei in ihrem Business die Lüge geradezu moralische Pflicht, rief der Drei-Viertel-Rensing in den Saal hinaus und schloss mit einem Nietzsche-Zitat.

»Now Schwartz will come«, flüsterte Vojtech, während er noch über die Volten des Redners staunte. In was für eine Welt war er geraten. Zugleich musste er anerkennen, dass diese Welt seiner eigenen überlegen war. Denn jene wusste mit Gefühlen wie Vertrauen, Angst oder Liebe umzugehen, sie zu bewerten und zu nutzen. Natürlich, die Gefühle haben ihren Preis, genau wie Sojabohnen ihren Preis haben, aber für den, der Geld besitzt, ist der Preis nie ein Problem, sondern die Lösung.

In John C. Schwartz musste Ion die Vervollkommnung dieses Denkens gesehen haben. Dem alten Sack war es gelungen, Doina zu kaufen. So hatte Ion begonnen, den Werdegang dieses reich gewordenen Exilrumänen auszuleuchten. Denn als ein Mensch mit reinem Herzen und gesundem Verstand wusste er, dass man niemals auf geradem Weg zu einem solchen Reichtum kam. Ion hatte sich aufgemacht, die Umwege, die klandestinen Pfade und halbseidenen Verbindungen von Schwartz aufzuspüren. In Bukarest verschaffte er sich Zugang zu längst vergessenen Archiven, blätterte in verstaubten Ordnern, las hunderte von Aktenseiten weg, bis er auf belastendes Material stieß. Bestimmt reichten Schwartz' Verstrickungen bis in die infernalischen Abgründe der Securitate hinab. Er hätte den Finsterling vor ein Gericht bringen können. Aber er war ein Romantiker, stets den Rilke in der Jackentasche, das Absolute im Hinterkopf. Ihm ging es nicht um Gerechtigkeit oder den Ruhm eines knallharten Enthüllungsjournalisten. Er wollte jenen Mann zerstören, der ihm seine Liebe gestohlen hatte. Ja, so musste es gewesen sein.

Vojtech rutschte auf seinem Stuhl hin und her, und als er sich bückte, um die Schnürsenkel zu binden, fühlte er sich vollends in einen Film versetzt. Die klassische Übersprungshandlung. Vielleicht planten sie einen Anschlag auf Schwartz, und er diente ihnen dabei als Ablenkungskasper. Vojtech, eine Hand am Halfter unter dem Hosenbein, wartete auf den Augenblick, da der gefeierte Finanzier die Bühne beträte. Er würde seine Pistole hochreißen und dem anderen das Hirn wegpusten, wie es in Filmen immer heißt. Was aber würde er tun, wenn Vojtech stattdessen ihm die Waffe hinüberreichen würde? Wahrscheinlich, er wagte es sich kaum vorzustellen, würde er das tun, was Ion getan haben würde: abdrücken.

Mittlerweile waren alle Stühle besetzt, eine seltsame Anspannung durchwirkte den Saal, die Angestellten schlossen die Flügeltüren. Er ließ Vojtechs Hände nicht aus den Augen, selbst als der Saal in ein Halbdunkel versank. Eine Videoprojektion brachte wieder Licht ins Geschehen. Das raubvogelhafte Gesicht eines Mittsechzigers war auf einer Leinwand zu sehen, grobkörnig, verzittert, der weiße Haarschopf ruckelte hin und her, ebenso die altersfleckigen Hände am unteren Bildrand, die Mimik abgehackt, wie computergeneriert, einzig der Blick aus gelblich grauen Augen blieb unverwandt auf die Zuschauer gerichtet, eindringlich, hartnäckig, aber nicht besonders neugierig, eher wie ein satt gefressener Habicht, während aus Lautsprechern eine metallische Stimme zu hören war, Sätze in einem schnoddrigen Englisch, allerdings nicht synchron zum Lippenspiel des verpixelten Antlitzes, was einen Verfremdungseffekt erzeugte, eine winzige Verschiebung, als befände sich John C. Schwartz in einer Parallelwelt. Er sprach von Freiheit, Vernunft, Eigenverantwortung und seinem Erfolgsgeheimnis. Er rühmte sich, ein Weißer Ritter zu sein. Die Fältchen in seinen Augenwinkeln spannten sich, als wollte er gleich loslachen oder zuschnappen. Er warnte vor dem entfesselten Kapitalismus, ebenso vor dem Rückfall in den Staatssozialismus. Er wedelte mit dem Zeigefinger, verdammte alle Zyniker dieser Welt und erinnerte daran, dass es immer einen dritten Weg gebe. Unmöglich, dachte er fassungslos. Vergeblich suchte er in dem überdimensionierten Videogesicht wenigstens den Anstrich von etwas Abgründigem.

Vojtech hatte sich erhoben. Er stolperte hinter ihm her zwischen den Stuhlreihen hindurch aus dem Saal. Im Foyer wandte sich der Schlaks entnervt an die Angestellte, die ihm zuvor etwas zugeflüstert hatte. Vermutlich hatte sie ihn gewarnt, John Calin Schwartz würde gar nicht leibhaftig erscheinen, sondern nur eingespielt werden. Vermutlich hatte er das falsch verstanden. Er klopfte dem Schlaks aufmunternd auf die Schulter: »Maybe next time.« Gleich darauf wurde ihm bewusst, dass, wo kein Schwartz war, höchstwahrscheinlich auch keine Doina anzutreffen war. Und bis morgen Abend müsste er die Wohnung geräumt haben.

Es war merkwürdig. Sie hatten eine Niederlage erlitten, jeder auf seine Weise. Der Plan war nicht aufgegangen, die Zielperson nicht erschienen, dennoch fanden sich danach alle in geeinter Feierseligkeit wieder, in einem Privatclub namens Masaryk, nur eine Gasse unterhalb des Hotels Nová Evropa.

Cvetković empfing seine beiden Lakaien freudestrahlend. Er lud sie ein, es sich in der Lederpolstergruppe gemütlich zu machen. Ihnen gegenüber ein Kamin, in dem ein künstliches Feuer loderte. Aus einem Nebenraum war Technomusik zu hören. Eine langbeinige Bedienung brachte eine Flasche Wodka und eine Schale voller Amselköpfe.

»Iwan, my friend. Du hast guten Willen gezeigt. Das ist schon viel.«

Cvetković zwinkerte unter seinem Panamahut hervor und hieb mit der flachen Hand auf Kulischs Oberschenkel.

»No problem. Die wichtigste Regel lautet: If you fail, try again.«

Cvetković wieherte in den Raum hinaus, und Vojtech fühlte sich bemüßigt mitzulachen, während er auf einem Amselkopf herumkaute. Er hatte den ganzen Tag nichts gegessen.

»No problem«, wiederholte Cvetković und kraulte seinen Bart. »Schwartz hat offenbar Angst. Er traut sich nicht, seine Berliner Festung zu verlassen. Das ist gut. Normalerweise haben Verräter keine Angst, nicht wahr? Das zeichnet sie ja gerade aus.«

Er nickte und staunte weiterhin über die ausgelassene Stimmung. Zugleich spürte er, dass sein Hemd und die Anzugsjacke komplett verschwitzt waren. Er ekelte sich vor seinem eigenen Geruch. Trotzdem stopfte er eine von Speckstreifen umwickelte Dörrpflaume nach der anderen in sich hinein.

»Listen, Iwan.«

Bevor Cvetković weiterredete, schickte er Vojtech zur

nächsten Sitzecke hinüber. Dort unterhielten sich, wie er erst jetzt erkannte, der andere Schlaks und die katzengesichtige Blondine.

»Keine Ahnung, was Schwartz dir angetan hat. Ich weiß nur, dass wir beide dasselbe wollen. Den Schweinehund zur Rechenschaft ziehen. That's it.«

Cvetković stürzte ein Glas Wodka hinunter und lehnte sich in die Lederpolster zurück.

»Du denkst, es geht mir nur ums Geld. Not at all, my friend.«

Seine beste Zeit habe er in den Achtzigern in Zürich erlebt, begann Milo Cvetković, und in seinen glasigen Augen flackerte das künstliche Kaminfeuer. Er erzählte von einer Gruppe staatenloser Emigranten. Ostgoten, wie die Schweizer sie nannten. Sie trafen sich regelmäßig in der Bodega, einer verqualmten Taverne in der Zürcher Altstadt, und redeten sich die Köpfe heiß, während draußen der Kalte Krieg herrschte, die Angst vor den Kommunisten und alles.

In jener Zeit sei jeder gewissermaßen im Exil gewesen, bemerkte Cvetković mit einem erratischen Lächeln. Sie, die sogenannten Ostgoten, genossen ihr Zürcher Exil, nicht nur des leckeren Rotweins und des harten Frankens wegen. Sie wiegten sich dort in Sicherheit, in falscher Sicherheit, wie sich herausstellen sollte. Unzählige Abende verbrachten sie an ihrem Stammtisch in der Bodega, jammerten über die Zeitläufte, beklagten das Schicksal ihrer Heimat, erfreuten sich an ihren Erfolgen und spotteten über die helvetischen Behörden, die bei der Hausverwaltung und dem Arbeitgeber laufend Erkundigungen einholten und manchmal sogar in Müllsäcken herumschnüffelten.

Ja, sie hätten viel gelacht, bekannte Cvetković und zupfte an seinem Bart. Neben ihm, dem Jugoslawen, waren da György Fennesz, ein ehemaliger Zeitungsredakteur aus Pécs, sowie einige Rumänen, namentlich Petre Stoian, ein Veterinärmediziner aus Iaşi, und die wunderbare Rodica Lusztig, eine Pianistin aus Bukarest. Jeder von ihnen hatte sich in seinem Emigrantenalltag eingerichtet, Fennesz arbeitete für eine Computerzeitschrift, Stoian in einer exklusiven Tierarztpraxis, Rodica erteilte den Sprösslingen reicher Familien Klavierunterricht, und er, Milo Cvetković, hatte als Maschinenbauingenieur einen Lehrauftrag an der ETH. Manchmal gesellten sich noch andere dazu, Tagelöhner, Sozialfälle, Flüchtlinge, die einst ebenfalls aus dem Osten in den Westen aufgebrochen waren. Doch der harte Kern bestand aus Fennesz, Stoian, Lusztig und ihm. Zusammen saßen sie Abend für Abend im hinteren Teil der Taverne und diskutierten bei Zigaretten und Wein über alles, was das Ostgotenherz bewegte. Nie sprach jemand über die konkreten Umstände seiner Flucht.

Ein ungeschriebenes Gesetz, betonte Cvetković und schüttete bereits den nächsten Wodka in sich hinein. Ende der Achtziger kam vermehrt die Politik ins Spiel. Es brodelte im Osten, die Sowjets ließen die Zügel schleifen, die Vasallen von Riga bis nach Varna begehrten auf, wandten sich gegen ihre Einparteienregime, die sowieso längst abgewirtschaftet hatten. Im Westen redeten die Medien von Revolution, und die Öffentlichkeit klatschte begeistert. Im Osten hingegen ahnte man, dass von Revolution nicht die Rede sein konnte. Es gab ja niemand, der eine Idee hatte, was zu tun sei.

Ob Fennesz oder Stoian zum ersten Mal den Dritten Weg erwähnt habe, könne er nicht mehr sagen, räumte Cvetković ein und betupfte sich die Stirn mit einer Papierserviette.

Aber einmal ausgesprochen, erinnerte sich jeder, schon davon gehört zu haben. Der Dritte Weg. Ach ja, Tito hatte das arme Jugoslawien darauf getrimmt, Gaddafi sein Libyen. Es hatte den Prager Frühling gegeben. Vor allem Ota Šik, der damals eine neue Wirtschaftsverfassung für die Tschechoslowakei entworfen hatte und inzwischen ebenfalls ein Ostgote im Schweizer Exil war. So wurde der Dritte Weg Anfang der Neunziger zum vorherrschenden Thema an ihrem Stammtisch in der Bodega. Sie waren sich einig, dass nun unbedingt ein neuer Weg beschritten werden musste. Sie verstiegen sich gar zu der Überzeugung, dass gerade sie mit ihrem Hintergrund, den unfröhlichen Lebensjahren im real existierenden Sozialismus sowie den Erfahrungen im kapitalistischen Exil, dazu prädestiniert waren, einen solchen Weg vorzuzeichnen. Viel weiter ging ihre Einigkeit allerdings nicht. Während der etwas verkopfte Fennesz wie auch die eher musisch versierte Rodica weiterhin einer sozialistischen Gesellschaft nachhingen, waren Stoian und er, Cvetković, überzeugt, dass mit Sozialismus stets Einparteiendiktatur und Planwirtschaft einhergingen. Ein Dritter Weg konnte nicht vom Sozialismus aus gedacht werden. Ota Šik zum Beispiel amtete zu der Zeit als Professor an der Sankt Galler Handelshochschule, der Brutstätte des Neoliberalismus schlechthin. Sie stritten sich viele verrauchte Nächte lang über eine ziemlich wolkige Idee.

Bis eines Abends Schwartz an ihrem Tisch gestanden habe, meinte Cvetković und schob sich den Panamahut in den Nacken, als strenge ihn das Erinnern an. Es war die gute Rodica Lusztig, die ihn in ihre Runde einführte. Sie kannte Schwartz' Schwiegereltern, wohlhabende Rumänen, die längst die Schweizer Staatsbürgerschaft sowie eine edle

Wohnung am Fuß des Zürichbergs erworben hatten. Calin Schwartz gefiel sich in großbürgerlichem Habitus, wobei die Grenze zum Angeberischen fließend war. Von der ersten Sekunde an mischte er sich in ihre Gespräche ein. Er behauptete, ein echter Verfechter des Dritten Wegs zu sein, und pries den Prager Frühling, den er nach eigenem Bekunden von Nahem erlebt hatte, mitsamt dem Geschepper der russischen Panzer. Er hielt mit seiner Meinung nicht zurück. Den Freunden am Stammtisch gab er unumwunden zu verstehen, dass er sie für eine Bande schöngeistiger Schwätzer hielt. Fennesz und Stoian, die stolz auf ihre kleinen Emigrantenkarrieren waren, ärgerten sich über diesen dahergelaufenen Rumänen, der sich eine solche Meinung anmaßte. Aber, wo er recht hatte, hatte er recht. Es sei schon zu lange geredet worden, warf ihnen Schwartz vor, jetzt müsse gehandelt werden, der Dritte Weg komme nicht von selbst.

Ob ihm der Begriff *Agent provocateur* geläufig sei, fragte Cvetković zu ihm hinüber, dem die Amselköpfe schwer im Magen lagen. Immerhin müsse man Schwartz zugestehen, dass er ihre Runde aufgemischt habe. Über ihrem Stammtisch in der Bodega, zwischen Rauchschwaden und verschwurbeltem Gerede, nahm allmählich eine Idee Gestalt an. Der Dritte Weg erhielt Ecken und Kanten und eine praktische Verankerung. Mit einem Mal erschien dieser Weg begehbar. Das war Schwartz' Verdienst, keine Frage. Und schon bald gehörte er zu ihnen, obwohl ihn niemand eingeladen hatte. Wer war er überhaupt? Während sie, die eingesessenen Emigranten, Stoian, Fennesz und Rodica Lusztig, ihrer Arbeit nachgingen, vertrödelte Schwartz seine Zeit in der Wohnung am Zürichberg. Niemand wusste, wie er seinen Lebensunterhalt bestritt. Keiner wunderte sich darüber, dass er jeden Abend hellwach in ihrer Mitte saß und Espresso trank, während sie schweren spanischen Wein in sich hineinkippten, bis ihre Ostgotenköpfe ebenso schwer wurden.

Ein *Agent provocateur*, wiederholte Cvetković und hieb mit der Faust auf den Tisch. Eines Abends habe er sie dazu überredet, eine Gesellschaft zu gründen, die sich der Etablierung des Dritten Wegs annehmen sollte. Er hatte bereits Verbindung mit einem Schweizer Notar aufgenommen und schlug als Namen *OST Investments* vor. Sie dachten sich nichts dabei, selbst als er ihnen die Gesellschaftsstatuten vorlegte, die jeden von ihnen zu einer finanziellen Beteiligung verpflichtete. Der Zweck klang vernünftig. Die Gesellschaft setzte sich zum Ziel, die Ausbildung und Fortbildung junger Akademiker in Osteuropa zu unterstützen und dabei das Bewusstsein für Freiheit und Verantwortung zu wecken und den Mut zur Eigeninitiative zu fördern und so weiter. Mit Hilfe von OST Investments sollten auf höchst subtile Weise die Ideale des Dritten Wegs in die Tat umgesetzt werden. Taten statt Worte lautete die Parole. Keiner von ihnen wollte als Schwätzer dastehen. Also griff einer nach dem anderen auf sein Erspartes zurück und verschob einige tausend Schweizer Franken auf das Konto der neu gegründeten Gesellschaft.

Um die hunderttausend Franken dürften zusammengekommen sein, meinte Cvetković und gab ein seltsames Kichern von sich, obwohl ihm der jahrzehntealte Schmerz anzusehen war. Später wollte György Fennesz aufgefallen sein, dass Schwartz überhaupt nie einen Tropfen Alkohol zu sich genommen hatte. Und es stimmte auch, dass er seinen Hass gegen Kommunisten und besonders gegen die Russen, diese unverbesserlichen Bolschewiken, stets zu theatralisch vorgetragen hatte. Und er beherrschte ein paar Fremdsprachen zu viel für einen einfachen Ingenieur aus Bukarest.

Ach ja, im Nachhinein sei man immer klüger, bemerkte Cvetković und schwenkte das Wodkaglas vor seiner Nase. Natürlich erscheine Schwartz im Nachhinein wie der Prototyp des Spitzels. Sein öliger Charme, wie er den Damen die Hand geküsst habe, sein Hang zu hochtrabenden Phrasen, sein Raubvogelblick, noch wenn er sich vertrauensselig gegeben habe. Cvetković hielt inne und tippte mit dem Finger gegen die Brust seines Gegenübers. Er selbst habe ihm von Schwartz' Kontakten zur Securitate erzählt. Vermutlich habe ihn die damalige Regierung nach Zürich geschickt, um die Diaspora auszuhorchen. So was habe er, der gute Iwan, doch mal angedeutet.

Längst schon hatte er genug gehört. Er wollte nicht tiefer in die Sache hineingezogen werden. Während der bärtige Jugoslawe an seiner Geschichte weiterstrickte, sah er sich nach einem Ausweg um. Die Musik im Nebenraum war lauter geworden. In einer Spiegelwand waren tanzende Gestalten zu erkennen. Und irgendwann verzogen sich Vojtech, der andere Schlaks und die Blondine ebenfalls dorthin. Er wäre ihnen gerne gefolgt, aber Cvetkovićs Leidensgeschichte nahm kein Ende. Er erzählte, dass Schwartz plötzlich untergetaucht war, mit allem Geld und allen Unterlagen, die OST Investments betrafen. Gleich darauf wurde er, Milo Cvetković, ein unbescholtener Dozent für Maschinenbau, auf eine Polizeiwache geführt. Er wurde der verbotenen politischen Betätigung bezichtigt. Ausländern war es in der Schweiz strengstens untersagt, in irgendeiner Form politisch aktiv zu werden. Ein Flugblatt genügte, die Teilnahme an einer Versammlung, Geldspenden erst recht. Die Zürcher Polizei war im Besitz von Überweisungsbelegen, die sie nur von Schwartz haben konnte.

Er versuchte, sich aus dem Ledersofa hochzustemmen, und fiel wieder in die Polster zurück, während Cvetković schilderte, wie das Unheil über ihn hereingebrochen war, wie er seinen Lehrauftrag an der ETH verlor, seine Aufenthaltsgenehmigung, sein Schweizer Exil, das ihm längst zur zweiten Heimat geworden war.

Er müsse mal frische Luft schnappen, murmelte er und stützte sich auf den Tisch ab, gerade als in seinem Blickfeld ein Pärchen auftauchte. Mascha und der glatzköpfige Bursche. Im Vorbeigehen deutete sie ein Lächeln an.

»Maschinka«, stieß Cvetković hervor und schaute ihr mit verschwommenem Blick nach. »Eine tolle Frau. Pass gut auf sie auf.«

Er sackte auf das Sofa zurück, stammelte etwas, während der andere einen Arm um ihn legte und ihn an sich drückte, wie der Vater seinen verloren geglaubten Sohn in einer vorabendlichen Schmonzette.

»Du weißt doch, was jetzt zu tun ist?«

»Nein«, gestand er.

»Schwartz, dieser feige Schweinehund, verschanzt sich in seinem Bau. Du wirst also noch mal nach Berlin fahren. Mascha wird dich begleiten.«

Er sah den anderen entsetzt an.

»Unmöglich«, brachte er hervor.

»Iwane. Ich bin nicht kleinlich, you know. Aber inzwischen schuldest du mir eine schöne Stange Geld. Und Mascha sehnt sich so nach Berlin.«

Vorsichtig löste er sich aus Cvetkovićs Umarmung, erhob

sich und wankte zum Nebenraum hinüber, wo er im Spiegel den Glatzkopf um Mascha herumhüpfen sah. Hinter sich hörte er Cvetković rufen: »If you fail, try again.«

Der Abend im Masaryk, das war zu spüren, barg noch etwas, das sich entladen musste. Etwas Tiefsitzendes drängte mit aller Wucht an die Oberfläche. Es folgte ein komischer Ringelreihen im Diskobereich. Alle tanzten im Spotlichtgeflacker zu knatternden Technobeats, gaben sich dem Tanz hin, als könnten sie so ihr Scheitern vergessen machen. Auch er bewegte sich seinem Zustand entsprechend taumelnd, schwankend, hin und her gerissen, er wollte auf keinen Fall nach Berlin zurück, er wollte mit Mascha reden, aber nicht nach Berlin, er wollte weg, aber niemals zurück, und möglichst im Takt, einen Fuß vor den anderen, so pirschte er sich an Mascha heran, bis ihm ein umherhüpfender Vojtech den Weg versperrte, beim zweiten Versuch stolperte der andere Schlaks mit ausgebreiteten Armen dazwischen, beim dritten hakte sich Cvetković bei ihm unter und schunkelte über den Tanzboden, und selbst die katzengesichtige Blondine wippte um ihn herum, als wollte sie ihn in Schach halten, wo er sich doch nichts weiter wünschte, als wenigstens einen Satz mit Mascha zu wechseln, einen ehrlichen Satz, aber sie wussten es zu verhindern, alle miteinander, als hätten sie sich abgesprochen, stets war jemand zur Stelle, fuhr jemand dazwischen, sie schotteten Mascha ab, unmöglich, an sie heranzukommen, obwohl sich ihre Blicke kreuzten, immer öfter, was ihn bestärkte, nicht aufzugeben, trotz des Knatterns und Flackerns rundum, und die Sätze lagen ihm schon auf der Zunge, der ganze Text, den er zu sprechen hatte, Mascha, du weißt doch, dass sich jeder nur um sich selbst dreht, jedes Wort ist geschenkt, jede Geste nachgeahmt, jede Haltung geliehen oder gekauft, jeder müht sich nur seinetwegen ab, erklimmt die Stufen einer Leiter, die nirgendwohin führt, schon gar nicht in den Himmel, Mascha, jeder redet und redet, jeder redet sich um den Verstand und übersieht dabei die Tatsache, dass Schweigen der innigste Ausdruck des Lebens ist, denn wer reden muss, um zu leben, fürchtet den Tod, dem natürlich stets ein Leben vorausgeht, mag sein, dass im Anfang das Wort war, aber es schränkte uns von Anfang an ein, das Wort will erst gedacht, dann erhört werden, es bedeutet Unfreiheit, erst wenn wir schweigen, Mascha, sind wir frei.

Als er sich ein weiteres Mal an die um sich selbst drehende Mascha herantanzte, stampfte der Glatzkopf dazwischen, rückte mit energischem Armzucken und angedeuteten Kopfhieben immer dichter an sie heran, was Vojtech und Cvetković entweder nicht bemerkten oder aus unerfindlichen Gründen hinnahmen, und irgendwie ahnte er, dass es besser wäre, es ihnen gleichzutun, aber diese Ahnung konnte sich nicht durchsetzen, nicht gegen seine pompöse Zuversicht, die wohl dem Wodka geschuldet war, seinen eingetrübten Sinnen, und so tänzelte er in die schmaler werdende Lücke zwischen Mascha und dem Glatzkopf, der keine Zehntelsekunde zögerte, als er ihn erblickte, ihn einen Scheißzigeuner schimpfte und Geld verlangte, zweitausend Korun, er solle auf der Stelle seine Schulden begleichen, und da er mit dem Rücken zur Spiegelwand stand und nur den Kopf schüttelte, stürzte sich der andere auf ihn, stieß ihn gegen die Wand, so dass der Spiegel zersprang, und Myriaden von Splittern ergossen sich über den Tanzboden, und er spürte auf sich das Gewicht des Berserkers, der von den

Umstehenden Honza gerufen wurde, und er, Kulisch, der hingenommen hatte, dass sie ihn für Iwan, Jan oder Ion hielten, ahnte, dass die Stunde der Wahrheit gekommen war, dass er nun den Preis dafür bezahlen sollte, sich etwas geliehen zu haben, das ihm nicht zustand, und er hätte in dem Moment das Geliehene gerne zurückgegeben, aber es war niemand da, außer diesem Honza, der mit wutverzerrtem Gesicht auf ihm lag, und verschiedene Hände griffen nach dessen Schultern, und irgendwann gelang es Vojtech, den Tobenden hochzureißen, so dass er, Kulisch, sich ebenfalls erheben, die Scherben aus seiner Anzughose klopfen konnte und nebenbei registrierte, dass der andere Schlaks sein Handy gezückt hatte, dass Cvetković einen Arm um Maschas Schultern gelegt hatte und dass aus der Tiefe des Raums die langbeinige Bedienung herbeigeeilt kam und etwas krächzte, was Vojtech ablenkte und den glatzköpfigen Honza ermutigte, sich erneut auf Kulisch zu werfen, diesmal mit einem Griff an die Kehle, und wieder lagen sie beide am Boden, und bevor Kulisch keine Luft mehr kriegte, flehte er Mascha an: »Sag ihnen, wer ich bin.«

FW Tegel, 31. Dezember

Der fünfte Tag stand unter ungünstigen Vorzeichen. Zum einen hatte man mir heute früh die neuesten Ergebnisse der Ermittlung mitgeteilt. Es hatte tatsächlich im April einen Unfall an der besagten Ecke der Prenzlauer Allee gegeben. Ein Fußgänger sei von einem Lastwagen angefahren worden und habe dabei tödliche Verletzungen erlitten, so der zuständige Beamte. Es müsse von einem Selbstverschulden ausgegangen werden. Leider habe das Unfallopfer bis dato nicht identifiziert werden können.

Zum anderen war das gestrige Gespräch schlecht verlaufen, so schlecht, dass ich mich genötigt gesehen hatte, es abzubrechen. Bei der Schilderung der Prügelei im Privatclub hatte er die Beherrschung verloren. Er war mit rot geflecktem Gesicht und geballten Fäusten vom Stuhl aufgesprungen, und sein Blick hatte zu flackern begonnen, wie wenn er eine Reihe von Fehlzündungen erleiden würde. Nach der Injektion von Faustan hatte er sich so weit beruhigt, dass ihn die Beamten abführen konnten.

Ich war allein im Zimmer zurückgeblieben, vor mir das Aufnahmegerät sowie die zwei leeren Pappbecher. Gleich darauf war Siegwart mit triumphierender Miene aus dem Nebenraum herübergekommen. Eine klassische psychogene Fugue, hatte er ausgerufen. Es sei evident, dass der Explorand in Folge eines Traumas aus seiner Biographie ausgebrochen, quasi vor sich selbst davongelaufen sei. Worin denn dieses Trauma bestehen sollte, hatte ich gefragt. Der Kollege hatte sein Kinn gereckt. Der Explorand habe doch seine Freundin Julia als hochgradig depressiv beschrieben. Er habe von Suizidversuchen gesprochen. Sehr wahrscheinlich sei sie tot, hatte Siegwart im Brustton der Überzeugung erklärt. Also bitte, hatte ich erwidert, wir hätten keinerlei Hinweis für einen Selbstmord Julias. Das Problem unseres Mannes sei nicht die Verdrängung, sondern das Konfabulieren. Ob er jemals Alfred Döblins Dissertation gelesen habe? Natürlich wusste ich, wie empfindlich der Kollege reagierte, wenn man bei ihm eine Wissenslücke offenlegte. Aber ich konnte mir nicht helfen, er ging mir auf die Nerven mit seiner psychogenen Fugue. Siegwart hatte einige Male geschnaubt und sich mit den Worten verabschiedet: Es wäre eine Schande, wenn ich diesen schönen Fall versemmeln würde.

Wie erleichtert war ich, als mein Mann nun pünktlich im Zimmer 103 erschien. Seine Augen waren verquollen, seine Stimme klang belegt, aber insgesamt machte er einen erholten Eindruck.

»Sie müssen entschuldigen«, meinte er gleich. »Ich habe mich gestern ein wenig echauffiert.«

»Dafür gibt es bestimmt gute Gründe.«

»Ich bin an eine Grenze gestoßen. Eine sehr schmerzhafte Grenze.«

»Ihr Lügengebäude drohte einzustürzen«, unterbrach ich ihn. Ich durfte ihn nicht weiter schonen. Die Zeit arbeitete definitiv gegen uns.

»Wie bitte?« Er starrte mich entgeistert an. »Ich habe nie gelogen. Weder damals noch jetzt. Das Ganze war ein Missverständnis, das auf einer blöden Verwechslung beruhte. Aber

alle nahmen diese Verwechslung dankbar an und hielten an ihr fest. Ich brauchte nichts zu tun. Oft war mir, als hätten sich alle heimlich darauf geeinigt. Ich sollte Ions Wiedergänger sein. Manchmal habe ich das Gefühl, Sie denken genauso. Gerade Sie müssten doch wissen …«

»Sie verkennen meine Aufgabe. Ich muss nicht entscheiden, wer Sie sind. Ich beurteile lediglich Ihre Glaubwürdigkeit.«

Er warf sich gegen die Stuhllehne und presste ein Lachen aus sich heraus.

»Glaubwürdigkeit. Was für ein drolliges Wort.«

Natürlich musste für einen, der Rilke anbetete, meine Sprache seelenlos klingen. Und andersrum bildete er sich gewiss etwas auf seine Ausdrucksweise ein. Er begriff nicht, dass der Inhalt unseres Gesprächs völlig zweitrangig war. Er glaubte im Ernst, ich würde all seinen Schilderungen folgen und mich durch sie beeindrucken lassen. Ein Missverständnis, um seine Lieblingsfloskel zu benutzen. In erster Linie bestand meine Aufgabe darin, ihm gegenüber am Tisch zu sitzen, seine Augenbewegung zu verfolgen, seine Mimik und Gestik zu deuten und aus ihnen auf seine inneren Widerstände zu schließen. Ich war so gesehen weniger ein Zuhörer als ein Beobachter.

Er hatte sich Mineralwasser eingeschenkt und starrte regungslos in den Becher. Ich versuchte, ihn zurückzuholen.

»Und wie ist es ausgegangen?«

»Was?«

»Sie haben gestern geschildert, wie es in jenem Club zu einer Rauferei kam. Jemand hielt sie für Ion Rebreanu. In der Not baten Sie Mascha darum, Ihre wahre Identität preiszugeben. Oder habe ich das falsch verstanden?«

Er atmete einige Male tief durch, und ich konnte zusehen, wie sein Blick über die Tischplatte hetzte, als suchte er einen Halt.

Schließlich entdeckte er meinen Terminkalender. Er beugte sich vor und tat überrascht.

»Heute ist der 31. Dezember«, rief er aus. »Wo werden Sie Silvester feiern? Bei Freunden? Im Kreis Ihrer Familie?«

»Ich muss arbeiten.«

»An Silvester? Das ist ein Skandal. Oder handelt es sich um einen Notfall?«

»Das hängt ganz von Ihnen ab.«

Er brauchte einige Sekunden, um zu verstehen, was ich meinte. Er sank ein Stück tiefer in seinen Stuhl, fuhr sich mit beiden Händen übers Gesicht und wirkte mit einem Mal sehr aufgeschmissen. Er konnte einem wirklich leid tun. Allerdings war Mitleid in meinem Pflichtenheft nicht vorgesehen. Zumal die Zeit gegen uns spielte. Selbst nachdem er das Datum bemerkt hatte, schien er nicht zu begreifen, was uns blühte. Schon Morgen würde das neue Gesetz in Kraft treten, das ihn und auch mich in eine ungewisse Freiheit entlassen würde.

»Erzählen Sie doch bitte, wie die Geschichte in Prag ausgegangen ist«, verlangte ich und schob das Aufnahmegerät zu ihm hinüber. »Hat diese Frau Ihren Namen genannt?«

»Diese Frau? O ja. Selbst eine Mascha besaß, wenn nicht ein Herz, so doch eine Art Gewissen. Sie konnte ja unmöglich zulassen, dass der Irre mich vor aller Augen erwürgte. Was tat sie, die gute Mascha. Sie deutete auf mich und rief: Er ist nicht Jan. Der Kerl lockerte den Würgegriff und blinzelte. Er gleicht ihm, sagte Mascha, aber er ist ein anderer. Im Hintergrund liefen Gäste durcheinander, jemand gackerte, Cvetković ballte die Fäuste und erging sich in Verwünschungen, der Glatzkopf erhob sich, schaute verdattert um sich, aber ich hatte nur mehr Augen für Mascha. Endlich standen wir uns gegenüber. Sie war wirklich eine bezaubernde Frau. Sie fuhr mit der Fingerspitze

über meinen Hals, der noch schmerzte. Wenn ich wolle, komme sie mit, sagte sie mit einer überraschend weichen Stimme. Plötzlich waren draußen eine Polizeisirene und quietschende Autoreifen zu hören. Die Bullen, rief jemand. Alle stürzten davon. Mascha zog mich an der Hand hinter sich her, durch einen Korridor zum Hinterausgang. Sie hat mich gerettet.«

Ich sah ihm in die Augen und trommelte mit den Fingern auf die Tischplatte. Er sollte keinesfalls denken, dass er mich mit solchem Gesülze abspeisen konnte.

»Vielleicht habe ich in dem Moment gar nicht mehr an Doina und Ion gedacht. Ich glaube, mir genügte es, an Maschas Seite einzuschlafen. Und am nächsten Tag wollte ich meine Sachen in der Anenská holen und zusammen mit ihr nach Berlin fahren. Das wollte ich wirklich.«

»Was hat Sie daran gehindert?«

Er setzte zu einem Satz an, stockte und warf mir einen argwöhnischen Blick zu.

»Es waren zwei Dinge. Ich erwachte neben Mascha, sah ihr schlafendes Gesicht, war glücklich, aber zugleich … Es erinnerte mich an den Tod …«

Er drückte Daumen und Zeigefinger in seine Augenhöhlen. Bevor ich nachhaken konnte, fuhr er angestrengt fort.

»Und als ich zum letzten Mal die Wohnung in der Anenská betrat, lag auf der Fußmatte eine Postkarte. Natürlich von Doina. Sie schlug ein Treffen in Bukarest vor.«

»Sie schlüpften erneut in die Rolle des Ion Rebreanu, wenn ich es recht verstehe?«

Ihm war anzusehen, wie er mit sich rang. Vermutlich der innere Kampf zwischen Wahrheit und Dichtung. Und ich wusste, wie gefährlich dieser Kampf war. Erst im Wahn lösten sich jene beiden Kategorien auf.

»Sie verstehen es nicht«, stieß er hervor.

»Was meinen Sie genau?«

»Ich war besessen von dem Gedanken. Ich meine, diese Vorstellung. Dass ich Doina die Möglichkeit bieten konnte, sich mit einem Toten auszusöhnen. Im Grunde würde ich so den Tod überlisten. Das wäre die entscheidende Wiedergutmachung meines Lebens. So dachte ich jedenfalls.«

»Aber Sie wurden eines Besseren belehrt?«

»Erst in Bukarest. Der Besuch bei den Vladescus. Der brachte alles ins Wanken.«

Von außen hatte das Haus der Vladescus auf ihn stets wie ein ausgemusterter Bunker gewirkt. Er konnte kaum erwarten, es von innen zu sehen. Einmal die nach Mottenkugeln riechende Diele betreten, fühlte er sich in eine byzantinische Teestube versetzt. Auf dem Boden wie an den Wänden alte Teppiche, der Flur mit antiken Truhen verstellt, darauf Zierkissen und verschnörkeltes Geschirr, in einer Glasvitrine reihten sich düstere Ikonen. Mittendrin stand die bucklige Doamna Vladescu mit einem Zähneblecken.

Die Rebreanu, die sich einen Pelzmantel übergeworfen hatte, nur um die Straße zu überqueren, umarmte sie. *Dragostea mea.* Zwischen den beiden war nicht die geringste Spur jener Feindseligkeit zu erkennen, die er dauernd zu spüren vermeint hatte. Zum einen eine alte Rumänin, der vergönnt gewesen war, sich im beschaulichen Exil entfalten zu dürfen, als Professorengattin und gerngesehene Kundin in den Juweliergeschäften an der Zürcher Bahnhofstrasse; zum anderen eine alte Rumänin, die den unberechenbaren Launen Ceaușescus ausgesetzt gewesen war, unzählige Stunden ihres Lebens vor der Fleischerei für ein Schweinsfüßchen gewartet hatte, ihren Mann beinah verloren hätte, weil er einmal mit einem Dreitagebart am Arbeitsplatz erschienen war. Nun umklammerten sie sich und überschütteten sich gegenseitig mit Schmeicheleien, wobei beide in viel höheren Stimmlagen als gewöhnlich sprachen.

Während sich die beiden säuselnden Alten in die Küche

entfernten, spürte er in seinem Rücken die Hand des Anwalts, die ihn sanft zum Esszimmer hinüberlenkte. Auf einer Chaiselongue döste Domnul Vladescu, ihm zu Füßen einer seiner Dackel. Eine Frau mit einem hochgesteckten Haarzopf hockte am Tisch vor einer Kaffeetasse und einem vollen Aschenbecher. Sie hob kurz den Blick: »Bună ziua.«

Das sei Rodica Lusztig, flüsterte ihm Maître Maurer zu. Er, den sie weiterhin für Ion hielten, konnte nur verlegen lächeln. Domnul Vladescu, vom umherwitternden Dackel geweckt, blinzelte in die Runde, grummelte und ließ sein Doppelkinn wieder auf die Brust sinken.

»Scuză-mă, Ianusch«, begann Rodica und griff nach einer Zigarettenschachtel.

Sie wolle sich entschuldigen, übersetzte der Anwalt, nachdem er sich so nah zu ihm hingesetzt hatte, dass der Mund fast sein Ohr berührte. Und ihn beklemmte der abgründige Verdacht, Maurer wisse schon lange, dass er gar nicht Ion sei. Warum sonst sähe er sich gezwungen, das, was die Frau sagte, für ihn ins Französische zu übersetzen.

Ach, sie hätte niemals nach Prag kommen sollen, meinte Rodica und zündete sich eine Kent an. Es sei ein Fehler gewesen, die Synagoge aufzusuchen. Eine Idee seines Vaters. Sie sei ja nur seinetwegen in Prag gewesen. Er habe sich so gewünscht, dass er, Ianusch, zu ihm nach Berlin fahre. Um sich endlich auszusprechen. Was hätte es ihn gekostet? Zum ersten Mal blickte sie aus ihren traurig grünen Augen zu ihm, dem falschen Ion, dem schwummerig wurde, weil er dauernd Maurers Stimme im Ohr und dessen Rasierwasser in der Nase hatte.

Er, Ianusch, den sie als sanftmütigen Menschen kenne, habe sich gegen seinen Vater gewandt, erklärte sie und wischte den Lippenstift vom Zigarettenfilter. Er mache einen Fehler, wenn er glaube, sein Vater habe ihn im Stich gelassen und vergnüge sich in Berlin und sei womöglich schuld am Tod von Oana. Alle wüssten doch, dass sie nicht aus Gram gestorben sei, sondern an Magenkrebs. Im selben Moment räusperte sie sich, als wollte sie ihre letzte Äußerung zurücknehmen. Er müsse seinen Vater verstehen, fuhr sie leiser fort. Wie schlimm es für ihn sei, dass sein einziger Sohn sich auf die Seite seiner Gegner geschlagen habe. Nicht nur dass er mit der Tochter von Bohumil Simota, diesem Falschspieler, anbändle, sondern sich obendrein mit Cvetković anfreunde, jenem tobsüchtigen Jugoslawen. Wobei Maître Maurer an dieser Stelle ergänzte, die arme Frau übertreibe ein wenig.

Sie kenne Milo Cvetković aus der Zeit in Zürich, sagte sie, hustete und drückte die Zigarette im Aschenbecher aus. Bestimmt habe sie ihm, dem lieben Ianusch, schon mal die Geschichte von den fidelen Emigranten erzählt, von ihren legendären Abenden in der Bodega, ihren Besäufnissen, ihren Hasstiraden, ihrem Selbstmitleid. Als Ausländer in der Schweiz hätten sie natürlich unter staatlicher Beobachtung gestanden, das habe jeder gewusst. Dennoch hätten sie sich nach einigen Flaschen Rotwein regelmäßig dazu hinreißen lassen, politische Reden zu schwingen, gegen den Kommunismus, gegen den Kapitalismus, für einen neuartigen Sozialismus, den Dritten Weg und so fort. Sie schüttelte den Kopf und fingerte an ihrer Tasse, während Maître Maurer mehrmals verächtlich schnaubte.

Sie sei damals als Klavierlehrerin zu den Leuten nach Hause gegangen, berichtete Rodica weiter. Zu den schwerreichen, im Grunde verschlossenen Zürcher Familien, die am sonnenbeschienenen Hang über dem See wohnten. Auf dem Rückweg schaute sie manchmal bei den Rebreanus vorbei. Stella, seine liebenswerte Bunică, machte ihr türkischen Kaffee und tischte Lokum auf. Eines Tages saß dort ein eleganter Herr auf dem Sofa, ein Rumäne mit tadellosen Manieren. Stella stellte ihn als ihren Schwiegersohn vor: Calin Schwartz. Es war offensichtlich, dass die gute Stella ihn nicht leiden konnte. Vielleicht nahm sie es ihm übel, dass er den Tod ihrer Tochter Oana nicht verhindert hatte. Aber, großer Gott, rief Rodica aus, wie hätte er das anstellen sollen? Während sie sich weiter ereiferte und Maître Maurer ihm Satz für Satz einflüsterte, fühlte er, den sie für Ion hielten, sich mit einem Mal schwach. Vor seinen Augen begann es zu flimmern. Die Bilder, die er sich von Ion und Schwartz gemacht hatte, wurden durchgeschüttelt, verwischten sich, lösten sich auf. Alles verhielt sich ganz anders. Er war sein Sohn. Unmöglich, dachte er und schaute über seine Schulter zu Maurer, der ihn mit einem mitleidlosen Blick ermahnte, sich bloß nicht zu verraten. Er war längst Maurers Handpuppe geworden.

Ja, es stimme, fuhr Rodica fort und kippte den Kaffeesatz aus der Tasse in den Unterteller. Sie habe Calin ins Bodega geschleppt und den anderen vorgestellt, Cvetković, Stoian, Fennesz und wie sie alle hießen. Calin war ein Emigrant wie sie. Im Unterschied zu ihnen hatte er allerdings den Umsturz im Ostblock am eigenen Leib erfahren. Es war nur verständlich, dass er die Dinge anders sah, dass seine Wut konkreter war, seine Träume stärker in die Zukunft drängten. Der Dritte Weg, diese Idee gefiel ihm, aber er sah darin vor allem einen Anlass zum Aufbruch. Sein Verständnis von Freiheit war nicht von rotweinseliger Sentimentalität eingetrübt. Freiheit verstand er als Aufforderung zu handeln. Im Nu hatte er eine Firma gegründet, OST Investments. Einzig mit einer Firma kam man an öffentliche und private Gelder, die unerlässlich waren, um den Dritten Weg voranzubringen. Das leuchtete allen ein. Ja, alle hätten dieses Vorgehen genial gefunden, bekräftigte Rodica. Niemand sei gezwungen worden mitzumachen. Maître Maurer stockte mit der Übersetzung, und er, der nicht länger für Ion gehalten werden wollte, beobachtete, wie Rodica Lusztig mit dem kleinen Löffel im Kaffeesatz herumstocherte, als suche sie nach etwas so Kostbarem wie der Wahrheit.

Calin Schwartz sei ein Getriebener, meinte sie und betrachtete die schwarzen Schlieren auf dem Unterteller. Was habe man ihm nicht alles vorgeworfen. Am schwersten wogen die angeblichen Kontakte zur Securitate. Ende der Sechziger wurde er auf der Flucht nach Prag festgenommen, wie jedermann wusste. Dadurch wurde er natürlich erpressbar. Die Securitate nahm ihn in die Mangel. Er widersetzte sich: Niemals würde er Leute bespitzeln. Aber es war zu spät. Er steckte bereits in der diabolischen Securitate-Falle. Wenn man sich weigerte, für sie zu arbeiten, streuten sie das Gerücht, man würde für sie arbeiten. Arbeitete man tatsächlich für sie, würden sie alles daran setzen, dass es niemand erfahren würde. Nun solle er mal überlegen, forderte Rodica ihn mit erhobenem Zeigefinger auf. Alle hätten seinem Vater stets unterstellt, für die Securitate zu arbeiten. Was folgte daraus? An dieser Stelle konnte sich Maître Maurer ein Räuspern nicht verkneifen.

Es habe die absonderlichsten Gerüchte gegeben, meinte sie weiter und steckte sich die nächste Kent an. Manche wollen ihn während der sogenannten Revolution gesehen haben.

In einem der verrammelten Wohnblöcke nahe des Universitätsplatzes. Calin zusammen mit den unsichtbaren Heckenschützen, jenen sagenumwobenen schwarzen Kämpfern, die angeblich unverwundbar waren und das Land in ein Chaos zu stürzen versuchten. Heute wisse jeder, dass es sich bei ihnen um afrikanische Söldner gehandelt habe, fügte sie hinzu, ein Geschenk von Gaddafi an seinen bedrängten Freund Ceaușescu. Aber damals hielt man die Schwarzen für unverwundbare Bestien, die in den Geheimlabors der Securitate herangezüchtet und zur Vernichtung Rumäniens abgerichtet worden waren. Ein Verschwörungsquatsch, wie er nur hierzulande entstehen könne, bemerkte Rodica kopfschüttelnd. Und in diesen Quatsch hinein stopfte man Calin Schwartz. Irgendwie musste er mit den apokalyptischen Schwarzen unter einer Decke stecken. Nomen est omen, nicht? Das sei so unsinnig, rief sie aus, wie überhaupt das meiste, das in den Köpfen der Rumänen herumspuke. Während sie sich weiter in Rage redete, wurden Maurers Übersetzungen leiser und unvollständiger. Ihre letzten Sätze brauchte er gar nicht mehr zu erläutern. Sie hämmerte mit ihrer kleinen Faust auf den Tisch: Cvetković wie auch alle anderen hassten Calin Schwartz, weil er jüdisch sei. Das sei die Wahrheit.

»Stai liniștit«, befahl unvermittelt die alte Rebreanu, die schon eine Weile auf der Türschwelle gestanden haben musste. Maître Maurer sprang auf. Domnul Vladescu, von dem es immer geheißen hatte, er sei ein Spitzel, schreckte in der Chaiselongue auf, was den Dackel zum Kläffen brachte. Er, der nicht länger Ion sein wollte, hatte sich ebenfalls erhoben. Ihm reichte es. Als er sich an Rodica vorbeischleichen wollte, ergriff sie seine Hand und zog ihn zu sich heran.

Te rog, Ianusch. Er habe ihr in Prag gestanden, er sei der kleinen Simotová verfallen. Also solle er zu ihr zurückkehren, flüsterte sie ihm zu, wobei er sie ohne Übersetzung verstand. Hier sei er den Rachsüchtigen ausgeliefert, er solle sich vor ihnen hüten. Es war ungefähr der Satz, den er auf Doinas Postkarten gelesen hatte.

Später, als sie vor dem Haus der Rebreanu standen, druckste Maître Maurer herum. Das sei natürlich alles sehr peinlich gewesen. Diese alten, abgeschmackten Geschichten. Rodica Lusztig habe ihren Familiennamen wirklich nicht verdient. »Le mal des exilés«, sagte der Anwalt und pochte mit den Fingerknöcheln auf die Motorhaube seines BMW. Aber er, der liebe Ion, dürfe keinesfalls den Mut verlieren, seine Doina werde sich sehr bald bei ihm melden, dann werde er die Wahrheit erfahren. Welche Wahrheit, wollte er wissen. Doch der geschniegelte Anwalt hatte sich bereits abgewandt und schickte sich an, in seinen Wagen zu steigen.

Er, der nicht länger Ion sein mochte, fühlte sich allein gelassen unter dem weit aufgefächerten Himmel Bukarests. Andererseits trösteten ihn Maurers Worte. Im Grunde versicherten sie ihm, dass er richtig entschieden hatte, als er Prag wegen Doina verlassen hatte. Der lange Weg nach Bukarest, die Strapazen, die Verletzungen. Das alles sollte nicht vergebens gewesen sein.

* * *

Auf dem abgeranzten Sitz eines Sechserabteils hatte er das goldene Prag verlassen. Raus aus der böhmischen Senke wie aus einer Wahnvorstellung. Ein Dahingleiten durch eine immer flacher werdende Landschaft. Er blickte auf die vorbeiziehenden Dörfer und Felder hinaus und schmeckte auf seinen Lippen Maschas Essenz. Etwas anderes wollte und konnte er sich nicht vergegenwärtigen.

Ihm schräg gegenüber, hinter einer *Gala,* hüstelte eine ältere Dame mit Topfhut, draußen auf dem Gang lehnte ein Junge mit Kopfhörern gegen das Fenster und zählte die Strommasten. Er war zu erschöpft, um seine Entscheidung zu bereuen. Mascha und er hatten sich für fünfzehn Uhr am Bahnhof Holešovice verabredet, sie hatten den Eurocity über Dresden nach Berlin nehmen wollen. Nun saß er im Dacia Express nach Bukarest.

Natürlich war er dankbar gewesen für das Doppelbett in der leeren Wohnung, wohin Mascha ihn nach der Schlacht im Masaryk entführt hatte. Was hatte er nicht alles durchgestanden: Er hatte sich auf einem Symposium unter lauter smarte Wirtschaftskrieger gemischt, Cvetkovićs Erinnerungssuada erduldet und wäre danach beinahe von einem Tobsüchtigen erwürgt worden. Die tapfere Mascha hatte ihn gerettet. Er war sich wie ein Held vorgekommen, der im falschen Stück spielte. Er hatte seine Rüstung, den nach Schweiß riechenden Anzug, abgelegt. Nie wieder kämpfen, hatte er sich geschworen und sein Gesicht in nach Holunder duftenden Laken vergraben. Mascha hatte sich an ihn geschmiegt. Zwischen ihnen plötzlich eine nie für möglich gehaltene Zärtlichkeit. Wie sie sich gestreichelt und geküsst und ihre Körper ineinander verschränkt hatten. Vom Endorphinrausch benommen, hatte er gebettelt, noch viele Nächte mit ihr verbringen zu dürfen. Aber sicher, hatte sie ihm zugeflüstert, sie würden ja zusammen nach Berlin fahren. Gleich morgen, mit dem Eurocity um fünfzehn Uhr zehn. Das hatte ihm auf Anhieb eingeleuchtet. Warum nicht diesen Augenblick in die Ewigkeit verlängern, warum nicht zusammenziehen, den Rest des Lebens gemeinsam verbringen?

Am nächsten Morgen war er vor ihr erwacht. Er hatte ihr Schlafgesicht betrachtet, diesen Ausdruck einer in sich ruhenden Frau, nur zwei Handbreit von ihm entfernt. Sie hatte vor sich hin geschnurrt; das hätte er niedlich finden können. Stattdessen hatte ihn etwas Furchtbares eingeholt. Alles, was sie in den vergangenen Wochen erlebt und einander angetan hatten, hatte sich zu einem Gefühl geballt, das ihn zu zerreißen drohte. Da war die Vertrautheit gewesen, die Leidenschaft, zugleich ein Geschmack, wie wenn man eine Schmerztablette zu lange auf der Zunge behielt. Je länger er auf das Antlitz der schlafenden Mascha gestarrt hatte, desto übler war ihm geworden. Das hatte weniger mit ihr als mit jemand anderem zu tun, hatte er gleich geahnt. Dieses vollkommen regungslose Gesicht, der schlaffe Körper, der angewinkelte Arm, kalkweiß, blutleer. Ein überbelichtetes Bild war in ihm aufgestiegen. Er hatte es nicht länger aufhalten können. Julia hat sich verwirkt. Ein Gedanke, der noch nicht die Kraft einer Gewissheit besaß, aber mit jeder weiteren Sekunde zu einer zu werden drohte. Julia ist tot. Er hatte es mehrmals vor sich hin gewispert, während er sich angekleidet und ständig zum scheinbar leblosen Körper hinübergeschielt hatte. Julia ist tot. Er hatte es denken müssen und allmählich begriffen, als er mit einem Kugelschreiber auf einen Zettel schrieb: *Fünfzehn Uhr, Holešovice, in Liebe.* Vielleicht hatte er in dem Moment gehofft, der Wahrheit zum wiederholten Male zu entkommen.

Der Dacia Express drang weiter in das ehemalige Kaiserreich vor, überwand unsichtbare Grenzen, nach der Tschechei die Slowakei, schließlich Österreich, Wien, ein sich verlaufendes Häusermeer vor einer lilafarbenen Abenddämmerung. Ein kurzer Halt, eine Unruhe im Gang, eine Durchsage in jenem unverwechselbaren näselnden Deutsch. Danach setzte der Zug seine Fahrt fort, durchquerte die Puszta, die sich in ihrer legendären Ödnis nach allen Seiten hin ausdehnte. Eine Weite, die alles offenließ, also keinen Halt gewährte, Schwindel erregte.

An Mascha musste er denken, die trotz ihrer Familiengeschichte friedlich in dem zerwühlten Bett geschlafen hatte. Genau wie Julia. Nur dass diese sich für den ewigen Schlaf entschieden hatte. Die Wahrheit zulassen, sagte er sich, gerade als der letzte Glimmer der Dämmerung verschwand. Schwarze Wolken türmten sich in den Nachthimmel, die unendliche Weite erhielt ein Höhe und zwangsläufig eine Tiefe. Hatte er sich richtig entschieden, fragte er sich und bemerkte, dass die Dame hinter ihrer *Gala* zu ihm herüberlinste. Von außen gesehen, das war ihm klar, hatte er sich falsch entschieden. Gegen Mascha. Gegen die konkrete, leibhaftige Mascha. Für ein ätherisches Wesen namens Doina. Er hatte eine aufkeimende Liebesgeschichte geopfert für ein Versprechen, das auf die Rückseite einer Postkarte gekritzelt und, streng genommen, nicht einmal an ihn gerichtet war.

Den Weg von Maschas Bett bis in die Anenská hatte er schlafwandlerisch zurückgelegt. Er hatte seine Wohnung betreten, die gar nie seine gewesen war. Am selben Abend noch würde die rechtmäßige Bewohnerin zurückkehren, wie man ihm mehrfach eingetrichtert hatte. Doch die Kraft hatte gefehlt, Ordnung zu schaffen. Das verdreckte Geschirr im Spülbecken, die ausgetrunkenen Wodkaflaschen hinter dem Vorhang, die undefinierbaren Krümel auf dem Sofa, im Schlafzimmer. Er hatte seine und Ions Sachen zusammengepackt. Erst beim Hinausgehen hatte er auf der Fußmatte die Postkarte entdeckt. Seine Hand hatte gezittert. Brâncușis Endlossäule wie üblich. Die vertraute Schrift auf der Rückseite. Doina entschuldigte sich dafür, dass es in P. nicht geklappt habe. Sie schlug für den ersten Freitag im November ein Treffen in B. vor, im Haus der Bunică. Ihre Botschaft zu entschlüsseln, war ihm leicht gefallen. Natürlich war mit B. nicht Berlin, sondern Bukarest gemeint. Dort musste es eine Bunică, also Großmutter, geben. Die wohnte, wie er sich erinnerte, in einer Straße namens Gliulamila. *Am ersten Freitag im November* war eine Datumsangabe, die ohne leicht zu entziffernde Zahlen auskam. Doina fühlte sich anscheinend bedroht. Er hatte nicht zweimal überlegen müssen. Er war mit der Straßenbahn statt nach Holešovice zum Hauptbahnhof gefahren. Das sei nun mal seine Pflicht, hatte er sich immerzu ermahnt. Das sei er Ion schuldig.

Schon wieder streifte ihn der Blick der Dame, die ihm im Abteil schräg gegenüber saß. Ihr Lächeln war gütig, fast mitleidig. Und er begriff, dass er eben vor sich hin genuschelt hatte. In der Fensterscheibe erspähte er das ausgezehrte Gesicht jenes Mannes, den er auf dem Gehsteig in der Prenzlauer Allee hatte liegen sehen. Zum Glück war einer Spiegelung nie zu trauen. Aber hätte die Dame ihn gefragt, wer er sei, hätte er in jedem Fall lügen müssen. Wie hatte es nur so weit kommen können? Er tröstete sich mit dem Gedanken, dass er frühmorgens in Bukarest sein würde. In seiner Reisetasche hatte er sämtliche Postkarten, die bewiesen, dass er für eine gute Sache unterwegs war. Er wurde gebraucht. Er fühlte sich zwar fremd in seiner Haut, aber er hatte ein Ziel: Bukarest, seine Bunică, die kleine heile Welt der Gliulamila.

Als er auf den Gang hinaustrat und sich an dem Jungen

mit den Kopfhörern vorbeidrückte, spürte er die Wirkung der unaufhaltsamen Geschwindigkeit. Er schunkelte sich bis zum Speisewagen durch und setzte sich an einen freien Tisch. Während er die Karte studierte, tastete er heimlich nach den Geldscheinen in seiner Hosentasche. Mehr als eine Kartoffelsuppe konnte er sich nicht leisten. Der Kellner näherte sich schon, da entdeckte er am anderen Ende des Wagens einen Mann mit Strohhut, der über einen Teller voller Gulasch gebeugt war. Er sprang auf und eilte davon. Wahrscheinlich vertrieb sich Milo Cvetković seine Zeit in Wirklichkeit woanders. Aber zumindest die Angst vor ihm war nicht eingebildet und schon gar nicht unberechtigt.

Als er mit seiner Reisetasche die Wohnung in der Anenská verlassen hatte, war er im Innenhof auf Pavel Marincek gestoßen. Der hatte ihn nicht wie üblich mit »Jan, my friend« begrüßt, sondern nur kühl gemustert, dabei seinen Werkzeugkasten hin und her geschwenkt. Kulisch hatte mit dem Gedanken gespielt, den lieben Nachbarn zu bitten, Mascha am Bahnhof in Holešovice abzuholen. Ein dummer Gedanke. Außerdem war er überzeugt, dass sich Mascha allein in Berlin durchschlagen konnte. So kompliziert war Berlin nicht. Pavel hatte sich kopfschüttelnd abgewandt und war davongetrottet. Erst als Kulisch das Tor aufgestoßen hatte, hatte er gehört, wie ihm der andere zurief: Cvetković kenne keine Gnade. Nichts anderes hatte er erwartet.

Er kehrte ins Abteil zurück, und die Dame mit dem Topfhut hob rasch die *Gala* vors Gesicht. Der Junge mit den Kopfhörern hatte die Beine auf den Sitz gelegt. Kulischs Blick fiel wieder auf die durchscheinende Gestalt in der Fensterscheibe. Er sah wirklich nicht gut aus. Die halblangen Haare hingen ihm in fettigen Strähnen in die Stirn, und dahinter rumorte es. Er hätte die Wahrheit niemals zulassen dürfen. Denn darauf folgte unweigerlich die Erinnerung.

Die schlimmste aller Erinnerungen: Wie er an jenem Novemberabend nach Hause kommt, Julia zusammengekrümmt auf dem Bett vorfindet, ähnlich wie beim letzten und vorletzten Mal, als sie eine halbe Schachtel Rohypnol mit Rotwein hinuntergespült hatte, mit dem Ergebnis, dass das Kissen und ihr T-Shirt von Erbrochenem durchtränkt und er vor Panik kaum im Stande war, die Hundertzwölf zu wählen, die Adresse zu buchstabieren und unendliche Minuten lang zu warten, ohnmächtig, neben der besinnungslosen Liebsten, von der ein widerlicher Geruch ausging, bis der Notarzt erschien, Entwarnung gab, daraufhin alle zusammen mit Blaulicht ins Krankenhaus fuhren, wo der Magen der Liebsten ausgepumpt und eine ambulante Therapie verordnet wurde, womit alles wieder von vorne beginnen durfte, der Frust, der Selbsthass, der notorische Ausspruch, sie habe sich verwirkt, bis zu jenem eisigen Novemberabend, als er sie zum dritten Mal so antrifft, diesmal ohne das Erbrochene, was ihm erst gar nicht auffällt, weil ihm der Anblick in seinen Grundzügen vertraut ist, er den Schockmoment kennt, das Ganze für den dritten Versuch hält, das eigene Leben auf die Probe zu stellen, und daher vielleicht etwas trödelt, unnötigerweise erst seine Jacke an den Garderobenständer hängt, bevor er die Hundertzwölf wählt und am Telefon vielleicht zu ausführlich die Umstände beschreibt, aber dann vor Eintreffen des Notfallwagens bemerkt, dass der dunkle Fleck auf der Bettdecke nicht von Erbrochenem stammt, sondern von Urin und dass das fahle Gesicht der Liebsten anders als die letzten Male um die Mundpartie herum pflaumenblau ist und dass sich ihre Lippen gerade so weit aufklemmen lassen, dass er mit zwei Fingern in ihren Rachen hineingreifen und die Zunge hervorpulen kann, dabei aber keine Atemgeräusche vernimmt, auch nicht, als er sie schüttelt und anschreit und er mit einem Schaudern begreift, bevor es der Notarzt einige Minuten später aussprechen wird, dass sie tot ist.

Er musste in seinem Sitz eingenickt sein. Der Dacia Express stand still, die ältere Dame und der Junge waren verschwunden. Draußen verloren sich mehrere Gleise in einer apathischen Dunkelheit. Er stolperte durch den Gang an den leeren Abteilen vorbei, stieß die Wagentür auf, blickte nach links und rechts und sah nichts, was ihn ermutigt hätte. Ein Bahnhofshäuschen, irgendwo ein Schild, auf dem *Lőkösháza* stand. Unter einer grellen Laterne auf dem Bahnsteig versuchte ein Uniformierter, sich eine Zigarette anzustecken.

Kulisch rief nach ihm. Der gebügelte Mann rührte sich nicht, paffte selbstgenügsam vor sich hin. Ob der Zug bald weiterfahre, erkundigte sich Kulisch. Der andere rückte sein Käppi zurecht und kam widerstrebend näher.

Hier sei das Ende, meinte er in einem stumpfen Englisch. Welches Ende, fragte Kulisch. Der andere fuchtelte mit seinem Glimmstengel. Dort drüben sei nicht mehr Europa, dort beginne das Reich der Barbaren. In einiger Entfernung waren Lichter einer Ortschaft auszumachen.

Curtici, sagte der Uniformierte und pustete auf die glühende Spitze seiner Zigarette. Zu Fuß eine gute halbe Stunde. Er kramte eine Schachtel Marlboro hervor, zupfte eine heraus und bot sie Kulisch an. Ob er Rumäne sei, wollte er wissen. Kulisch verneinte, aber gestand, dass er unbedingt nach Bukarest wolle. Der andere klopfte ihm auf die Schulter. In zwei Stunden komme hier ein Güterzug vorbei, der nach Arad fahre. Von dort könne er per Anhalter weiter.

Kulisch versuchte, sich seine Verzweiflung nicht anmerken zu lassen. Er holte seine Reisetasche. Hey, my friend, rief ihm der Uniformierte hinterher. Er solle sich vor den Zigeunern in Acht nehmen.

Er ließ das jämmerliche Bahnhofsgebäude hinter sich, ebenso das Plakat, auf dem die Sterne der Europäischen Union prangten. Die Grenze konnte nicht weit sein. Er überquerte eine Gleiswüste, stampfte durch den Schotter, tauchte tiefer in die Dunkelheit ein. Der Nachthimmel war noch immer voller Wolken, ab und an wurden sie auseinandergerissen, ein talggelber Mond kam zum Vorschein und erhellte eine platte Landschaft, die aus Wiesen und Äckern bestand, nichts weiter.

Der beste Weg war, den Schienen zu folgen, sagte er sich und watete durch kniehohes Gras. Der Tragriemen der Reisetasche schnitt in seine Schulter ein, seine Augen tränten, und schon bald hatte er den Eindruck, die Distanz zu den Lichtern von Curtici würde sich gar nicht verringern. Es war auf beängstigende Weise absurd: Er marschierte in die richtige Richtung, aber er kam den Lichtern von Curtici nicht näher.

Nach einer Weile erspähte er zu seiner Linken einen orangefarbenen Punkt, den er als Feuerstelle deutete. Er vernahm Musik und Stimmen. Ohne zu zögern, verließ er den Schienenstrang und stolperte einen Trampelpfad lang. Er konnte es nicht länger vor sich verhehlen: Er war erschöpft, sehr hungrig und kurz davor zu verzweifeln.

Am Ufer eines Baggersees vergnügten sich Leute um ein Feuer herum. Aus einem Ghettoblaster dröhnte Technomusik, was Kulisch aus unerfindlichen Gründen beruhigte. Im Grunde hatte er nichts zu verlieren, das war sein Vorteil, das wusste er eigentlich seit langem, aber er hatte bisher nicht gewagt, es sich in dieser Schärfe einzugestehen. Denn spitzte man diesen Gedanken zu, könnte man glatt Julias Schicksal folgen.

Er wankte unbeachtet über den Kieselstrand. Ein Junge in Lederjacke winkte ihn zu sich. Mit seinem glänzend schwarzen Haar und den Kulleraugen sah er wie ein Inder aus, streckte ihm eine Dose Red Bull entgegen. Nicht gerade das, wonach ihn dürstete. Wie sollte er sich verständlich machen? Er bewegte die Hand zum Mund und schmatzte. Der Junge lief zu einer dicken Frau, die neben einem Rollkoffer auf einer Isomatte kauerte. Schwerfällig erhob sie sich, kramte etwas aus dem Koffer und wankte zu dem ungebetenen Gast hinüber. Im Hintergrund zappelten Gestalten zur Musik, und etwas abseits waren die Umrisse eines Esels zu erkennen.

Kulisch hatte sich hingehockt und lehnte gegen seine Reisetasche. Der Geruch des Feuers, die Musik, das Gejohle dieser fröhlichen Menschen. Ihm gefiel der Gedanke, dass er nichts zu verlieren hatte. Die Dicke musterte ihn aus tollkirschfarbenen Augen, während sie den Deckel eines Einweckglases aufschraubte. Es war das Leckerste, das er seit langem zu sich genommen hatte. Ein Mus aus Auberginen, Paprika, Tomaten und Zwiebeln. Noch die letzten Spuren kratzte er mit dem Finger aus dem Glas. Die Dicke klatschte in die Hände, der Junge streichelte ihm über das Knie. Ein Kerl mit beachtlicher Wampe hatte sich zu ihnen gesellt. *Eat the rich.* Oder etwas Ähnliches sagte er und entblößte beim Lachen mehrere Metallzähne.

Zigeuner, dachte Kulisch, das müssen Zigeuner sein. Der Gedanke beunruhigte ihn nicht eine Sekunde lang. Er nahm alles dankbar hin. Selbst als der Junge an seinen Jeans herumzupfte, die er sich von Ion geliehen hatte. Kein Problem, aber er wollte die Jeans nicht hergeben und schon gar nicht gegen eine giftgrüne Trainingshose eintauschen. Der Junge hatte mehrere Kleidungsstücke über seinen Arm drapiert und redete auf Kulisch ein, bis die Dicke ihm einen Klaps auf den Hinterkopf verpasste. Der Junge raffte seine Ware zusammen und zog sich schmollend zurück. Kulisch gab zu verstehen, dass er auf der Suche nach einer Mitfahrgelegenheit sei. Nach București? Die Frau faltete die Hände über ihrem Busen und stöhnte. Der Kerl mit den Metallzähnen schwenkte mit dem Arm in der Gegend herum. Dort drüben sei eine Straße, meinte er in einem verkümmerten Englisch. Ob sie sich hier schon in Rumänien befänden, wollte Kulisch wissen. Die anderen starrten ihn an, als hätte er gestern mit morgen verwechselt. Sleep here, schlug der Kerl vor und deutete auf die Isomatte. Vielleicht in einem nächsten Leben, murmelte Kulisch, schulterte seine Reisetasche und verneigte sich vor seinen Gastgebern.

Erst jetzt stellte er fest, dass um das Feuer herum gar keine Zigeuner tanzten. Vielmehr handelte es sich um Jugendliche in modischen Klamotten, Sonnenbrille im Haar, fiebriges Blitzen in den Augen. Aufgekratzte Burschen, die mit gereckten Fäusten umherhüpften, dürre Blondinen, die mit ihren kleinen Hintern wackelten, im Takt des immer gleichen Musikstücks, wie er es aus dem Chapeau Rouge kannte. Zwischen ihnen standen wuschelköpfige Männer in abgerissenen Windjacken, stierten in die Flammen und rieben sich die Hände. Sie hatten wohl den ganzen Tag Reisig gesammelt und gegen Abend einige radioaktiv verseuchte Heringe aus dem Tümpel gefischt. Es waren zwei Welten, die sich überlagerten. Sie wussten nichts voneinander, aber sie teilten sich denselben Ort zur selben Zeit, ein Lagerfeuer am Ufer eines Baggersees, irgendwo im Grenzgebiet, im Niemandsland.

Das Letzte, woran sich Kulisch erinnerte, war eine phosphoreszierende Kühlbox, die in der Nähe des Esels stand. Einer scherte aus der Tanzrunde aus und holte sich aus der Kühlbox ein Red Bull. Ob heute noch jemand Richtung Bukarest fahre, fragte Kulisch den Mittzwanziger, der in seinem hellblauen Hemd und dem geleckten Scheitel eigentlich ganz vernünftig wirkte. Statt eine Antwort zu geben, lachte er ihm ins Gesicht. Vielleicht gerieten sie darüber in Streit. Vielleicht aber begleitete er ihn bis zur Straße. Vielleicht war zuvor schon etwas schiefgelaufen. Lauter Möglichkeiten, die für immer im Dunkeln bleiben sollten.

Irgendwann beugt sich ein Mann mit einem wächsernen Gesicht über ihn.

»Pennst du, oder was?«

Er erschrickt, spürt den kalten Asphalt unter sich und stützt sich auf die Ellbogen.

»He, du«, stammelt er, aber er kommt nicht weiter. Es ist, als hätte er rohen Brotteig im Mund.

»Du brauchst nichts zu sagen. Das alles hier ist erbärmlich genug«, meint der andere, streicht sich die halblangen Haare hinters Ohr und setzt sich auf einen Klappstuhl, der mitten auf der mondbeschienen Fahrbahn steht.

»Ja, du«, stößt er hervor, weil er diesen anderen erkennt. Die Ähnlichkeit ist offensichtlich, das Gesicht mit dem ungesunden Teint, die ausgeprägten Stirnknochen, der Schwung der Brauen über den tiefliegenden Augen.

»Ich weiß, wer du bist«, ruft er und ahnt zugleich, dass er das nicht erwähnen sollte.

Der andere schaut ungeduldig nach links und rechts, bohrt mit dem kleinen Finger im Ohr und meint: »Du hast schönen Mist gebaut.«

»Das ist dein Mist«, entgegnet er und beschließt, am Straßenrand liegen zu bleiben.

»Jetzt bin ich an allem schuld? Guck dich doch mal an. Deine Hose, deine Schuhe, deine ramponierte Fresse.«

»Irgendwas tut immer weh«, sagt er.

»Plattitüden. Typisch für einen Übersetzer. Du hast jede Menge fertige Sätze im Kopf. Aber sobald du dich bekennen müsstest, bleibst du stumm wie eine Aubergine.«

Eine urmenschliche Wärme durchströmt ihn, eine tiefe Genugtuung. Wenngleich der andere sich keine Mühe gibt, zu verbergen, dass ihn die Unterhaltung nervt.

»Du rennst in die falsche Richtung, Freundchen«, meint der andere und wischt seine Schuhsohle an einem Stein ab, als sei er zuvor in Hundekacke getreten.

»Ich weiß«, sagt er und räuspert sich. »Ich weiß, dass du eigentlich tot bist. Aber es tut gut, mal mit dir zu reden.«

»Dann sag endlich, was Sache ist!«

»Ich glaube, ich muss etwas wiedergutmachen.«

»Du bist ein erbärmlicher Teutone«, brüllt der andere in die Nacht hinaus, springt auf und kickt seinen Klappsitz über den Asphalt. Aber seine Wut ist nur gespielt, in Wahrheit ist er schwer verwundet, er braucht dringend Hilfe.

»Ich kann dir helfen«, sagt er.

»Quatsch. Du brauchst Hilfe.«

»Nein«, stößt er hervor und möchte nun doch aufstehen, um dem anderen als ein Ebenbürtiger gegenüberzutreten. Er schafft es nicht. Der andere hat seine Hände in die Taschen seines Parkas gestopft und läuft hin und her. Über ihm ein rotglühender Mond, eine traumhafte Nachtkulisse.

»Ist dir eigentlich klar, dass du deine Liebste im Stich gelassen hast?«

»Aber ich hatte keine Chance. Julia hatte diesen Zug zum Tod. Wie bei Rilke.«

»Wer redet denn von Julia? Ich meine Mascha. Das ist die Frau, die alle Liebe verdient.«

»Und was ist mit Doina?«, traut er sich zu fragen.

Der andere schlägt sich mit der Faust gegen die Stirn.

»Dumm wie Brot. So sagt ihr doch in Deutschland. Dumm wie Brot.«

Er möchte etwas entgegnen, aber er hat schon wieder eine klebrige Masse im Mund. Und irgendwas stimmt mit seinem Gesicht nicht. Es ist, als wäre die linke Hälfte abgebrochen.

»Bitte. Ich kann nicht mehr.«

Der andere beugt sich zu ihm herab. Sein Antlitz, kreideweiß und zerfurcht, die Augen glasig und ohne Ausdruck, doch die Ähnlichkeit ist frappierend.

»Was brabbelst du, Brüderchen?«

Er wiederholt seine Bitte, weil er dem anderen vorbehaltlos vertraut.

»Ich kann dir nicht weiterhelfen«, sagt der andere und schlingt beide Arme um sich, als sei ihm kalt.

»Wenigstens haben wir uns mal getroffen«, erklärt er und versucht, seinen Oberkörper aufzurichten.

»Eins aber musst du mir versprechen«, sagt der andere, der nun verzweifelt nach links und rechts schaut, als erwarte er jeden Moment einen Notfallwagen, der ihn ins nächste Krankenhaus fährt. »Du darfst meinem Alten nicht vergeben. Auf keinen Fall. Egal, was er dir anbietet. Du darfst nicht einknicken. Klar?«

»Ja«, haucht er und blickt dem anderen hinterher, wie er in die Wiese hinausstolpert. Aber nein, nicht er entfernt sich von ihm, sondern umgekehrt: Er ist es, der in Zeitlupentempo durch die Wiese schreitet, hinein in ein Schwarzweißbild.

Kulisch hatte keine Ahnung, was geschehen war, als er am Straßenrand zu sich kam. Auch später konnte er sich nicht erinnern. Er lag zwischen dem geborstenen Asphalt und einer Grasnarbe, zusammengestaucht, mit pulsierenden Kopfschmerzen. Seine Reisetasche lag ungeöffnet neben ihm. Als er sich erhob, musste er sich erbrechen. Er konnte es sich nicht erklären. Zu seiner Rechten erblickte er den orangefarbenen Punkt, die Feuerstelle, gedämpft hörte er die Musik und die Stimmen. Er wusste weder, wie er zur Straße gelangt, noch was ihm zugestoßen war. Allein, ein Wort setzte sich in ihm fest: Gehirnerschütterung.

Alles Weitere geschah mechanisch, wie von unsichtbarer Hand gelenkt. Aus der Ferne näherte sich irgendwann ein Schweinwerferpaar. Ein Mercedes bremste knapp vor Kulisch ab. Durch die aufgerissene Autotür bellte ihn ein schnurrbärtiger Mann auf Rumänisch an. București, sagte Kulisch. Der andere schüttelte den Kopf, trotzdem winkte er ihn herein. Im Wagen roch es nach Tabak und feuchtem Leder. Der Fahrer, an dessen Hand eine klobige Armbanduhr prangte, holte aus dem Handschuhfach einige Taschentücher. Er deutete auf Kulischs Jacke, die voller Blutspritzer war. Ob der Mann gut oder böse war? Schwer zu sagen. Er schnallte sich jedenfalls nicht an und raste mit Überschallgeschwindigkeit durch die nächtliche Einöde, an schlafenden Weilern vorbei, über unbeleuchtete Kreuzungen hinweg, hupte und fluchte jedes Mal, wenn im Schweinwerferlicht jäh ein Traktor oder ein Fuhrwerk auftauchte, bekreuzigte sich, wenn in einer Kurve eine Christusfigur in einem Holzhäuschen stand. Kulisch spürte, wie seine linke Gesichtshälfte anschwoll, und mit der Zunge tastete er nach seiner aufgeplatzten Unterlippe. Wollte er wirklich wissen, was geschehen war?

Als sich ein Silberstreifen am Horizont abzeichnete, wachte Kulisch auf dem Beifahrersitz auf. Der Schnauzbart hatte den Mercedes vor einer Tankstelle angehalten. Er war über ihn gebeugt, und als er sah, dass er die Augen öffnete, rief er »București« und streckte den rechten Arm wie zum faschistischen Gruß aus. Kulisch öffnete die Wagentür und kramte nach den Geldscheinen in seiner Hosentasche. Der andere begutachtete die Scheine und gab sie ihm mit einem mitleidigen Lächeln zurück. Kulisch stopfte die tschechischen Korun wieder in seine Hose, nahm seine Reisetasche und stieg aus. *Drum bun*. Der Mercedes brauste davon. Völlig benommen und mit schmerzendem Gesicht betrat Kulisch die verlassene Tankstelle. Rundum Felder, Wiesen und Äcker, über die Dunstschwaden waberten.

Ein klappriger Lieferwagen hielt nach einer Weile. Kulisch schleppte sich zu ihm hin. Zwei breit grinsende Jungs forderten ihn auf einzusteigen. Kaum losgefahren, verlangten sie Geld. Er bot ihnen sein Handy an, in dem seine deutsche SIM-Karte steckte. Der eine prüfte das Gerät von allen Seiten und zischte dem anderen, der hinter dem Lenker saß, etwas zu. Der zuckte mit den Schultern. Das Grinsen der beiden war zum Fürchten einmütig. Kulisch kämpfte gegen die

Müdigkeit. Auf keinen Fall wollte er einschlafen und dann wehrlos ausgeliefert sein. Er dachte daran, wie heldenhaft er sich in Prag geschlagen hatte, wie er unter falschem Namen bis ins Herz des Kapitalismus vorgedrungen war. Er hätte Schwartz erschießen können, wenn der leibhaftig erschienen wäre und ihm Vojtech unter dem Stuhl eine Pistole herübergereicht hätte. Ihm fiel ein, dass Pistole ursprünglich ein tschechisches Wort war.

Die beiden Jungs mussten ihn wecken. Der Lieferwagen stand mit laufendem Motor vor einer Ampel, auf einem mächtigen, menschenleeren Boulevard, links und rechts aufragende Sozialbauten mit winzigen Fenstern, dahinter die Morgendämmerung, die die Straßenschlucht mit einem kalten Blau überzog. Einer der Jungs schob ihn regelrecht aus der Fahrerkabine und schmiss seine Reisetasche hinterher.

Mulţumesc, sagte Kulisch und schaute der Klapperkiste nach. Zu seiner Rechten begannen vermummte Gestalten unter Plastikplanen ihre Verkaufsstände aufzubauen. Er hätte nicht sagen können, wie viele Boulevards er entlanglief und überquerte, bis er endlich die unverwechselbare Silhouette des sogenannten Volkspalastes erblickte. Er erkundigte sich bei einer Frau, die an einer Bushaltestelle wartete, nach der Gliulamila. Sie stocherte mit dem Finger in die Luft, starrte dabei auf seinen Mund, der noch immer blutverkrustet sein musste. Vermutlich hatte die Frau ihn gar nicht verstanden. Aber er klammerte sich an die Hoffnung, dass die angegebene Richtung zufällig stimmen könnte.

Er erreichte ein Villenviertel, das wohl in den Dreißigern seine Blütezeit erlebt hatte. Die Häuser waren verwittert, die Gärten verwildert. Ein Mann, der in seine Limousine steigen wollte, verjagte ihn unter Beschimpfungen, so dass er gar nicht anders konnte, als zu jener Treppe zu flüchten, die die Böschung hinaufführte. Er stolperte die Stufen hoch, wobei er auf der Zementmauer zum ersten Mal jenen fünfzackigen Stern entdeckte. Oben angekommen, las er auf einem rostigen Schild den Straßennamen. Vor Glück hätte er in Ohnmacht fallen können. Er stand in der Gliulamila.

FW Tegel, 1. Januar 2007

An diesem ersten Tag im neuen Jahr mutete die Flughafenwache verwaist an. Die mit Linoleum ausgelegten Gänge bildeten leere Fluchten, hinter den Türen war kein Laut zu vernehmen.

Unser Gespräch war aufgrund der besonderen Umstände bereits auf acht Uhr angesetzt worden. Man hatte mir im Übrigen mitgeteilt, dass er heute Besuch erwarte. Das passte ja bestens, dachte ich. Ein weiterer merkwürdiger Zufall war, dass wir uns auf der Schwelle zum Zimmer 103 begegneten. Er befand sich wie gewohnt in Begleitung eines Beamten und lächelte mich an, als kennten wir uns aus unzähligen Nächten in Kneipen. Dem Beamten stand die Verachtung, die er meinem Berufsstand gegenüber empfand, ins Gesicht geschrieben. Es war mir ein Vergnügen, ihn darin zu bestärken, indem ich ihn mit einem Glückwunsch für das neue Jahr wegschickte.

»Ich wette, Sie haben den ganzen Abend Champagner getrunken«, begann er und hängte seinen Parka über die Stuhllehne.

»Uns war wohl beiden nicht nach Feiern zumute.«

»Verstehe. Sie erachten sich ebenso als einen Gefangenen. Vielleicht sind Sie es sogar, aber nur im übertragenen Sinn. Ich hingegen bin es wirklich.«

»Ich halte nicht viel von Sprachspielereien. Mich interessieren Fakten und Daten. Und Ihnen würde es gut anstehen, sich ebenfalls dafür zu interessieren.«

Mein Versuch, in ihm wenigstens einen Funken Bewusstsein für das Datum zu entfachen, schlug fehl. Offensichtlich war er sich nicht bewusst, welche Bedeutung der heutige Tag für ihn hatte: Seit Mitternacht war Rumänien Mitglied der Europäischen Union. Rumänische Staatsangehörige durften ab sofort frei in andere Mitgliedstaaten einreisen, also auch nach Deutschland. Wie ich befürchtet hatte, war von Seiten der Ermittlungsbehörde beschlossen worden, ihn zu entlassen. Aus deren Sicht lag kein Verdacht auf irgendeine Straftat vor, allenfalls eine Ordnungswidrigkeit. Im Prinzip war er bereits ein freier Mann, unabhängig davon, ob er Rumäne oder Deutscher war. Man hatte mich trotz meiner anders gelagerten Kompetenz gebeten, ihm die frohe Botschaft zu überbringen. Ich hatte allerdings gute Gründe, diese Anweisung vorerst nicht zu befolgen.

Die letzte Nacht hatte ich mich trotz der Silvesterfeierei vor meinen Rechner gesetzt und auf eigene Faust ein paar Nachforschungen angestellt. Dabei hatte ich einen Alexander Rensing ausfindig gemacht. Er war zwar nicht in Berlin gemeldet, sondern in einem Kaff in Hessen, aber seine Telefonnummer verwies eindeutig auf den Prenzlauer Berg. Ein offenkundig betrunkener Mensch hatte meinen Anruf entgegengenommen. Bei der Erwähnung von Tom Kulisch hatte er gestöhnt. Ja, leider kenne er ihn. Und auch eine Julia Schweiger. Sehr traurige Geschichte. Sie habe ja schon immer einen Hang zur Depression gehabt. Aber dann so was. Letzten Frühling habe sie ein paar Tabletten zuviel geschluckt. Schlimm, schlimm, hatte der Mann mit schwerer Zunge hinzugefügt, als draußen die ersten Feuerwerke losgeknallt waren.

»Gut. Dann will ich mal fortfahren«, sagte er und zog das Aufnahmegerät zu sich heran, wie er es in den vergangenen

Tagen ständig getan hatte. Während er erneut schilderte, wie er nach seiner angeblichen Gehirnerschütterung per Anhalter nach Bukarest gefahren war, fragte ich mich, was es bedeutete, dass Julia Schweiger sich tatsächlich umgebracht hatte. Sprach es für seine Glaubwürdigkeit? Ich beobachtete sein Mienenspiel, als er noch einmal seine Ankunft in der Gliulamila beschrieb. Seine zusammengezogenen Augenbrauen, die Ernsthaftigkeit vortäuschen wollten. Der auf die Tischplatte geheftete Blick, der seine Gedächtnisleistung beglaubigen sollte. Als er wieder zu jammern anfing, wie lange er in der Gliulamila auf Doina habe warten müssen, fiel ich ihm ins Wort.

»Sind Sie dieser Doina jemals begegnet?«

Er sah mich an, als kennte ich die Antwort besser als er.

»Schwer zu sagen.«

»Wie meinen Sie das?«

»Erst gab es einen Rückschlag«, erklärte er und fingerte an seinem Ohrläppchen. »Ich hatte ja während der ganzen Reise das Schwarzweißfoto bei mir. Als ich es eines Tages der alten Rebreanu zeigte, in der Hoffnung, es würde sie an eine Freundin oder eine Verflossene erinnern, kreischte sie auf. Mon dieu, wie jung sie damals gewesen sei. Nun, sie selbst war auf dem Foto. Stella Rebreanu. Als Siebenundzwanzigjährige, kurz nach ihrer Hochzeit.«

Aus irgendeinem Grund überraschte mich diese Wendung nicht.

»Haben Sie die wahre Doina überhaupt je getroffen?«

Er zögerte und starrte in seine offenen Hände, als läge dort aufgeschlagen das Buch der letzten Wahrheiten.

»O ja. Maître Maurer hatte recht. Doina würde sich melden. Aber es war falsch. Das heißt, es war schon richtig, aber für mich war es falsch.«

Ich wartete darauf, dass er den Widerspruch auflöste. Zugleich fiel mir die Lehrbuchweisheit ein, wonach es für Psychotiker gar keine Widersprüche gebe.

»Eines Tages, als ich wie üblich am Fenster wartete, hielt eine Limousine vor dem Haus. Ein Mann in Lederjacke stieg aus und kam zur Tür. Ich öffnete, ohne auf meine innere Stimme zu hören, die mir einflüsterte, ich solle mich vor den Rachsüchtigen hüten. Ob ich eine Verabredung mit Doina hätte, fragte er auf Rumänisch. Ich nickte, war natürlich außer mir vor Freude und folgte ihm zur Limousine. Wir durchquerten die Stadt, die mir plötzlich sehr vertraut erschien, diese Großstadtkulisse mit dem abblätternden Sozialismus und den dicht befahrenen Boulevards. Wir fuhren bis zum Hotel Intercontinental. Dort lotste mich der Lederjackentyp zum Lift. Angespanntes Schweigen, bis wir ins oberste Geschoss gelangten, wo noch vor siebzehn Jahren, wie ich von der Rebreanu wusste, ein sogenannter Intershop gewesen war, wo man für Dollars französische Parfüms, elektrische Rasierer und tiefgekühlte Lammrücken erstehen konnte. Zugleich wurde damals der Besitz von Dollars mit Gefängnis bestraft. Ein fieses Paradox, nicht wahr? Man fragt sich, warum nicht mehr Leute durchgedreht sind. Aber gut. Die Schiebetür des Lifts glitt zur Seite. Eine Lounge, in ein orangefarbenes Licht getaucht, in einer Ecke ein silberhaariger Herr im Anzug, der mich eindringlich musterte. Es war das Raubvogelgesicht, das ich vom Video her kannte, vom Symposium in Prag. Er erhob sich aus dem Sofa und schickte sich an, mich zu umarmen. Ich schaute mich nach einer möglichen Doina um, aber hier war nur Ions Vater, John Calin Schwartz, abgekämpft und offenbar äußerst versöhnungswillig. Endlich, mein Sohn, rief er aus. Nun, ich hatte ihm nichts zu sagen. Ich hatte schon kehrtgemacht, als er

auf Rumänisch hinter mir her brüllte, die Freiheit könne man sich nicht erkämpfen, sondern nur erkaufen, das sei traurig, aber wahr, und das solle ich mir gefälligst hinter die Ohren schreiben.«

»Doina entpuppte sich als Schwartz, wenn ich das richtig verstehe.«

»Es muss eine Art Codewort zwischen dem Vater und dem Sohn gewesen sein.«

Ich konnte nur mit dem Kopf schütteln und wünschte mir innigst, er würde nicht weiterreden.

»Als ich das Intercontinental verlassen wollte, kreuzte ich in der Empfangshalle Maître Maurer in Begleitung zweier Typen in Regenmänteln. Er streckte mir seinen Daumen entgegen. Merci, mon ami. Ich hatte meine Rolle anscheinend gut gespielt. Ich war, so muss ich heute annehmen, sein Köder. Mit meiner Hilfe ist es ihm gelungen, Schwartz zu fassen.«

»Eine schöne Räubergeschichte, die Sie mir da auftischen«, sagte ich, ohne mir meine Zermürbung anmerken zu lassen.

»Aber Sie glauben mir doch? Ich meine, alles in allem glauben Sie mir doch?«

»Das ist völlig bedeutungslos«, sagte ich und schaltete das Aufnahmegerät aus. »Seit Mitternacht ist Rumänien Mitglied der Europäischen Union. Es spielt keine Rolle mehr, ob Sie Rumäne oder Deutscher sind, ob Ihr Reisepass gültig oder abgelaufen ist. Ich kann Ihnen bloß noch viel Spaß in Berlin wünschen.«

Er stutzte und begann zu lachen. Schwer zu sagen, ob seine zur Schau getragene Überraschung echt war. Es sollte mich nicht weiter interessieren. Ich war enttäuscht, aber auch erleichtert, auf diese Weise versagt zu haben. Zwar konnte ich zur Klärung dieses Falls nicht beitragen, allein, das neue

Gesetz ist schuld. Es hat verhindert, dass man erfährt, wer freigekommen ist. Auf jeden Fall ein Europäer, könnte man sagen. Aber was heißt das schon.

Während ich meine Unterlagen in die Mappe verstaute, zog er sich den Parka über und ging um den Tisch herum. Ich glaubte aus den Atemstößen in meinen Nacken seine ganze Überheblichkeit herauszuspüren.

»Ich hätte noch eine Bitte.«

Mit einer Kopfbewegung gab ich ihm zu verstehen, dass ich ganz Ohr sei.

»Es ist mir unmöglich, den Toten zu identifizieren. Sie wissen schon. Vielleicht könnten Sie es an meiner Stelle tun.«

Ich regte mich erst wieder, als ich hörte, wie sich seine Schritte auf dem Flur entfernten. Ich ging zum Fenster, öffnete die Jalousie einen Spalt breit, sah ihn auf den verschneiten Vorplatz hinaustreten. Dort erwartete ihn eine auffallend blasse Frau mit schwarzen Locken. Sie fielen einander um den Hals. Arm in Arm schlenderten sie durch den herabrieselnden Schnee zum Gittertor. Aus ihrem Mund entwich eine kleine Wolke von Atemdunst, während er anscheinend schwieg. Er übergab dem wachhabenden Beamten vor dem Pförtnerhaus ein Schriftstück. Nach einigen Sekunden öffnete sich das Tor automatisch. Das Paar verschwand im Schneegestöber.